KB043580

아홉 번째 하늘

아홉 번째 하늘

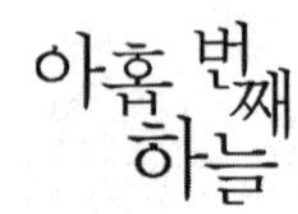

지은이 김신형
펴낸이 이형기
펴낸곳 도서출판 가하

초판인쇄 2015년 1월 6일
초판발행 2015년 1월 13일
출판등록 2008년 10월 15일 제 318-2008-00100호

주소 서울 영등포구 양평로 67, 1209 (당산동5가, 한강포스빌)
전화 02-2631-2846 **팩스** 02-2631-1846

www.ixbook.co.kr

ISBN 979-11-295-0270-4 03810

값 9,000원

01.

예로부터 세상은 아홉 개의 계(界)로 나뉘어져 있었다.

선택받은 하늘의 천인들이 산다는 천계(天界).

죽은 자들이 사는 명계(冥界).

오갈 데 없는 혼들이 머무는 지계(止界).

신선의 반로(返路)에 든 자들이 머무는 선계(仙界).

환수들이 머무는 연계(延界).

죽은 것도 산 것도 아닌 이물(異物)들이 사는 이계(異界).

수없이 환생하는 세상의 모든 영혼들이 머무는 환계(還界).

어느 곳에도 속하지 않는, 공기조차 없는 무계(無界).

그리고 세상의 모든 생물과 인간들이 사는 현계(顯界)가 있다.

아홉 개의 계(界)에는 각각의 하늘이 있었고,

그 하늘이 아홉 개의 계를 보살펴

서로의 계가 흐트러지지 않게 지탱하는 역할을 수행해왔다.

다스리는 하늘이 없는 계는

수많은 혼란과 전란(戰亂)에 휩싸이게 되고
하늘이 나타나지 않는 한,
그 혼란은 수십 년, 혹은 수백 년의 세월 동안
이어지기도 했다.

◇ ◆ ◇

"하아, 하아……."

작은 입술에서 내뱉는 숨이 서릿발보다 찼다.

하얀 입김에 앞이 온통 뿌옇게 보였다. 하지만 달릴 수밖에 없었다. 신조차 신지 못하고 버선발로 엄동설한 속을 헤매고 있었다. 등 뒤로 귀를 찢을 듯한 비명 소리가 들려왔다. 잠시 멈추어 두 손으로 귀를 틀어막고 싶을 정도로 끔찍해서 온몸이 달달 떨렸다.

그런 계집아이의 마음을 아는 건지 고사리 같은 작은 손을 잡고 달리는 석호라는 이름을 가진 사내아이는 멈추지 않았다. 거친 소맷자락으로 눈가를 매섭게 닦아내며 한 번씩 뒤를 돌아 자신이 손을 잡고 달리고 있는 그녀가 잘 있는지 확인하는 그의 검은 속눈썹 끝에 달린 눈물을 계집아이는 볼 수 있었다.

"아씨, 조금만 더 가면 됩니다."

말하는 목소리에 물기가 그득그득 차서 곧 흘러내릴 것만 같았다. 자신이 한마디라도 한다면 석호의 물기 가득한 입에서 눈물이 흘러내릴지도 모른다고 생각한 어린 계집, 아희는 입을 꾹 다물었다.

시선 내린 연분홍 치마 끝에 거뭇하게 얼룩진 것이 눈에 보였다. 그것이 누구의 피인지 알고 있었다. 다시 시선을 돌렸다. 그러자 또다시 석호의 모습이 보였다. 어디로 눈을 돌려야 될지 알 수 없었다.

바닥에 주저앉아 비명을 지르고 싶은 입술을 질끈 깨물었다.

무슨 일이 있어도, 절대 어떤 소리도 내지 말라는 어미의 말이 귓가를 윙윙 울렸다.

모난 돌이 버선을 찢고 살을 뚫고 들어와도 아프다는 신음조차 낼 수 없었다. 달리고 있는 두 발에서 천천히 감각이 사라지고 있었다. 차라리 이게 낫다고 생각했다. 무슨 일이 벌어진 건지 아희는 알 수 없었다.

여느 때와 똑같이 잠이 든 깊은 밤이었다.

항상 잠투정을 하는 자신의 곁에 앉아 옛날이야기를 들려주던 어미의 얼굴이 눈앞에 아른거렸다.

비탈진 산길을 오르면서 습관적으로 아희가 뒤를 돌아보았다.

검은 파도가 불타는 마을을 쓸어버릴 듯 몰려오고 있었다.

아희의 아비는 해안가에 응집한 작은 마을 해산(海山)을 다스리고 있는 고을의 수령이었다.

모든 일에 공정하고 엄한 사또로 불리고 있었지만, 유일한 자식인 아희 앞에서만큼은 다정하고 다감한 아비였다. 아희의 웃음소리를 듣기 위해 그녀를 목마 태워 뱅글뱅글 도는 일도 하던 그런 아비와 어미가 눈앞에서 사라졌다.

갑작스러운 야습이었다.

정세가 불안하다는 것은 알고 있었다. 하지만, 아희가 그것을 알기엔 나이가 너무 어렸다.

태어난 지 열두 해의 마지막 달이었다. 왜놈의 칼이 아비의 가슴을 찌를 때 벽장에 숨어 비명을 지르고 싶은 입을 막았고, 어미의 가슴조차 벨 때는 눈을 질끈 감았다. 그들을 베고 왜놈의 장수가 사라졌을 때, 벽장문을 열고 나온 아희의 치맛자락에 어미의 붉은 피 섞인 마지막 말이 지금 그녀를 달리게 했다.

「아희야…… 도망…… 도망가렴…….」

마지막 숨을 몰아쉴 순간조차 없이 끝까지 그녀의 걱정뿐이었던 어미의 말.

아희가 무사한지 확인하기 위해 그녀와 항상 놀아주던 노비의 아들인 석호가 무작정 그녀를 데리고 그곳을 빠져나왔다. 머리채를 잡혀 끌려가는 마을 사람들을 외면한 채 석호와 함께 산속으로 숨어들었다. 그들과 마찬가지로 산속에 숨어든 여러 사람들이 있었지만, 지금은 뿔뿔이 흩어져 석호와 그녀 외에는 아무도 남아 있지 않았다.

주홍색의 밝은 불꽃이 마치 괴물처럼 일렁이며 마을을 집어 삼키고 있었다.

그 마을 어딘가에 자신의 어미와 아비도 있을 거란 생각에 눈이 쉽사리 떨어지지 않았다.

“괘, 괜찮으시죠? 다친 곳은 없으신 게죠?”

석호가 고목에 아희를 안아 앉히며 그녀의 몸을 살피면서 물었다.

아희의 시선이 여전히 마을에 가 있는 것을 본 그가 입술을 깨물었다. 그의 부모 또한 그곳에서 죽었다. 어린 아기씨만은 살려야 한다는 생각에 무작정 그녀를 안고 이곳까지 왔지만 앞으로 어찌해야 될지 알 수 없었다.

까마득한 어두운 하늘은 다시 아침을 보여주지 않을 것만 같았다.

산기슭의 작은 마을은 아침나절부터 분주했다. 잿빛 하늘에서 눈이 쏟아지는 계절이 가고 얼음이 녹고 그 자리에서 새싹이 돋아나는 계절이 찾아온 뒤부터였다. 아랫목에서 뜨뜻하게 엉덩이를 지지던 아낙네들이 새벽 일찍 일어나 우물에서 물을 길러 나왔다. 아직까지 추위는 가시지 않았지만 새로운 계절의 시작이 모두들 반가운 모양이었다.

“연주 엄마, 오늘은 날이 많이 풀렸지?”

“그러게. 좀 있으면 봄 농사철인데 벌써 걱정이야.”

“다 같은 처진데 걱정일 게 있나?”

그 말에 한바탕 웃음이 돌았다. 물동이를 옆에 두고 잠깐 앉아서 수다를 떨던 아낙 하나가 슬며시 물었다.

“그런데, 어르신네 손녀 말이야.”

“아, 아희 아씨?”

“아직도 말을 안 한다면서?”

어르신은 이 마을의 지주인 윤사현을 지칭하는 말이었다. 마을의 대부분이 윤사현의 땅에서 농사를 짓는 소작농들이었다. 양반에 지주이면서도 평민들의 고충을 잘 이해하고 그들과 함께 어울려 술 한잔 걸치며 세상 돌아가는 이야기를 하는 것을 낙으로 살던 노인이었다. 흉년이 들 때는 세를 면해주고, 풍년이 들 때도 세를 더 받는 것 없이 마을 사람들을 우선으로 여겨 모두의 존경을 받고 있었다. 마을에 대소사는 무조건 윤사현과 의논할 정도로 두터운 신뢰를 받고 있는 그에게 걱정거리는 부모를 잃고 자신이 거두어들인 외손녀였다.

“아이고, 난 아직도 생각하면 끔찍해.”

“그러게. 연아 아씨가 시집가던 날이 아직도 기억나는데.”

누군가가 아희의 생모의 이야기를 하면서 소맷자락으로 눈가를 훔쳤다. 그 한마디에 화기애애하던 분위기가 일순간에 침

울해졌다.

"아무리 놀라셨다고 해도 벌써 석 달이 지났는데 아직도 말을 안 하신대."

"에그, 어린 아씨가 얼마나 놀랐으면 그랬을꼬."

끌끌 혀를 차는 소리에 다들 고개를 저었다.

"우리 어르신네 고명딸인 연아 아씨가 그리 되셨으니, 어르신이 어린 손녀딸 앞에서 표현은 못 해도 가슴이 에일 거야."

내리 아들만 셋을 낳다가 딸인 연아 아씨를 낳고 얼마나 좋아했는지, 그녀가 시집을 갈 때까지 윤사현이 연아 아씨를 항상 데리고 다녔다는 것은 모두가 알고 있었다.

"에휴……. 거기다 외손녀까지 벙어리마냥 입을 꾹 다물고 있으니 환장할 노릇이지."

"말조심해!"

"아니, 내가 무슨 말 잘못했어? 환장하겠으니 환장할 노릇이라고 한 거지."

아낙이 입을 뾰족하게 내밀며 투덜거렸다.

"맞아. 원래 벙어리란 소리도 있던데?"

"그래, 그래. 나도 듣기론 태어나서 말하는 걸 본 사람이 없다고 하더라고."

누군가 수긍하면서 소문에 소문을 부풀렸다.

"아희 아씨 벙어리 아닙니다."

"에구머니!"

무뚝뚝한 목소리가 확신에 차서 말하는 아낙네의 뒤에서 들려왔다. 갑자기 들린 목소리에 깜짝 놀라 뒤로 엉덩방아를 찧은 그녀를 지나쳐서 그가 우물가에 다가갔다.

"아이구, 석호구나."

석 달 전, 상처투성이가 되어 아희를 꼭 안고 마을에 들어섰던 석호를 모두가 알고 있었다. 작은 마을이었기에 당연한 일이었다. 새벽녘, 윤사현의 대문을 두드리며 참았던 눈물을 모두 쏟으며 우는 그와 반대로 아희는 눈물조차 보이지 않았다. 처음에는 부모가 죽어 정신줄을 놓은 줄 알고 놀란 윤사현이 용하다는 의원들을 전부 데리고 왔지만, 별다른 문제가 없다는 말만 되돌아왔다.

그때부터 아희는 쭉 같은 상태였다.

하루는 방 한구석에 앉아 멍하니 시간을 보냈고, 하루는 집 안을 이곳저곳 휘젓고 다니기도 했다. 하지만 단 한 마디도 하지 않았다.

그런 아희를 윤사현은 그저 지켜보고 있었다. 언젠가 때가 되면 그녀가 다시 입을 열 거라 말하며 조바심 내는 석호를 조용히 다독였다.

그들이 살던 해산의 마을이 불타며 석호의 노비문서조차 불에 탔지만, 여전히 그는 아희의 옆에 남아 있었다.

물을 길어 조용히 그 자리를 벗어나는 석호의 뒷모습을 보며 조용히 침묵하던 아낙들이 다시 수다를 시작한 것은 얼마

지나지 않아서였다.

◇ ◆ ◇

꽃분홍 빛깔의 고운 댕기머리를 땋고 팔랑거리는 나비치마를 입은 아희의 얼굴은 어릴 적 그녀의 생모를 빼다 박았다. 몇 년이 더 지나 시집갈 나이가 되면 더 고와지리라 생각하며 윤사현은 흐뭇하게 외손녀를 바라보고 있었다. 종종 아희의 얼굴에서 고명딸이었던 연아의 모습을 찾을 때마다 뜨거운 것이 울컥하고 치솟았지만 그녀의 앞에서는 내색하지 않았다.

늦은 나이에 얻은 고명딸이었다. 윤사현의 아내가 연아를 낳다가 명을 달리하고, 이제는 이 외손녀를 지키기 위해 자신의 딸이 명을 달리했다. 그만큼 귀한 아이였다.

혼인을 한 지 칠 년이 지나도록 태기가 없어서 모두들 걱정하던 찰나에 들어선 아이였다. 그의 딸이 얼마나 아희를 귀하게 키웠는지 보지 않아도 훤했다. 그에게조차 귀한 손녀이건만, 딸에게는 눈에 넣어도 아프지 않을 자식이었으리라.

아희의 아비인 서문환은 대대로 무예를 닦아온 집안이었다. 무관출신 집안에 딸을 보내는 것이 마음에 차지 않았지만, 딸아이가 마음에 들어 하니 어쩔 수 없었다. 이곳과 떨어진 작은 해안 고을의 수령이 되어 그곳에서 잘 살고 있겠거니 했다.

서문환의 아비는 그가 어릴 때 죽고, 늙은 노모가 있었지만 기력이 너무 쇠해 어린 손녀를 맡기엔 무리였다. 사현은 그것이 차라리 다행이라고 여겼다. 상처받은 외손녀가 무예를 닦아온 집안에 가서 그곳에서 버틸 수 있을 거라곤 생각하지 않았다.

무릎에 가만히 비단인형처럼 앉아 있는 아희의 어깨를 토닥이며 사현이 입을 열었다.

"아희야."

뒤를 돌아 그를 바라보는 검은 눈망울이 맑았다. 한마디도 하지 않지만 자신의 말을 알아듣는 것은 분명했다. 그거면 됐다. 이 작은 손녀가 살아 있기만 한다면 사현은 그 무엇이라도 할 수 있었다.

"할애비가 옛날이야기 해줄까?"

대답 없이 그저 사현을 빤히 응시하는 아희가 이내 고개를 작게 끄덕였다.

"뒷산에 용마(龍馬) 계곡이란 곳이 있단다."

작게 열어놓은 창 틈 사이로 사현이 이야기하는 뒷산이 가깝게 보였다. 그의 집 안채를 돌아 조금만 더 가면 바로 뒷산으로 통하는 길이 있었다. 뒷산 또한 사현의 땅이었다. 고개를 올려다 다 볼 수 없을 정도로 높다란 산이었다. 마을 사람들은 그곳에서 겨울을 지낼 땔감을 떼고 산짐승을 잡고, 열매를 얻었다.

"마을 사람들은 아무도 가지 않는 곳이지. 거기엔 무시무시한 천 년 묵은 이무기가 살고 있단다."

아희의 눈동자가 커다랗게 뜨였다가 이내 사현의 입가에 맺힌 미소를 보고 천천히 제자리로 돌아왔다.

"하늘에 오르지 못한 이무기가 계곡에 똬리를 틀고 제물이 될 사람을 기다리고 있지. 그곳에서 매해 어린아이들이 서넛은 빠져 죽는 이유가 그것이란다."

순간 오한이 들어 아희의 어깨가 가늘게 떨렸다.

그 모습을 보던 사현이 크게 웃으며 말했다.

"할애비가 너무 겁을 줬나 보구나. 걱정 마렴. 이무기는 사람 눈에 쉬이 보이지 않으니."

그곳은 그저 깊은 계곡일 뿐이었다. 한여름에도 물이 얼음장 같기에 더위를 참다못한 아이들 몇이 빠져 죽은 적은 있었지만 이무기 탓은 아니었다.

"천 년에 한 번, 이무기가 하늘에 오를 때가 되면, 천 년에 한 번 태어나는 이를 기다린다더구나. 누군가가 그 이무기를 불러줄 사람을."

그는 자신의 손바닥 반도 안 차는 작은 아희의 손을 잡아주었다.

"혹, 우리 아희가 천 년에 한 번 태어나는 이일지도 모르지. 혹시라도 이무기를 보게 되면 꼭 '용신님'이라고 부르렴."

사현의 말에 아희의 고개가 한쪽으로 갸웃하게 쏠렸다. 왜 그렇게 불러야 되냐고 말없이 묻는 모습에 사현이 말을 이었다.

"이무기를 보고 뱀이라고 소리치면 용이 되기 위해 천 년을 기다린 그 시간을 헛되이 하는 거라더구나. 뱀이라는 소리를 듣자마자 용이 되려 노력했던 그 세월이 헛됨을 깨닫고 돌에 머리를 박고 죽는다는 전설이 있단다. 그에 반면, 그를 볼 수 있는 인간이 '용신님'이라고 부르면 하늘로 승천한다고 하지."

사현은 종종 이런 옛날이야기들을 해주곤 했다. 그가 하는 이야기들 대부분이 아희가 잠들기 전 어머니가 해주던 이야기들이었다. 그녀의 이야기들이 모두 사현의 입에서 나온 이야기라는 것을 깨닫기까진 오래 걸리지 않았다.

하지만 지금의 이야기는 처음 듣는 것이었기에 호기심이 일었다.

"이 할애비는 혹시라도 우리 아희가 용마 계곡에 갈까 봐 이러는 거니 조심하렴."

봄이 왔으니 여름도 필히 오리라.

혹, 더위를 참지 못해 용마 계곡에 아희가 걸음할까 두려워 사현이 미리 언질을 놓은 것이었다. 한 해에 꼭 한 명 이상은 계곡에서 빠져 죽었기에 그런 위험을 사전에 없애고 싶었다.

사현의 이야기가 끝나자 잠깐 호기심이 일던 눈동자도 또다시 빛을 잃었다. 그저 무의미하게 한곳을 응시하는 아희의 마음이 아직까지 닫혀 있다는 것을 깨달으며 사현이 가만히 그녀의 머리를 쓸어주었다.

02.

그날은 날씨가 이상했다. 날은 맑았지만 구름이 가득 끼어 있었다. 구름 사이로 들어간 해는 좀처럼 나오지 않았다.

아침부터 석호는 마당을 쓸고 마른 장작을 좀 더 패기 위해 분주했고, 할아버지인 사현은 이른 마실을 나갔다. 턱을 괴고 석호의 뒷모습을 물끄러미 바라보고 있자 그런 아희가 신경이 쓰였던지 그가 도끼질을 하던 손을 멈추고 말했다.

"아씨, 들어가서 좀 더 주무세요."

이른 시간이라는 것을 상기시키며 석호가 말했지만 아희는 그저 말간 눈동자로 그의 말을 흘려듣고 있었다.

"그러고 계시면 고뿔듭니다. 어서요."

그의 재촉에 아희가 마지못해 일어났다. 석호가 기억하는 옛날의 아희였다면 작은 입을 삐죽이며 투덜댔을 텐데 입을 삐죽이는 것은 똑같았지만 정작 입술은 열리지 않았다. 자신도 모르게 기대를 갖고 아희의 입술을 바라본 그가 알게 모르게 한숨을 내쉬었다.

아희가 걸음한 곳은 석호의 바람대로 이부자리가 아니었다. 안채의 뒤쪽으로 나 있는 뒷길이 그녀의 눈길을 끌었다. 주변을 잠시 둘러본 아희가 마른침을 한번 삼키곤 사현이 이야기 했던 이무기를 떠올렸다.

그 계곡에 가면 정말 이무기를 볼 수 있을지도 몰랐다.

그것을 생각하자 아희의 발이 저도 모르게 뒷길로 향했다.

그늘진 산속은 눈이 녹지 않아 어린아이가 걸음하기엔 몹시 위험했다. 몇 번이고 미끄러지고 넘어지며 위로 올라가던 아희가 이내 아직도 구름 속에 가려져 모습을 나타내지 않고 있는 해를 힐끔 올려다보았다.

몇 번이고 미끄러져 주변의 마른 나뭇가지를 잡았던 손은 이미 만신창이가 되어 있었다. 무릎도 아마 마찬가지이리라. 퉁퉁 붓고 피가 나는 손은 얼음장처럼 차가워서 아픔마저 느껴지지 않았다.

아무리 위로 올라가도 사현이 이야기했던 용마 계곡은 나오지 않았다. 물소리라도 들릴까 싶어 귀를 쫑긋 세웠지만, 지저귀는 새의 울음소리 외에는 들을 수 없었다.

바스락.

그때였다.

기척이 느껴졌다. 반사적으로 아희가 그곳을 돌아보았지만 아무것도 없었다. 분명 나뭇가지가 밟히는 소리였다. 아희의 큰 눈이 소리가 들려온 곳을 뚫어져라 바라보았지만, 그곳에는 빽빽하게 들어서 그늘진 나무들만 있을 뿐, 소리의 정체는 보이지 않았다.

그 어두운 나무들을 바라보고 있자니 그제야 겁이 덜컥 났다.

아마 지금쯤은 자신이 사라진 것을 알고 찾으러 다닐 석호의 얼굴과 사현의 얼굴이 떠올랐다. 돌아가야 했다. 하지만 이상스럽게도 한 발짝도 뗄 수 없었다. 그 어두운 그늘에서 무언가가 그녀를 지켜보고 있었다.

목덜미에서 바짝 소름이 섰다.

그리고 그 무언가가 그녀에게 달려들기 전에 아희의 다리가 달리기 시작했다.

뒤를 돌아보면 안 된다. 뒤를 돌아봤다가 자신을 쫓아오는 것이 무엇인지 확인한다면 그 자리에서 주저앉을 것만 같았다. 입술을 꾹 깨물었다. 비명이 터져 나올 것만 같았다. 하지만 어떤 외침도 아희의 입에서는 나오지 않았다.

발을 잘못 디뎌 주르륵 미끄러졌다. 손에 무언가를 잡으려 했지만 아무것도 잡히지 않았다.

그때서야 물소리가 들렸다. 그토록 찾고자 했던 계곡이 코앞이었다. 날카로운 돌이 그녀의 등에 쓸렸는지 아픔이 느껴졌다. 이대로 계속해서 미끄러진다면 아래는 계곡이었다.

아희가 눈을 질끈 감았다.

그리고 이내 몸이 붕 뜨는 것을 느꼈다.

첨벙!

온몸에 휘감기는 얼음장 같은 물에 숨을 쉴 수 없었다. 입을 벌리자 입과 코로 쉴 새 없이 물이 쏟아져 들어왔다. 아희는 해안 마을에서 자란 아이였다. 이곳이 물속이라는 사실을 깨닫고 이내 자맥질을 하기 시작했다. 이대로 물에 빠져 죽을 순 없었다. 순식간에 머릿속으로 자신을 살리려 했던 어머니와 아버지의 모습이 스쳐 지나갔다.

팔다리는 부러진 곳이 없는지 아희의 의지대로 움직이기 시작했다.

뭍으로 가려 자맥질을 할 때 검은 그림자가 그녀의 아래로 쓱 하고 지나갔다.

반사적으로 물 아래를 살핀 아희의 눈에 '그것'이 보였다. 바닥까지 보이는 투명한 물속 한가운데서 고개를 쳐들고 아희를 바라보고 있었다.

그 순간 몸에 힘이 풀리며 그녀가 그대로 가라앉았다.

가라앉으면서도 아희의 눈에는 '그것'이 보였다. 새까만 무저갱의 눈동자가 그녀를 응시하고 있었다.

이상하게도 무섭지 않았다.

사현이 이야기했던, 이무기는 정말 용마 계곡에 살고 있었다.

지금 죽어가는 자신이 환각을 보는지도 몰랐다. 아희가 이무기에게 손을 뻗었다.

그 까만 눈동자에 그녀의 모습이 그대로 반사되는 것이 보였다. 그것이 마치 사현이 가지고 있던 다듬지 않은 흑요석의 원석 같다고 생각했다. 만져보고 싶었지만 점점 의식이 희미해져 가고 있었다.

그 순간, 무엇인가가 아희의 몸을 쑥하고 뭍으로 밀어냈다.

"켈룩, 켈룩!"

기도로 잘못 들어간 물을 뱉어내며 하는 기침은 쉽사리 잦아들지 않았다. 작은 어깨가 쉼 없이 떨렸다. 얼음장 같은 물속에서 바깥으로 나오자 순식간에 빼앗긴 체온에 입술이 파랗게 질렸다.

촤아아.

수면 위를 박차고 나온 그것을 아희가 돌아보았다.

꿈이 아니었던가. 그것은 실제였던가.

구름 속에 가려져 모습을 보여주지 않던 해가 그제야 나타났다. 눈이 부실 정도로 찬란하고 따뜻한 햇볕이 숨을 몰아쉬고 있는 아희와 그것 위로 내리쬐었다.

온통 검다고밖에 표현할 수 없었다. 눈동자부터 시작해 새까만 몸체의 비늘은 언젠가 보았던 아비의 갑옷과도 닮아 있었다. 그 비늘이 햇빛을 받자 오색의 색으로 물들었다.

전복의 껍데기를 빛에 비추었을 때 빛나던 것처럼 너무도 찬란하고 아름답게 빛났다. 시선을 순식간에 사로잡혔다. 사로잡혔다고 밖에는 표현할 수 없었다. 그 어둠보다 깊은 새까만 눈동자에 여전히 아희가 반사되어 보였다.

또다시 손을 뻗었다.

그 까만 눈동자를 갖고 싶었다.

아희가 손을 뻗자 그것이 천천히 다가왔다. 수면 위를 가르듯 유유히 움직이며 스르르 기척도, 소리도 없이.

"아씨!"

그때 누군가 뒤에서 아희를 껴안으며 들어 올렸다.

그것은 아희의 코앞까지 와 있었다.

"얼마나 걱정한 줄 아세요!? 대체 여기까진 어떻게 올라오신 건지!"

아희의 몸이 잔뜩 젖어 있는 것을 깨달은 석호가 자신의 웃옷을 냉큼 벗어 그녀에게 둘러주었다. 아희가 사라졌다는 것을 알았을 때 온 동네를 휘젓고 다니는 그에게 사현이 하얗게 질린 얼굴로 용마 계곡에 올라가보라 했다.

모두가 그녀를 걱정하고 있었다. 눈앞에 있는 그것, 이무기를 누구도 발견하지 못했다. 아희가 석호의 품에서 고개를 돌렸다. 여전히 손만 뻗으면 닿을 그곳에 그녀의 집채보다도 더 큰, 그리고 깎아지른 절벽의 바위보다도 더 거대한 그것의 머리가 바짝 그녀의 눈앞에 들이대 있었다.

석호의 어깨를 아희가 흔들었다.

"많이 추우시죠?"

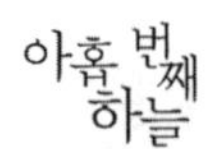

여전히 걱정뿐인 그 말에 아희가 고개를 저으며 손으로 그것을 가리켰다.

아희가 가리킨 방향을 바라보는 석호의 눈에는 햇빛에 반사된 잔잔하고 투명한 수면만이 있을 뿐이었다.

“아씨?”

답답하다는 얼굴로 아희가 여전히 그 수면 위를 가리켰지만 석호는 고개를 갸웃할 뿐이었다. 체온이 점점 떨어지는 아희를 꽉 끌어안고 석호가 조심스럽게 계곡을 내려가기 시작했다. 더 이상 다가오지 않고 그것은 여전히 새까만 눈동자로 그녀를 응시하고 있었다. 저도 모르게 잘 있으라고 아희가 손을 흔들었다.

작은 계집아이의 몸이 시야에서 사라졌을 때, 그녀가 떨어져 내린 야트막한 절벽 위에서 기척이 들렸다.

『난 한눈에 알아봤다고.』

마치 칭찬이라도 해주라는 듯한 그 장난스러운 목소리에 그때서야 이무기의 시선이 그곳으로 향했다.

쭉 뻗은 앞다리에 짙게 들어간 검은 줄무늬가 인상적이었다. 보통의 호랑이보다 서너 배는 더 큼직했기에, 말 그대로 집채만 하다는 표현이 무색할 정도였다. 자신의 눈앞에 계집아이를 떨어트린 것이 눈앞에 있는 호랑이라는 것을 깨달은 이무기가 조용히 그 호랑이의 이름을 불렀다.

『호야.』

호야라고 불린 호랑이는 신선들이 사는 선계(仙界)에 속한 영수(靈獸)였다. 도를 닦아 신선의 반로에 오른 상서로운 짐승이었다. 온몸을 휘감은 은빛 털이 이무기의 비늘처럼 햇빛 아래 영롱하게 빛났다.

『이제 네가 하늘에 오를 일만 남은 건가?』

호야의 말에 이무기는 아무 말도 하지 않았다. 그저 천 년 동안 조용히 침묵했던 것처럼 입을 다물 뿐이었다.

『축하해. 네가 동해의 이무기보다 천 년의 인간을 찾는 데 한 발 빨랐구나. 나중에 이게 다 내 덕이란 걸 잊지 말라고.』

호야가 즐거운 목울음을 내며 스스로의 공로를 치하하며 말했다.

계집이 사라지자 언제 햇살이 수면 위를 갈랐냐는 듯 구름 사이로 다시 해가 사라졌다. 그리고 그 깊은 수면 아래 있는 이무기 또한 다시 깊고 깊은 수면 아래 똬리를 틀었다.

검은 비늘은 너무나 예쁘게 반짝였다. 전복 껍데기 같다고 생각했지만, 사실은 그것보다 더 아름다웠다. 계곡을 덮을 정도로 커다란 몸체를 지닌 이무기 덕분에 계곡 전체가 오색의 빛으로 빛나는 것만 같았다. 손을 뻗으면 그 비늘 하나쯤 쥘 수 있을 것 같았다.

얼음 같은 물살 속에서 시간이 멈춘 것 같았다.

"하아…… 하아……."

가쁜 숨이 차고 올랐다. 아희의 쿵쿵대는 심장이 가슴을 찢고 튀어나올 것처럼 울려댔다.

"아씨, 아씨, 정신 차리세요."

석호가 아희를 업고 산을 내려왔을 때는 이미 정신을 잃은 뒤였다. 차가운 볼을 두드리며 아희가 정신을 차리길 바랐지만, 애처로운 숨만 내쉴 뿐 작은 몸은 미동조차 하지 않았다.

"무슨 일이냐!"

석호가 아희를 찾으러 뒷산에 갔다는 이야기를 들은 윤사현이 한달음에 달려오며 물었다. 땅을 향해 축 처진 고사리 같은 두 손을 발견한 순간 그 달려오던 걸음이 우뚝 멎었다.

"어르신! 의원을, 의원을 불러주십시오!"

어떻게 그 지옥 같은 곳을 아희와 빠져나왔건만 이대로 작은 주인을 잃을 수 없다는 생각에 석호가 외쳤다.

"어서 의원을 불러라! 어서!"

석호의 말에 퍼뜩 정신을 차린 윤사현이 노호성을 터트렸다.

"어찌 된 것이냐. 우리 아희가 어째서……."

"용마 계곡에 빠지셨습니다."

그 한마디면 충분했다. 하지만, 다급한 상황에서도 석호의 머릿속엔 의문이 남았다. 분명 계곡 밖으로 나왔던 아희는 지나치게 멀쩡했다. 석호에게 무언가 말하고 싶은 얼굴로 그 깊은 물살을 가리키기까지 했다.

허나 지금의 아희는 달랐다. 계곡에 빠져서 그런 것이라면 응당 열이 올라야 마땅했다. 하지만 체온은 떨어지지도, 오르지도 않은 채 그대로였고 그저 식은땀만 흘리며 정신을 차리지 못하고 있었다.

무언가 못 볼 걸 본 사람처럼.

"어서, 어서, 방 안으로 옮겨라!"

윤사현의 말에 석호가 다급히 아희를 다시 안아 올렸다. 그녀의 방으로 가는 내내 그 얇은 눈꺼풀이 떠지는지 수십 번을 확인했으나 차도는 없었다.

"아씨, 왜 그러십니까."

애탄 마음이 소리가 되어 아희의 귓가에 울렸다.

석호가 자신을 부르고 있음을 알고 있는데도 눈을 뜰 수가 없었다. 거대한 무언가가 자신의 몸을 위에서 짓누르는 느낌이었다. 머릿속에는 여전히 묵빛의 이무기의 눈이 둥둥 떠다녔다. 용마 계곡을 벗어나 자신의 침상 위에 뉘어지는 느낌마저 신명하게 났다. 하지만 여전히 그 이무기의 형상이 사라지지 않았다.

아직도 용마 계곡에서, 그 물속에서 단 한 발자국도 벗어나지 못한 기분이었다.

아희의 몸종인 옥이가 젖은 옷을 갈아입히려 서둘러 옷가지를 들고 들어오자 윤사현과 석호는 쫓기듯 그 자리를 일어날 수 밖에 없었다.

"의원은 아직 멀었느냐!"

그 인자하기로 소문난 윤사현의 벼락같은 소리에 집 안이 쩌렁쩌렁 울렸다.

"내 아희가 용마 계곡을 갈까 두려워 괜한 이야길 한 모양이구나."

윤사현이 스스로를 자책했다. 어린아이의 호기심을 만만하게 본 자신의 행동이 아희를 저렇게 몰고 간 것 같았다.

제 부모가 죽임을 당했음에도 울음조차 제대로 터트리지 못한 불쌍한 손녀였다. 진흙투성이 옷을 입고 발바닥은 헤지고 까져 마른 피딱지가 붙어 있는 그대로 윤사현의 집 앞에 석호의 손을 생명줄처럼 붙잡고 서 있던 아이였다.

울지도 않았고, 웃지도 않았다. 혼이 빠져나간 얼굴로 우두커니 서 있던 그 아이의 모습을 잊을 수가 없었다. 이대로 아희가 잘못된다면 윤사현은 죽어서 딸을 볼 면목이 없었다.

"그래도 다행입니다, 어르신."

석호가 떨리는 목소리로 말했다.

"뭐가 다행이란 말이냐. 아희가 저리 정신을 잃고 누워 있는데!"

"아씨는 어릴 적부터 호기심이 아주 강한 분이셨습니다. 저와 함께 온 해안을 다 뒤지고 다니셨지요. 그런 아씨가 이곳에 온 뒤로 가만히 숨만 쉬고 계신 것 같아 불안한 참이었습니다. 다시는 뭔가에 관심을 보일 거라곤 이놈이 생각도 못 했습니다."

석호의 눈시울이 붉어졌다. 그 난리통에서도 살아난 작은 생명이 이런 일로 잘못되지 않으리란 확신이 굳건하게 섰다.

아희가 깨어나면 그 옛날처럼 석호의 손을 잡고 이 마을을 이잡듯 뒤지고 다닐 수 있으리라. 다시 그 뽀얗던 웃음을 되찾을 수 있으리라고 석호는 믿고 있었다.

투박하고 거친 석호가 자신의 떨리는 두 손을 꽉 마주 잡았다. 누구보다 아희를 걱정하는 석호의 마음을 알기에 윤사현도 더 이상 무어라 입을 열 수 없었다.

"의원께서 오셨습니다!"

의원을 부르러 갔던 노비가 다급하게 외쳤다.

윤사현과 가끔 바둑을 두는 사이이기도 한 정 의원이 잰걸음을 놀려 마당 안으로 들어섰다.

"어서 오시게!"

버선발로 대청마루를 뛰어내려 넘어서 윤사현이 정 의원의 손을 붙잡았다.

"어르신, 이게 무슨 일입니까?"

며칠 전 아희의 맥을 마지막으로 짚고 더 이상 자신이 할 수 있는 일이 없다며 고개를 젓고 돌아간 정 의원이었기에 아연실색하며 물었다.

"내 손녀가 용마 계곡에 빠져 죽다 살아난 모양이네."

"허허, 이 추운 날씨에……."

정 의원이 혀를 차며 아희가 누워 있는 방 안으로 들어갔다.

정신을 놓고 식은땀만 흘리고 있는 아희의 맥을 짚고, 열을 재보면서 연신 고개만 흔드는 모습을 불안하게 옆에서 지켜보던 석호와 윤사현이 마른침을 삼켰다.

"참 이상한 일입니다."

"뭐가 이상하단 말인가?"

"작은 아씨의 몸에는 아무런 이상이 없습니다, 어르신."

"그 얼음장 같은 물에서 죽다 살아났는데 이상이 없다니? 그렇다면 왜 정신을 차리지 못한단 말인가?"

"그게 저도 영문을 모르겠습니다."

환갑이 넘도록 근 사십여 년을 의원 일을 해오고 있었지만 이런 경우는 또 처음이었다.

"짐작할 수 있는 건, 아무래도 모진 일을 당해 그때의 고통이 지금 나타난 게 아닐까 싶습니다."

"그 일도 굳건하게 견뎠던 아이네! 그런 아이가 왜 지금 와서!"

"조금 더 시간을 갖고 지켜봐야 될 것 같습니다, 어르신. 제가 매일 이곳에 들러 아씨의 상태를 확인하겠습니다."

의원도 손을 쓸 수 없다는 말에 윤사현이 그저 힘없이 고개만 끄덕였다. 아직 아희가 정신을 잃은 지 채 하루가 지나지 않았기에 몸에 특별한 이상이 없다는 말을 믿을 수밖에 없었다.

"아희야……."

어린아이가 감당할 수 있는 일을 넘어서서일까.

윤사현이 작은 머리를 쉼 없이 쓰다듬었다. 그의 소맷자락이 식은땀이 주르륵 흐르는 손녀의 이마 위를 훔쳤다.

"내일까지 일어나지 않으면 내 용한 의원을 수소문해볼 테니 너무 걱정 말거라."

할아비인 자신보다 더 깊은 걱정을 품고 있는 석호를 위로하듯 윤사현이 말했다.

"……용마 계곡에 다녀오겠습니다, 어르신."

"거기는 왜?"

"무슨 연유인지는 모르겠으나, 분명 아씨께서 뭔가 말하고자 하셨습니다."

석호가 벌떡 자리에서 일어나며 말했다. 이대로 가만히 앉아서 아희의 앓는 모습을 볼 수 없었다. 알지도 못하는 이유를 찾기 위해 일어나는 석호를 보며 윤사현이 마음대로 하라는 듯 고개를 끄덕였다.

◇ ◆ ◇

그곳은 캄캄하고 어두운 곳이었다.

한 발을 떼자 습하고 미끄러운 물이끼에 걸려 넘어질 뻔한

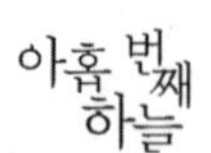

아희가 겨우 중심을 잡았다. 그러고 보니 자신의 주변을 스치고 지나가는 것은 분명 바람이 아니라 물이었다. 물속에 있음에도 숨을 쉴 수 있는 것에 신기해 주변을 둘러보자 곧 이곳이 커다란 방이 아닌 깊은 못임을 깨달았다.

문득 석호가 자신을 업고 산을 내려가던 기억을 떠올렸다.

자신은 이곳에 있어서는 안 될 사람이었다. 게다가 물고기라도 된 듯 이 물속에서 숨도 쉬고 있었다. 아희의 손이 목 부근을 더듬었다. 어디 아가미라도 달린 건 아닌가 싶었다.

예로부터 이무기가 사람의 눈에 띄면 도를 닦던 것이 물거품이 되어 커다란 바위에 머리를 찧어 죽는다는 어머니의 이야기가 떠올랐다. 그 이무기의 수행을 물거품으로 만든 사람 또한 며칠 시름시름 앓다가 원인 모를 병으로 죽는다 했다.

죽음.

그것에 생각이 이르자 덜컥 겁증이 몰려왔다.

살고 싶어서 도망쳤다. 부모의 시신을 거둬야 함이 당연하건만, 살기 위해 뒤도 돌아보지 않고 마을을 벗어났다. 항상 온 마음을 담아 자신을 안아주던 따뜻하고 커다란 두 팔은 더 이상 없었다. 천둥 번개가 치고 파도가 높아 무서움에 덜덜 떨고 있을 때, 방문을 살그머니 열고 들어와 웃으며 머리를 쓰다듬어 주던 어미의 여린 팔도 없어졌다.

그 단내 나던 품에 다시는 안길 수 없었다.

울컥, 가슴에서 묵직하고 뜨거운 것이 입 밖으로 토해졌다.

눈물은 유영하고 있는 물과 함께 씻은 듯 사라졌다. 눈시울이 뜨거웠지만, 스스로 울고 있다는 것을 자각하지도 못할 정도로 아희가 숨죽인 고통을 내뱉었다.

『무엇이 그리 슬퍼?』

그것은 목소리였다. 낮고 음울하기도, 어찌 들으면 맑고 청아한 소리 같기도 했다.

이곳에서 혼자라 여겼기에 깜짝 놀란 아희가 주변을 휘 둘러보았다.

지금까지 발견하지 못했던 게 신기할 정도로 새까만 옷을 입은 아희 또래의 사내아이가 눈앞에 서 있었다.

『내가 물었잖아. 무엇이 그리 슬퍼?』

사내아이는 입고 있는 모든 것이 새카맸다. 물살에 흔들리는 검은 머리칼은 주변을 뒤덮고 있는 어둠보다 더 짙었고, 슬쩍 올라간 눈초리는 매섭게만 보였다. 그 눈꼬리를 따라 내려오자 묵빛의 눈동자는 말로 형용할 수 없을 정도로 깊고 서늘했다.

그에 대비해 사람 같지 않은 새하얀 피부. 그곳에서부터 빛이 나고 있었다.

아이는 어둠이었고, 또한 빛이었다.

깊은 어둠을 간직한 채, 말도 안 되게 빛나고 있었다.

깊이를 알 수 없을 정도로 깊은 묵빛의 눈동자를 아희는 본 적 있었다. 그것을 깨닫자 소리 없는 비명을 꿀꺽 삼켰다.

아희가 대답하지 않자 사내아이의 그림같이 하얀 이마에 살짝 주름이 졌다. 그렇지 않아도 올라간 눈초리가 가늘게 뜨이자 섬찟 놀라 아희가 한 발 뒤로 물러섰다. 그녀의 그 모양새를 보곤 사내아이의 눈초리가 더욱 가늘어졌다.

그리고 순간이었다.

눈을 채 깜박이기도 전에 사내아이의 얼굴이 아희의 얼굴 바로 앞에 와 있었다.

붉디붉은 입술이 이번에야 말로 대답하지 않으면 가만두지 않겠다는 의지를 가지고 천천히 열렸다.

『무엇이 그리 슬프냐고 물었다.』

꼭 그 대답을 들어야 직성이 풀리는지 고집스럽게 묻고 있었다.

아희가 대답 대신 고개를 젓자 그것이 마음에 들지 않는 듯 사내아이가 그녀의 턱을 잡고 자신의 얼굴 앞에 고정시켰다.

『버릇없는 인간의 아이야.』

눈앞에 있는 묵빛 눈동자의 어둠이 좀 더 깊어졌다고 생각했다. 그러자 순식간에 몸을 타고 흐르는 한기에 아희가 다시 뒤로 몸을 빼려 했으나 꼼짝도 할 수 없었다. 그저 경직되어 있는 아희의 상태가 사내아이는 마음에 든 듯 붉은 입술이 비죽이 올라갔다.

『내가 누군지 넌 알고 있지?』

그 목소리는 여전히 어둡고, 또한 맑았다.

아희가 천천히 고개를 끄덕였다.

그러자 사내아이가 더욱 바짝 아희의 앞에 얼굴을 가까이 가져다 댔다. 입술이 맞닿을 듯했다. 물속에서도 여실하게 서로 내뱉는 숨결이 느껴졌다.

그녀의 행동을 단 하나도 놓치지 않고 샅샅이 살피는 듯했다. 흔들림 없는 그 사내아이의 눈동자를 피해선 안 된다는 생각이 들었다.

눈 한번 깜박이지 않고 아희의 눈동자가 자신을 보는 새카만 그것을 조용히 응시했다.

어차피 죽을 목숨이라면 이번에는 물러서지 말아야 했다.

『너는 내 이름을 부르게 될 거야.』

그가 확언했다.

자신은 그의 이름을 모른다는 말을 할 수 없었다. 단 한 마디도 입 밖으로 나오지 않았다.

『입을 열어. 내 이름을 불러. 그렇지 않으면 넌 이 몽상에서 영원히 깨지 못할 거야.』

그제야 이곳이 꿈속이라는 사실을 아희가 인지했다. 그리고 이 꿈을 만들어낸 장본인이 눈앞의 검은 이무기라는 것 또한.

자신을 보면 항상 가슴 저리는 할아버지의 모습과 전전긍긍하는 석호의 모습이 천천히 차례로 지나갔다. 유일하게 자신에게 남은 사람들이었다.

눈앞의 사내아이는 아희가 입을 열 거라 확신하고 있었다.

그의 입가에는 여전히 비스듬한 미소가 걸려 있었다.

무인(武人)은 걸어오는 싸움은 피하지 않는다. 항상 그녀의 아버지가 입버릇처럼 하던 말씀이었다. 아버지는 그 간밤의 기습에서도, 불리한 상황에서도 목숨을 내어놓고 피하지 않았다. 자신이 수령이던 마을이 함락당하면, 그다음 마을이 함락되고 그렇게 되면 결국엔 왜놈들에게 나라 전체를 내어줄 수도 있다며 항상 걱정하셨다.

아버지가 목숨을 내어놓은 와중에 자신은 도망쳤다.

아희의 눈에서 분한 눈물 한 방울이 뚝하고 떨어졌다.

영원을 꿈속에서 헤매도 좋았다. 하지만, 이 협박에 굴복하고 싶지 않았다. 도망치는 건 그때 한 번으로 족했다.

작은 두 손이 사내아이의 어깨를 꽉 움켜잡았다. 묵빛의 눈동자에 일순간 흔들림과 동시에 아희가 있는 힘껏 그를 뒤로 밀어냈다.

의외로 순순히 뒤로 물러난 사내아이가 두어 발 떨어진 곳에서 말없이 아희를 응시했다. 흔들린 눈동자에는 곧이어 분노가 담겼다. 그 붉은 입술에서 노호성이 터질 것만 같았다.

자신의 발은 또 의지를 배반하고 뒷걸음질 치려 했다. 의식적으로 그것을 느끼며 그 자리에 온 힘을 다해 아희가 버티고 섰다. 두 다리가 후들후들 떨려왔다. 다리가 떨리자 온몸이 사시나무 떨리듯 떨려왔다.

숨구멍 하나하나를 바늘로 찌르는 듯한 살기에 숨을 쉬는 법도 잊어버렸다.

『감히…….』

잇새로 내뱉은 그 한마디에 담겨 있는 분노는 기어이 아희의 무릎을 바닥에 꿇게 했다.

자신과 비슷하다고 느꼈던 사내아이의 키가 올려다보자 훌쩍 커 보였다. 무릎은 꿇었으되 고개까지 숙이지는 않았다.

『네가 일을 어렵게 만드는구나.』

턱이 덜덜 떨려오자 입을 앙다물었다. 공포에 맞서 싸우면서도 자신에게서 한 치도 눈을 돌리지 않는 인간 계집을 내려다보는 눈동자가 서릿발보다 차가웠다.

천 년을 넘게 자신을 알아봐줄 인간을 기다리며 지내온 시간은 스스로마저 망각 속에 잊을 정도로 길었다. 자신이 잠들었던 자리에 물이 고이고 폭포가 생기고 새싹이었던 느티나무의 긴 가지가 우거질 때조차 눈을 뜨지 않았다.

그가 눈을 뜬 것은 최근의 일이었다. 눈을 뜨자 신수가 찾아왔고 때가 가까워져 왔다고 말했다.

느니어 뱀의 허물을 날피(脫皮)하고 하늘에 오를 날이 가까워져 왔음을 알게 되자 기다림이 시작되었다.

천 년의 시간은 유수와 같이 흘렀지만, 수십 년의 시간은 느리게만 흘러갔다. 어느 누구도 계곡 아래 잠들어 있는 자신을 볼 수 없었다.

자신을 똑바로 바라보고 있는 감색 눈동자를 가진 계집애

외에는.

그의 찰나의 숨조차 되지 않을 생을 살아 왔을 작은 몸집에는 아집과 오기가 묻어 있었다. 이 이상 인간에게 해를 가할 수 없다는 사실을 깨닫자 짜증이 밀려왔다.

털썩.

무릎 꿇고 앉아 있는 아희의 앞에 그가 주저앉자 작은 몸이 또다시 흠칫 떨리는 것이 눈에 보였다.

『시간이 부족한 것은 너겠지.』

순식간에 살기를 갈무리하자 숨통이 트인 아희가 하, 하고 숨을 뱉었다. 조그만 연분홍색 입술에 잠시 시선을 주던 그가 이내 양반다리를 하고 눈을 감았다. 어차피 그가 내보내주지 않는 한 이곳에서 계집이 갈 곳은 없었다.

'내보내줘.'

아희가 자신의 앞에 앉아 눈을 감고 있는 그의 손을 붙잡고 손바닥에 빠르게 글을 써내려갔다. 손목에 느껴지는 온기에 그가 한쪽 눈을 지그시 뜨자 어느샌가 가까이 와 있는 작은 얼굴이 고집스럽게 의사표현을 하고 있었다.

『네가 내 이름을 부르면.』

더 이상 그가 무섭지 않았다. 자신의 몸을 반으로 쪼개는 듯한 무서움은 사라진 지 오래였다. 그저 심드렁하게 앉아 눈을 감고 있는 그는 더 이상 자신에게 위협을 가하지 않았다.

'그럼 이름을 알려줘.'

『난 내 이름을 말할 수 없다.』

그가 짧게 단답으로 말했다. 귀찮다는 듯, 어떻게 보면 그것도 모르냐는 타박이 목소리 끝에 깔려 있었다.

그 말에 아희가 잡고 있던 그의 손을 놓았다.

자신이 어떻게 알려주지도 않는 이름을 알고 부른단 말인가. 그리고 가장 근본적인 문제는 목소리가 나오지 않았다.

그때 아희의 눈에 들어오는 것이 있었다.

그저 사내아이의 하얀 피부라고만 생각했다. 하지만, 그녀가 조금 고개를 돌리자, 그 피부에서 오색의 빛이 반짝하고 빛났다. 다시 다른 쪽으로 고개를 틀자 또다시 반짝하고 빛났다.

손이 저도 모르게 드러난 그의 목덜미로 향했다. 아희가 하는 행동을 말없이 지켜보던 그가 인상을 찌푸렸다.

겁도 없이 다가온 손이 그의 목덜미를 쓱쓱 쓰다듬었다. 그리고 이내 아희의 고개가 비스듬히 계속해서 꺾이는 것을 눈앞에서 바라보며 지금 상황에 대한 고찰에 빠졌다.

인간 계집아이가 술수를 쓰는 게 분명했다. 자신이 살기를 거두자마자 겁도 없이 기어오르고 있었다.

그가 막 분노를 터트리려 했을 때 또다시 아희가 손바닥에 글을 썼다.

'예뻐. 전복껍데기 같아.'

『……뭐?』

기가 막혔다.

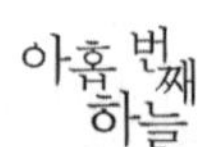

처음으로 자신을 얼빠지게 한 손톱만 한 계집아이를 그가 무섭게 노려봤으나, 이미 그의 분노에 찬 눈빛은 안중에도 없는 듯 여전히 아희는 시선을 내려 하얀 목덜미를 갸웃갸웃하며 바라보고 있었다.

『이상한 계집.』

말이 끝나기 무섭게 아희가 손톱을 세워 그의 목덜미를 조금 긁었다.

『긁지 마!』

그렇게 하면 비늘이 떨어질 거라 생각했던 모양이었다.

그의 본체는 위압감만 주기 때문에 인간으로 현신해 이름을 부르라 살살 꼬드길 예정이 단단히 벗어났다. 세상의 어떤 강철보다 더 단단하고 무엇이든 벨 수 있는 무기가 되기도 하는 천년 묵은 이무기의 비늘을 전복 껍데기에 비유하는 얼빠진 계집아이.

너무도 기가 막혀 그가 짧게 웃었다.

그리고 이내 눈을 빛내며 아희를 향해 은근한 목소리로 말했다.

『하나 줄까? 내 비늘?』

말이 끝나기 무섭게 아희가 고개를 크게 끄덕였다.

그러자 그의 입술에 진한 미소가 걸렸다.

『그럼 이름 불러봐, 이름.』

아희의 고개가 땅을 향해 푹 숙여졌다. 그러자 그의 고개마저 덩달아 땅을 향해 깊게 처박혔다.

하늘은 천 년 시간을 견뎌온 이무기의 이름을 불러줄 사람으로 벙어리를 보낸 게 분명했다.

03.

윤사현의 하나뿐인 손녀딸이 벌써 닷새 동안 정신을 잃고 사경을 헤맨다는 소리는 동네에 금세 파다하게 퍼졌다. 원인도 알 수 없는 병으로 인해 시름시름 앓다가 결국 그리되었다고도 했고, 뒷산의 용마 계곡에 빠졌다가 이무기의 저주에 걸려 그리 됐다고도 했다.

우물가에 모이면 내도록 아낙들은 그 이야기였다. 결국엔 제 부모가 죽고 말문도 닫아버린 그 불쌍한 아씨가 죽게 됐다는 동정 어린 말로 하루가 시작될 정도로 작은 마을이 떠들썩했다.

벌써 옆 마을, 그리고 한양에서까지 용한 의원을 이 잡듯 부르기 시작했다는데 그네들이 오려면 한참 걸려서 그동안 작은 아씨가 버틸 수 있는지 수다스럽게 떠들어댔다.

기묘한 도령이 찾아온 것은 작은 아씨가 의식을 잃은 지 딱 닷새째 되던 날이었다.

마을의 서낭당 어귀에서부터 갑작스럽게 나타난 두 사람은 마을에 들어설 때부터 동네 사람들의 시선을 한 몸에 받았다. 이제 막 십 대 초중반으로 보이는 멀끔히 생긴 도령 하나에 보따리를 들쳐 맨 여종 하나였다.

푸른 도포를 입고 있는 도령은 유독 새까만 머리칼에 햇빛에도 빛날 것 같은 하얀 피부를 가지고 있었다. 눈초리가 치켜 올라가 조금 날선 인상이었지만, 시원스레 뻗은 콧날에 연신 은은한 미소를 머금고 있는 붉은 입술은 상대방으로 하여금 호감을 갖게 했다.

그에 비해 그의 뒤를 따르고 있는 계집종은 이제 17, 8세나 되었을까 싶었다. 말끔한 도령과는 다르게 산발해 이리저리 뻗친 머리와 유독 노란기가 도는 눈동자는 매섭기만 했다. 연신 인상을 찌푸리며 도령에게 뭐라고 불만을 터트렸지만 그때마다 도령은 가만히 웃기만 하고 있었다.

그들은 마을에 들어서자마자 누군가 말해주지도 않았건만, 거침없이 윤사현의 집 쪽으로 걸음을 옮기고 있었다.

낯선 이방인이 찾아온 적은 윤사현의 손녀가 찾아왔을 때 이후로 처음이었다. 마을 자체가 워낙 외진 곳에 있었기에 떠돌이 객 하나 일 년에 한두 번 올까 말까 했다. 그랬기에 갑자기 등장한 떠돌이 객처럼 보이지도 않는 두 사람에게 시선이 가는 것은 당연했다.

"이리 오너라!"

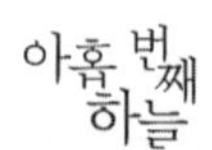

윤사현의 집 앞에서 한 치의 망설임도 없이 여종이 앙칼지게 입을 열었다.

"이리 오래두!"

잠시의 기다림도 참지 못하고 또다시 여종이 소리쳤다. 그녀의 등 뒤에서 도령이 작게 혀를 차는 소리가 들렸다.

"뉘시오?"

해쓱한 얼굴의 석호가 대문을 열고 나와 이상한 행색의 그들에게 물었다.

"이곳에 아픈 아씨가 있다 해서 왔다."

거만한 얼굴로 여종이 석호에게 말했다. 그러자 그의 눈에 한 줄기 빛이 스쳐 지나갔다.

"댁들은 누구시길래……."

"우리 도련님께서 아씨의 병을 낫게 할 방도를 가지고 왔으니 썩 대문을 활짝 열거라!"

석호의 말이 끝나기도 전에 여종이 크게 호통 치며 입을 열었다. 그 호통에는 사람을 움직이게 하는 힘이 있었다. 저도 모르게 더 이상 묻지 않고 대문을 활짝 연 석호가 당당하게 안으로 들어가는 두 사람의 뒤를 황급히 따랐다.

"무슨 소란인 게냐?"

"어르신, 그게……."

닷새 내내 아희의 곁을 떠나지 않고 지키던 윤사현이 바깥의 소란에 잠시 대청마루 밖으로 나왔다.

"우연히 옆 마을을 지나다 이곳 아씨의 소식을 듣고 들렀습니다."

지금껏 한마디도 하지 않던 도령이 여종의 앞으로 나와 윤사현에게 말했다. 윤사현의 눈이 천천히 자신의 손녀딸보다 두엇 더 먹어 보이는 도령의 행색을 살폈다. 이 근방의 소문난 지주인 윤사현의 손녀가 사경을 헤맨다는 소문이 돌자마자 벌써 어중이떠중이 두엇이 돈을 뜯어낼 목적으로 다녀갔기에 그의 시선이 진중하게 어린 도령을 살폈다.

"그게 도령과 무슨 상관이오?"

"아씨께서 뒷산에 가셨다가 변을 당하신 걸로 알고 있습니다. 아무래도 산신의 노여움을 사신 게 아닌가 싶습니다."

"산신의 노여움이라…… 그래, 도령은 무슨 방책이 있소?"

용하다는 의원도 모두 손을 놓고 돌아갔다. 닷새째 식은땀만 흘리며 연신 의식을 차리지 못하는 아희를 지켜본 윤사현의 마음은 타들어가는 마른 장작 같았다.

윤사현의 말이 끝나기 무섭게 여종이 어깨에 메고 있던 보따리를 풀너니 그 안에서 비단으로 쌓인 작은 상자 하나를 꺼내었다.

"육백 년 묵은 산삼입니다, 어르신. 산신의 노여움은 산삼으로 달래야 한다는 말이 있지요."

여종이 내민 작은 상자를 떨리는 손으로 윤사현이 조심히 열어보았다. 뿌리 끝 하나 다치지 않은 육백 년 묵은 산삼이 그

안에 있었다. 그로써도 살아생전 육백 년이나 묵은 산삼은 처음 보는 것이었다. 돈이 있어도 구하지 못하는 이것을 선뜻 내어주는 도령을 보며 입을 열었다.

"내가 도령에게 무엇을 어떻게 보상해야겠소?"

"그건 이 댁 아씨가 깨어난 뒤에 이야기해도 늦지 않습니다."

"석호야, 이것을 어서……."

윤사현이 산삼을 석호에게 넘겨주며 말하자 그가 서둘러 그것을 갖고 뒤뜰로 달려 나갔다.

"아씨를 제가 볼 수 있겠습니까?"

외간남자가 분명했으나 아직 어렸다. 그리고 무엇보다 그 귀한 산삼을 선뜻 내어준 장본인이었다. 윤사현이 낮은 숨을 쉬며 고개를 끄덕였다.

"호야, 넌 여기서 기다려."

"내가 무슨 개야? 기다리라면 기다리게."

여종이 툴툴대며 마당에 있는 돌부리를 걷어차며 말했다. 주종관계가 분명함에도 주인에 대한 공경을 보이지 않는 여종을 이상하게 쳐다보는 윤사현이 이내 대청마루로 가지런히 신을 벗고 들어서는 도령을 향해 시선을 돌렸다.

"우리 아희와 인연이라도 닿아 있는 게요?"

그렇지 않으면 이렇게 도와줄 수 없다는 생각이 들어 윤사현이 물었으나 도령은 그저 조용히 웃으며 아무 말도 하지 않았다. 아희가 누워 있는 방문을 열자 여전히 의식을 잃고 누워 있는 작은 몸이 보였다.

이제는 식은땀을 흘리진 않지만, 여전히 알 수 없는 이유로 인해 눈을 뜨지 않고 있었다.

그 앞에 조용히 앉은 도령이 입을 열었다.

"예전에 한번 만난 적이 있습니다. 마을에 난이 있어 소식이 끊겼는데 이곳에서 다시 만나게 되는군요."

분명 아희 또래의 어린 사내아이건만, 함부로 범접할 수 없는 기묘한 분위기의 아이였다. 사실 윤사현은 도깨비에게 홀린 것만 같은 기분이었다. 지푸라기 하나라도 잡는 심정으로 그를 집 안에 들였으나 그가 손쓸 수 없는 거대한 어떤 힘이 마음대로 그를 붙잡고 움직이게 하고 있는 것 같았다.

그 말 이후로 도령은 입을 열지 않았다.

오히려 그것이 다행이라는 생각을 하며 윤사현도 묵묵히 시간이 흐르기만을 기다렸다.

열 시간이 넘는 시간 동안 미동도 하지 않고 아희의 옆에서 묵묵히 기다리는 그를 보며 윤사현이 깜박 잠이 들었을 때였다.

바깥은 이미 컴컴한 어둠이 내려앉아 있었다.

"어르신."

바깥에서 석호가 윤사현을 부르자 퍼뜩 정신이 든 그가 입을 열었다.

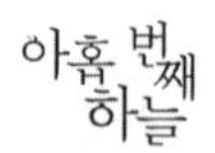

“들어오거라.”

사기대접 하나에 열 시간을 넘게 꼬박 달인 산삼의 진액을 조심히 받쳐 들고 들어온 석호가 그것을 건넸다.

“수고했다.”

그리고 이내 약이 식기 전 숟가락으로 떠 아희의 입에 천천히 흘려 넣었다.

“오늘 밤만 지나면 정신을 차릴 겁니다.”

도령은 이미 확신한 뒤 말하고 있었다. 그 어투에는 사람으로 하여금 믿게끔 만드는 힘이 있었다.

아직도 밤은 기다리는 이들 모두가 지칠 정도로 길게 남아 있었다.

멀리서 새벽을 알리는 닭 울음소리가 길게 들려왔다.

눈을 뜨고 싶었으나 몸이 물먹은 솜마냥 축축 처지기만 하고 제 마음대로 움직이지 않았다. 머리에는 묵직한 두통이, 몸은 천근의 추를 올려놓은 것마냥 무거웠다. 꿈에서 깨기까지는 순식간이었다. 자신이 입을 열 때까지 돌려보내 주지 않을 것 같던 그는 무슨 영문에서인지 어느 순간 아희의 앞에서 사라졌고, 이내 그녀는 현실로 돌아올 수 있었다.

현실을 알리는 두 번째 닭 울음소리가 들리자 아희가 있는 힘을 다해 손가락 끝을 움직이려 했다.

다시 그 꿈속으로 빨려 들어가면 이제는 정말 깨지 못할 것 같았다.

"너무 애쓰지 마."

귓가에 나직하게 속삭이는 소리에 그녀의 움직임이 멎었다.

환청 같은 그 소리에 아직도 꿈인가 싶었지만, 세 번째 닭 울음소리가 들렸다. 그리고 거짓말처럼 눈이 번쩍하고 뜨여졌다.

아희가 익숙한 방 안의 풍경을 보고 역시 환청이었다 생각하며 안도의 한숨을 내쉬었다.

"아희야!"

잠긴 목소리로 아희의 이름을 부르며 반색하는 할아버지의 얼굴을 보니 돌아왔다는 실감이 났다. 온몸이 두드려 맞기라도 한 것처럼 욱신거려 인상을 찌푸리자 윤사현이 그녀의 머리를 살갑게 쓰다듬었다.

"자꾸 이 할애비의 애간장을 녹일 테냐?"

"아씨, 몸은 괜찮으세요?"

해쓱해진 윤사현과 석호의 얼굴을 번갈아 바라보며 아희가 작게 고개를 끄덕였다.

얼마동안 그 꿈속에서 헤어 나오지 못한 걸까.

이제는 아무래도 상관없었다. 자신은 꿈에서 깨어났고, 아껴주고 걱정해주는 사람들 곁으로 돌아왔다.

"고맙소, 도령. 내 도령이 원하는 것은 무엇이든 들어주리다."

윤사현이 온전하게 정신을 차린 아희를 보고 크게 기뻐하며 그녀의 뒤쪽을 보며 흔쾌히 말했다.

"정신을 차려 다행입니다."

꿈속에서 들었던 이 음성을 잊을 수 없었다. 그때보다 좀 더 현실성 있게 그 목소리가 들려왔다.

그것도 자신의 바로 뒤에서!

아희가 힘겹게 몸을 일으켜 뒤를 돌아보았다. 그녀의 머리맡에 앉아 있는 것은 검은 이무기였다.

"……!"

감색 눈동자가 더 이상 떠질 수 없을 정도로 커다랗게 떠지며 경악에 찬 모습을 그가 빙글거리며 지켜보았다.

"아희야, 네 생명을 구해주신 은인이다. 인사드리거라."

그 말에 그녀가 있는 힘껏 고개를 저었다. 그 모습을 석호가 이상하게 쳐다보는 찰나에 도령이 천천히 입을 열었다.

"제 건강이 좋지 않아 산 좋고 물 좋은 곳에서 요양하기 위해 떠돌던 참이었습니다. 어르신 댁에 방이 하나 있다면 머물고 싶습니다."

어마어마한 돈도 아니었고, 윤사현이 내심 걱정했던 어린 아희와의 혼사 문제도 아니었다. 그저 집에 남아도는 방 한칸을 부탁하는 그 말에 지금껏 걱정했던 것이 물거품처럼 사라졌다.

"정말 그거면 되겠소?"

"충분합니다."

도령이 여전히 조용히 웃으며 대답했다.

"석호야, 어서 도령이 머물 만한 방을 깨끗이 청소해놓거라."

"네, 어르신."

"내 오늘은 집에 오신 귀한 손님과 아희를 위해 닭을 한 마리 잡으라 해야겠구나. 허허허."

이 모든 게 다른 꿈인 것처럼 아희가 두 눈을 꼭 감았다가 다시 떴다. 그렇다고 해서 눈앞의 사내가 사라지는 것이 아니었다.

아희가 떨리는 손으로 눈앞의 사내를 가리키자 기다렸단 듯 그가 손가락을 움켜잡았다. 지나치게 서늘한 체온에 흠칫 몸이 떨려왔다.

"비늘 하나 줄까?"

꿈속에서 들었던 그 말을 실제로 다시 들었다. 게다가 얼굴엔 장난스러운 웃음까지 걸려 있었다.

"난 시간이 아주 많아. 오히려 시간이 없는 건 네 쪽이지."

선전포고였다. 그것도 꿈이 아닌 현실에서.

윤사현은 석호에게 도령이 지내는 데 필요한 물품들을 빠트리지 말라 옆에서 일일이 지시하고 있어서 그의 나직한 목소리는 미처 듣지 못하고 있었다.

"내가 이곳을 떠나길 원한다면 내 이름을 불러."

그 이름은 정말 곧 죽어도 아희는 알 수 없었다. 모른다는 뜻으로 격하게 고개를 젓자 그가 어깨를 으쓱했다.

“헌데 도령의 이름은 어찌 되오?”

자신이 묻고 싶었던 물음을 할아버지가 던지자 아희가 그의 입술이 열리기를 뚫어지게 쳐다보았다.

“율. 민율이라고 합니다, 어르신.”

그녀에게는 알려주지 않는 이름을 할아버지의 한마디에 바로 알려주는 그를 새치름하게 바라본 아희가 기억했다는 듯 고개를 끄덕였다.

“물론 네가 불러야 될 이름은 다른 이름이야.”

어림도 없다는 듯 율이 덧붙였다.

말도 안 된다는 아희의 눈빛을 재미있게 쳐다보며 율이 비죽 미소 지었다.

아희 외에 아무도 정체를 알지 못하는 천 년 묵은 이무기와의 한집 생활이 그렇게 시작됐다.

“흡!”

촉촉하게 젖어 있는 감색 눈동자가 저토록 커질 수 있을까라고 율이 잠깐 생각한 사이 모퉁이를 돌던 아희가 그대로 그에게서 등을 돌렸다. 며칠째 그의 눈치를 보며 방에서 나올까 말까 했던 걸 알고 있었다. 볕이 좋은 날이라 뒤뜰을 산책 중에 이렇게 맞닥트렸다.

귀신이라도 본 얼굴처럼 밝게 혈색이 돌던 연분홍빛 뺨은 하얗게 질렸고, 검은 눈은 더 이상 커질 수 없을 때까지 커졌다. 사람의 얼굴이 이토록 쉽게 바뀌는 것을 신기한 듯 바라보던 율은 아희가 자신에게서 등을 돌리자 심기가 불편해졌다.

"내가 그리 끔찍해?"

막 다시 모퉁이 사이로 사라지려는 한줌도 되지 않을 것 같은 어깨를 턱 붙잡고 율이 아희의 볼 옆으로 고개를 내밀며 말했다.

팟!

아직 채 자라지 않은 작은 손으로 매섭게 율의 얼굴을 힘껏 밀어낸 아희가 벽에 바짝 등을 붙였다.

"너……."

그의 볼이 붉은 손자국으로 인해 금세 부풀어 올랐다. 이토록 작은 계집에게 얻어맞을 줄은 꿈에도 몰랐던 율의 눈꼬리가 매섭게 올라갔다.

"어이, 도령 뭐 해?"

치마 한쪽은 거추장스럽다는 듯 걷어 대충 옆으로 동여매고 매끈한 다리를 보란 듯이 내밀며 뒤뜰에 나타난 이는 율이 몸종으로 데리고 온 여자였다. 햇살을 받아 샛노란 병아리 같은 여자의 머리칼 색에 순식간에 시선을 빼앗긴 아희가 멍하게 입을 벌렸다.

태어나서 저런 머리색을 가진 사람은 처음 보았다. 언젠가 자신이 키우던 누렁이의 털색 같기도 했고, 병아리의 색깔 같기도 했다.

"헐, 도령 얻어맞은 거야?"

머리도 제대로 땋지 못하는지 대충 묶어 올린 노란 머리칼의 여자가 아희의 곁을 스쳐 율에게 다가갔다. 그의 빨간 한쪽 뺨을 보고 아희를 힐끗 쳐다본 여자가 혀를 쯧 찼다.

"시끄러워."

"시끄럽긴. 얻어맞았지?"

그 사실이 못내 재미있다는 듯 여자가 킥킥 웃으며 율을 놀렸다. 그 익살맞은 모습에 아희가 저도 모르게 작게 웃음을 터트렸다.

"너, 왜 웃어?"

단박에 율의 시선이 아희에게 돌아갔다. 내내 자신을 향해 겁먹은 표정을 하고 있다가 아무 일도 없었다는 듯 웃는 모습에 기가 막혔다.

작은 손이 그의 말은 듣지 못한 듯 자신의 앞에 있는 반짝이는 노란 머리칼을 향했다. 그 행동에 용마 계곡에서의 일을 떠올린 율이 뭔가 떠오른 듯 의미심장한 미소를 지었다.

아희의 손이 막 노란 머리칼에 닿으려는 찰나였다.

"줄까?"

한 손으로 아희의 손목을 붙잡은 율이 낮게 말했다.

무슨 말이냐는 듯 아희의 눈에 의문이 떠올랐다.

"내 비늘과 호야의 머리칼을 주지. 그러니 넌 내 이름을 불러."

"누구 마음대로 남의 털을 주냐 마냐야?"

아희가 고개를 저었다. 그건 정말 갖고 싶었지만, 자신은 그의 진짜 이름이 무엇인지 알지 못했다. 그것을 받아놓고 진짜 이름을 알지 못한다고 말하면 순식간에 이무기로 변해 한입에 꿀꺽 삼켜버릴 것 같아서 이러지도 저러지도 못했다.

작은 발을 동동 굴리며 아희가 뒷걸음질 쳤다.

"그런 쓸데없는 걸로 날로 먹으려 들면 안 되지, 도령. 자, 아씨. 아씨가 좋아하는 걸 말해봐."

좋아하는 것.

그 말에 물러서려던 발이 멈췄다.

반짝이는 것이 좋았다. 햇살이 반사된 반짝이는 바닷물이 좋았고, 빛에 따라 시시각각 변하는 전복껍데기도 좋았다. 수십만 개의 알알이 반짝이던 바다의 모래 위를 걸을 때는 세상을 전부 다 가진 기분이었다.

가만히 생각하던 아희는 자신이 좋아하는 모든 것이 햇살에 반사된 것임을 깨닫자 손가락으로 하늘을 가리켰다.

"……해?"

호야의 설마 하는 물음에 크게 고개를 끄덕였다.

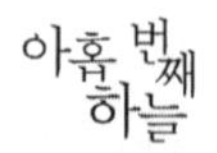

"도령, 어쩌냐. 도령이 하늘이 돼도 해는 못 따다 줘."

율은 호야의 말에도 대답하지 않은 채 그저 하늘을 올려다보는 그 작은 얼굴을 보고 있었다. 자신의 비늘에 관심을 가졌던 것도 모두 햇살이 비췄기 때문이라니.

이런 얼토당토않은 계집을 보았나.

"아씨, 그러지 말고 우리 작고 반짝이는 것들에 대해 이야기해보자. 홍옥이라든지, 진주라든지. 금이나 은도 좋고. 그런 거라면 얼마든지 줄 수 있는데."

아희가 고개를 저었다.

"아씨가 어려서 뭘 모르는 모양인데, 앞으로 오 년만 더 지나면 그런 게 얼마나 유용하고 필요한지 알게 될 거야. 인간들은 항상 작고 반짝이는 걸 더 많이 얻기 위해 싸우니까."

그래서 싫었다. 재물은 언젠가 화를 불러일으킨다고 이야기하셨던 아버지의 말이 생각나자 아희의 눈가가 시큰해졌다.

빨개진 그 눈을 무심하게 바라보던 율이 한 손가락으로 아희의 이마를 툭 밀었다.

"질질 짜지 마."

그 한마디에 막 차고 오르려던 눈물이 쏙 들어갔다. 치부를 들킨 것처럼 얼굴이 벌겋게 달아올랐다. 아희가 이무기라는 것도 잊고 막 달려들려던 차에 율의 어깨를 호야가 잡아 당겼다.

"미쳤어? 지금 살살 달래서 이름을 부르게 해도 모자랄 판에! 아이고, 아씨. 우리 도령이 잘못했네. 그치? 잘못했지?"

호야가 팔꿈치로 율을 툭툭 치며 말했다.

아희의 부들부들 떨리는 손가락이 분이 가시지 않는다는 듯 율을 가리켰다. 그게 마치 '절대 네 이름 따위는 부르지 않을 테다.'라는 결심처럼 보여서 호야의 얼굴에 핏기가 싹 가셨다. 그걸 율도 느꼈는지 숱 많은 검은 눈썹이 꿈틀 움직였다.

"하! 감히 내게 삿대질을 하는 거냐?"

기가 찬다는 얼굴로 아희의 손가락을 눈짓으로 가리키며 율이 말했다.

"넌 좀 빠져!"

율의 말에 소리를 친 것은 호야였다.

"어떻게든 이름을 부르게 만들어서 그 이후에 죽이든 살리든 분풀이를 하라고, 이 물정 모르는 이무기야."

그의 귓가에 이를 악물고 호야가 목소리를 낮춰 말했다.

"저 쥐콩만 한 게."

호야의 충고는 이미 어디론가 날려버린 율의 입에서 기어이 다음 말이 튀어나왔다. 쥐콩만 하다는 소리를 들은 아희의 얼굴이 다시 새빨개졌다. 그리고 이내 씩씩대며 그를 스쳐 지나가 버렸다.

"너 진짜 왜 그래!"

아희가 사라지자마자 호야가 벌컥 화를 냈다.

"시끄러워."

"천 년을 못에 있더니 머리가 돌기라도 한 거야? 살살 비위를 맞추라고. 동해의 이무기가 먼저 하늘에 오르면 모든 게 다 끝이야. 널 살려둘 것 같아? 지금 급한 게 누군데 저깟 계집애 하나를 못 구워삶아?"

"급한 건 내가 아니라 너 같은데."

비아냥거리며 아희를 놀리던 음성은 온데간데없이 건조한 목소리가 율의 입에서 나왔다. 조급함 따위는 눈 씻고 찾아볼 수 없는 그 말에 호야가 스스로의 가슴을 주먹으로 내리쳤다.

"내가 너한테 줄선 걸 잊지 말라고."

그가 하늘이 되지 못한다면, 호야 또한 원하는 바를 이루지 못한다.

하늘의 신수.

신수들이 오를 수 있는 그 최고의 자리를 탐해 스스로 율을 찾아왔다. 그의 손과 발이 되어 천 년의 인간을 찾은 것이 호야였다.

지금 눈앞에서 모든 것이 이루어질 찰나에 심드렁한 율이 이해가 되지 않는다는 듯 이번에는 그녀가 씩씩거렸다.

"동해의 이무기가 모를 것 같아? 조만간 저 계집애를 찾아올 거라고. 그 계집애가 그놈의 이름을 부르면 우리 둘 다 아주 뭐 되는 거야."

귀에 딱지가 앉게 듣는 말을 한 귀로 듣고 흘리며 율이 새끼손가락으로 귀를 후볐다.

"야!"

쨍한 목소리가 아프게 고막을 울렸다.

"시끄럽다니까, 호야."

말로 못할 정도로 느긋한 목소리로 율이 일광욕이라도 즐길 생각인지 기분 좋게 눈을 감았다. 그 여유로움을 도저히 이해할 수 없는 얼굴로 쳐다보다가 이내 호야도 아희처럼 씩씩대며 그곳을 떠났다.

"따뜻해."

햇살이 주는 온기는 그가 지금껏 느끼지 못했던 것이었다.

깊은 못에는 물속으로 투영된 햇살만 느낄 수 있을 뿐, 모든 것이 어둡고 축축하고, 그리고 차가웠다.

하늘에 떠 있는 해가 생소해 보이는 것도, 그 햇살이 내리쬘 때의 빛깔이 눈이 부실 정도로 아름답다는 것도, 아희가 햇살을 받아 반짝거리는 모든 것에 손을 내민다는 것도 이미 율은 알고 있었다.

자신도 그렇게 느끼고 있었으니까.

세상의 모든 것이, 햇빛이 닿는 것이, 달빛이 닿는 것이 모두 아름다웠다. 한순간도 눈을 뗄 수 없을 정도로.

그래서 잠시만 이대로 있고 싶었다.

쉴 새 없이 그 빛을 향해 손을 뻗는, 아름다운 것을 아는 쥐콩만 한 계집애를 잠시 그냥 두고 싶었다.

아희가 그랬던 것처럼, 율이 내리쬐는 햇살 밖으로 손을 내밀었다.

햇빛이 닿은 그의 손가락이 반짝, 빛났다.

◇ ◆ ◇

왁자하게 아이들이 웃는 목소리에 아희의 얼굴에서 웃음이 그려졌다. 모퉁이에 숨어 고개만 힐끗힐끗 밖으로 냈다 넣었다 하며 눈치를 살폈다. 나갈까, 말까. 나가서 놀아달라고 할까. 나도 껴달라고 할까. 수십, 수백 번을 고민했다.

누구보다 밝았던 아희였다.

평민이고 천민이고 할 것 없이 온 동네 아이들과 매일매일 바닷가에 가서 놀았었다. 신분의 귀천 따위는 부모님이 가르치지 않았다.

"가서 같이 노세요, 아씨."

오랜만에 부모를 잃고 웃는 아희의 모습을 본 석호가 그녀의 어깨를 살짝 밀치며 말했다.

또다시 산으로, 들로 뛰어놀 수 있다면. 아이들의 웃음소리가 발을 움직이게 만들었다. 자신이 잊고 있었던 그 웃음들이 못 견디게 부러우면서도 또 같이 어울려 그렇게 웃고 싶었다.

"어? 벙어리 아씨다."

아희가 모퉁이에서 모습을 드러냈을 때 들린 첫마디였다. 악의 없는 말이었지만 그 한마디에 아이들에게 다가가려던 걸음이 멈췄다.

"우리 엄마가 그러는데 충격을 받아서 벙어리가 됐대."

옆의 아이에게 알은척을 하며 말해주는 여자애가 그저 밉기만 했다.

"진짜? 말을 못하는 거야?"

"응응. 그래서 벙어리 아씨잖아."

호기심에 어린 눈동자들이 일제히 자신에게 말을 해보라고 재촉하는 것 같았다. 꽉 쥐어진 주먹 사이로 손톱이 아프게 파고들었다.

"네놈들 아씨께 무슨 말을 하는 거냐!"

아희의 등 뒤에서 그 말을 듣던 석호가 버럭 아이들에게 소리를 질렀다. 그런 그의 팔을 잡으며 그녀가 고개를 흔들었다.

'그러지 마, 석호야.'

말하지 않아도 느껴지는 그 마음에 석호가 더 크게 소리쳤다.

"한 번만 더 그따위 소리를 하면 내가……."

"흥! 벙어리 맞잖아!"

"우리는 벙어리 아씨랑 안 놀아!"

석호의 말에 반발심이 생긴 아이들이 혀를 내보이곤 쏜살같이 줄행랑을 쳤다. 쫓아가려는 그의 팔을 다시 안간힘을 쓰고 붙잡은 아희가 계속해서 고개를 저었다.

"아씨……."

어린 아희의 목소리가 얼마나 맑고 예쁜지 알고 있는 석호의 안타까운 마음이 한숨처럼 흘러나왔다.

"벙어리 아씨?"

뒤에서 들리는 소리에 방울방울 눈물을 달고 아희가 돌아보았다. 모든 것을 듣고, 본 얼굴로 여유자적하게 서 있는 율의 모습을 보자 손등으로 거칠게 눈가를 훔쳤다. 치부를 들키는 것은 싫었다.

"쥐콩이 아니라 벙어리라고?"

"도련님! 아씨께 그런 말씀은 하지 말아주십시오."

아희의 생명의 은인이라 가만두는 것일 뿐이었다. 누구라도 그의 아씨에게 이런 발언을 한다면 상대가 양반이라고 해도 그냥 두지 않을 생각으로 석호가 경고했다. 석호의 팔을 여전히 잡고 있는 아희의 손을 한번 본 율의 시선에 날이 섰다.

"싫은데?"

"도련님!"

석호의 목소리가 커지자 혹시라도 그가 이무기에게 해를 입을까 싶어 아희가 석호와 율의 사이에 꼈다. 작은 두 팔을 벌려 석호를 감싸듯 율의 시선에서 벗어나게 하려는 필사적인 몸짓을 보자 가소로워 웃음이 나왔다.

"별 꼴값을 다 하고 있군."

자신이 잡아먹는 것도 아닌데 저러고 있는 것을 보니 어이가 없었다.

정말 잡아먹어 버릴까?

저 필사적인 기대에 부응해 그래버릴까 하는 생각이 잠시 들었다.

율과 마주치는 건 최대한 피하고 있는 아희로서는 이 상황이 달갑지 않았다. 자신이 놀림 당하는 걸 보여주고 싶지도 않았거니와 아직 그를 어떻게 대해야 좋을지 확신이 서지 않았기에 또다시 먼저 자리를 피했다.

"아씨!"

도도도 달려가는 아희의 뒤로 석호가 그녀를 불렀지만 달음박질을 멈추지 않았다.

옹기종기 모여 있는 장독대까지 달려서 작은 몸을 그 사이에 끼어 앉자 완전히 가려졌다. 마음 같아선 뒷산으로 도망가고 싶었지만, 거기엔 이무기가 이제야 왔구나 하면서 입을 쩍 벌리고 기다리고 있을 것만 같아서 다시는 걸음하지 않았다.

"겨우 숨은 곳이 여기야?"

어느새 왔는지 머리꼭지에서 들리는 율의 목소리에 고개를 쳐들었다. 그러자 정수리 위로 묵직한 아픔이 느껴졌다.

콩.

아희가 얻어맞은 머리를 감싸자 율이 말했다.

"벙어리 아니잖아."

그를 올려다보는 아희의 눈동자가 반짝반짝 빛나고 있었다. 한번 눈물을 머금었던 눈동자였기에 더욱 그래 보였다. 그의 손바닥으로 자신을 바라보는 그 눈을 덮어버리고 싶을 정도였다.

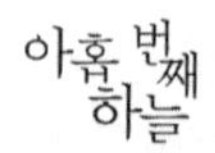

"너. 벙어리 아니잖아."

사고로 인해 그 충격으로 말을 잃은 게 아니란 사실을 율은 알고 있었다. 아희의 눈꺼풀 끝이 파르르 떨리는 것까지 본 뒤 그가 말했다.

"그러니 말해."

석호에게 고개를 저었을 때보다 더 크게 고개를 저었다.

"후……."

율이 짧게 한숨을 내쉬었다. 그리고 아희와 키가 엇비슷한 그가 그녀의 앞에 고개를 숙였다.

"말해도 돼."

「쉬이, 쉬이. 어떤 소리도 내지 말거라. 저들이 널 찾게 두지 마. 숨조차 죽이고 이 안에 있어야 된다. 어미가 됐다고 말할 때까지 소리 내지 말아야 된다, 아희야.」

"으……."

두 손으로 자신의 입을 감싼 아희가 숨을 억눌렀다.

그녀의 코앞에서 그것을 보고 있던 율이 손을 내밀어 아희의 손목을 잡아 아래로 내렸다.

"…… 아직…… 엄마가 아직 됐다고…… 됐다고 안 했는데."

"내가 됐다고 했잖아."

쥐콩만 한 계집.

그 뒷말을 목울대 너머로 삼키며 율이 말했다.

이 아이에게 일어나는 일은 모두 알 수 있었다. 머릿속에 그려지는 풍경처럼 눈을 감으면 이 아이의 눈으로 보는 모든 것을 율은 볼 수 있었다. 자신을 불러줄 천 년의 인간과 이어져 있어서 그런 걸까.

그녀가 왜 말을 하지 않는지 그 이유 또한 알고 있었다.

"너구나."

그녀의 눈으로 본 세상.

그 세상은 잠들어 있는 그의 앞에 갑자기 나타나 그가 보고 싶지 않아도 그녀가 살아온 십여 년 동안 꿈처럼 나타났다.

"내 이름을 불러줄 인간이."

그의 이마가 아희의 이마에 맞대어졌다. 나직하게 내쉬는 숨이 그녀의 입술 끝을 간질였다. 눈을 깜박일 때마다 그의 속눈썹이 스칠 정도로 가까웠다.

외롭고 습한 먹빛 눈동자를 마주하자마자 지금껏 참아왔던 것들이 울컥 쏟아졌다.

"으허어어어어엉."

"질질 짜지 말라니까."

불퉁한 목소리와는 다르게 아희에게 어깨를 빌려준 그는 미동도 없이 가만히 그 울음이 그치길 기다려주었다.

"율아, 율아, 율아."

울음이 조금 잦아진 목소리로 아희가 그를 불렀다.

"……장난하냐, 너?"

"이름, 불러달라며."

"그 이름 아니라니까."

거기까지 내뱉은 율이 미간을 찌푸렸다.

생각해보니 기분이 나빴다. 이게 지금 말문이 트이자마자 자신을 하늘로 보내려고 성의 없게 이름을 내뱉는단 말인가.

그게 잘못된 건 아니었지만, 이상하게 기분이 나빴다.

율이 손가락으로 아희의 이마를 튕겼다.

"읏……."

"그럼 뭔데. 알려줘야 부르지."

기분이 나쁜 것도 잊을 정도로 맑고 투명한 목소리였다. 그래, 인간들은 이런 목소리를 은쟁반에 옥구슬이 굴러간다고 표현하던가.

그 표현이 웃기면서도 맞아 떨어지자 율이 슬쩍 웃었다.

"이름!"

아희가 자신을 비웃는다고 생각했는지 조금 성이 난 목소리로 외쳤다.

"말 잘만 하네."

"이름!"

"그건 너만이 알고 있는 거야."

"그런 거 몰라. 난 널 처음 보는걸."

"처음? 다른 인간들은 평생이 걸려도 날 못 봐."

그가 입꼬리를 올리며 말했다. 아희가 가만히 생각에 잠기자 그가 기지개를 켜며 말했다.

"멍청이."

"뭐?"

"잘 생각해봐. 그 돌 같은 머리로."

지금 아쉬운 게 누군데 그런 소릴 한단 말인가. 자신이 이름을 불러주지 않으면 하늘로 올라가지도 못하면서.

하늘? 올라간다?

그걸 떠올리자 할아버지인 사현이 했던 말이 생각났다.

「혹, 우리 아희가 천 년에 한 번 태어나는 이일지도 모르지. 혹시라도 이무기를 보게 되면 꼭 '용신님'이라고 부르렴.」

그녀의 눈에 이채가 반짝이자 율은 자신의 이름이 생각났다는 것을 깨달았다.

"한 번만 더 때리면 불러주지 않을 거야."

승기는 자신이 잡고 있었다. 언제 울었냐는 듯 회심의 미소를 지으며 아희가 말했다.

"그러든가."

별 대수롭지 않게 답하며 율이 아희의 이마를 또다시 가볍게 때렸다.

"멍청이."

"안 불러!"

빽! 하는 아희의 목소리가 사현의 집 안에 울렸다.

04.

쿵덕쿵덕 쿵덕쿵.

신나는 장구소리와 꽹과리 소리가 온 동네에 울려 퍼졌다. 아희가 말문을 열자마자 사현이 크게 기뻐하며 곳간을 열었고, 큰 송아지 한 마리와 돼지를 잡아 동네잔치를 벌였다. 신분을 막론하고 동네에 사는 누구에게나 고기와 술과 쌀이 돌아갔다. 동네의 유지였지만, 한번 생색을 낼 때는 이렇게 크게 낸다는 것을 알고 있는 마을 사람들이 오랜만에 웃으면서 문지방이 닳도록 사현의 집을 넘나들었다.

그 주인공인 아희는 이 모든 것을 처음 한두 시간은 신기하게 보다가 이내 길게 하품을 하며 뒤로 몰래 빠져나온 터였다. 오랜만에 마음을 놓고 술을 원래 좋아하던 성정으로 돌아가 오랜 친우들과 한잔 걸치는 할아버지를 두고 치다꺼리를 하고 있는 석호도 두고 그렇게 슬그머니 나왔다.

어느샌가 눈은 율을 좇고 있었지만, 아침부터 그는 어디에

간 것인지 보이질 않았다.

"놀릴 사람도 없고 좋지, 뭐."

하나를 알려주면 열을 안다고 글공부도 열심히 하고 나름 아버지께 칭찬도 많이 들었던 아희는 자신을 항상 멍청이라고 놀리는 율이 얄미웠다. 사실 이무기라는 것을 내내 잊지 않으려 했지만 놀리는 그로 인해 계속해서 까먹게 됐다. 그저 자신과 비슷한 또래의 아이 같았다.

더 이상 율은 자신에게 두려움을 주는 존재가 아니었다.

이런 생각을 하는 지금도 어디선가 율이 나타나 멍청이라고 부를 것 같았다.

"아씨, 어디 가세요?"

완벽하게 몰래 빠져나왔다고 생각했는데, 잠시도 못 돼서 두 손 가득 술항아리를 안고 지나가는 석호에게 걸렸다.

"율을 찾고 있어."

"아, 도련님이요? 아까 뒷산 쪽으로 올라가시던데."

아희의 눈이 슬슬 컴컴한 어둠에 휩싸이려 하는 뒷산으로 향했다.

"행여나 꿈도 꾸지 마세요."

석호가 엄한 표정을 하며 고개를 가로저었다. 아희가 뒷산에 올라갔다가 계곡에 빠져 죽을 뻔한 것을 기억하는 게 분명했다.

"빨리 대감마님 옆에 가셔서 얌전히 계세요."

이제는 말보다 고갯짓이 더 익숙한 아희가 대충 고개를 끄덕였다. 어른들이 하는 이야기는 너무 지루했다. 그곳으로 돌아갈 생각은 추호도 없었다.

"석호야! 아직 술이 멀었느냐!"

멀리서 할아버지가 부르는 소리가 나자 석호가 크게 외쳤다.

"곧 갑니다, 대감마님!"

"얼른 가봐."

"아씨, 저랑 약속하셨어요. 뒷산에 가지 않기로?"

슬쩍 눈길을 피하고 고개를 끄덕였다. 발길이 떨어지지 않는 표정으로 석호가 사라지자마자 아희가 뒷산으로 올라가는 오솔길로 눈을 돌렸다.

뒷산에는 그 이무기가 있었다.

너무도 아름다운 검은 비늘을 갖고 있는, 용마 계곡 아래 잠들어 있는 이무기가.

그리고 하늘에 별로 오르고 싶어 하지 않는 것 같은 율이 있었다. 환청처럼 어디선가 '멍청이'란 소리가 들려오는 것 같아 휙하니 뒤를 돌아보았지만 아무도 없었다.

이제는 어둑어둑 땅거미가 내리기 시작한 뒷산의 오솔길에 한 발 들여놓았다.

또다시 볼 수 있을까?

용마 계곡에 올라가면 율이 있고, 검은 비늘을 가진 이무기

또한 있을까?

이상하게 율은 더 이상 자신에게 이름을 부르라 요구하지 않았다. 호야는 그녀를 볼 때마다 이름을 부르라 닦달했지만.

산은 금세 깜깜해졌다.

숨을 몰아쉬며 올라가다가 보니 이제 한 치 앞도 보이지 않았다. 자신이 제대로 길을 든 게 맞나 싶을 정도로 지금 가는 길이 오솔길인지, 혹은 산짐승들이 다니는 길인지 분간이 되지 않았다. 그제야 겁증이 들었다.

어디에도 율의 모습은 보이지 않았다.

아희의 뒤를 돌아보자 어른거리는 마을의 불빛이 눈에 들어왔다.

그때도 그랬다. 석호의 손을 잡고 뒤를 돌아보았을 때 불길에 휩싸인 마을을 보았다. 그저 어두운 밤에 모닥불을 피워놓은 듯 활활 타는 불꽃들. 주변은 새카맸지만, 마을만은 유독 붉었다.

"엄마……."

더 이상 움직이고 싶지 않았다. 그 자리에 가만히 앉아서 아희가 두 손으로 무릎을 힘껏 끌어안았다.

크르르르.

등골이 쭈뼛 섰다. 난데없이 들려온 산짐승의 위협적인 울음소리에 아희가 천천히 뒤를 돌아보았다. 시퍼런 안광이 그녀와 얼마 떨어지지 않은 곳에서 빛나고 있었다. 결코 토끼나 노루로는 보이지 않았다.

“저리 가.”

주변에 있는 나뭇가지를 있는 힘껏 던졌다.

이런 위협적인 동물에게 쫓긴 적이 있었다. 자신이 용마 계곡에 빠지던 날이었다.

“저리 가래두!”

크으으으왕!

그것이 길게 울음소리를 내자 몸이 얼어붙는 것 같았다.

“율아…….”

이 산속 어딘가에 있을 율의 이름을 불렀지만, 눈앞에 있는 짐승의 소리에 금방 묻혀버렸다. 율도 설마 이 짐승에게 당한 걸까? 그는 이무기였다. 이 짐승에게 당했을 리가 없었다.

아희가 막 일어나 달음질치려는 그때였다. 그것을 눈치 챈 것인지 짐승이 펄쩍 제 자리에서 뛰어들었다.

“아악!”

자신의 몸 위로 뛰어오른 짐승으로 인해 아희가 뒤로 벌렁 넘어갔다. 커다란 앞발이 그녀가 움직이지 못하게 배를 꾹 눌렀다. 날카로운 발톱이 치맛자락을 찢고 여린 생살에 파고들었다. 비릿한 자신의 피 냄새가 훅 끼쳤다.

크르륵.

가까이에서야 그 짐승의 정체를 알 수 있었다.

범이였다.

"거기서 뭐 해?"

마치 산책이라도 나온 듯 평온한 목소리였다. 이제는 친근감 있게도 들리는 그 목소리에 아픔도, 두려움도 잠시 잊은 아희가 소리쳤다.

"도망가, 율아!"

저벅저벅.

도망가는 발소리가 아닌, 아희가 있는 쪽으로 수풀을 헤치고 걸어오는 소리였다. 어둠 속에서 하얀 율의 얼굴이 보이자 그제야 눈물이 터져 나왔다. 율이 걸음을 멈추고 아희와 아희를 짓누르고 있는 범을 번갈아 보았다.

"도망……, 윽……."

다시 한 번 도망가라는 말을 내뱉으려 하자 범이 더 꾹 그녀의 배를 짓눌렀다.

"동해의 이무기가 죽고 싶은 모양이구나."

여전히 그 평온한 목소리로, 어찌 들으면 한량스럽기 그지없는 음성으로 율이 아희의 머리 위에서 입을 열었다.

크와아아앙!

그에 답하듯 범이 산이 떠내려갈 정도로 크게 울부짖었다.

"감히 나를 시험해?"

평온하다고 생각됐던 목소리는 어느새 위협적으로 변해 있었다. 처음부터 잘못 들은 거였는지도 몰랐다. 율의 목소리는 참을 수 없는 분노를 깊이 내리누르고 있었다.

콰악.

범의 목울대를 율의 작은 손이 꽉 움켜잡았다. 물릴까 두려워하는 기색도 보이지 않았다. 그리고 천천히 들어 올리자 범의 앞발이 바둥거리며 딸려 올라갔다. 그때를 틈타 아희가 몸을 굴려 범의 아래에서 빠져나왔다.

"율아……."

겁에 질린 아희를 돌아보지도 않고 율이 감정 없는 눈동자로 손아귀에 있는 범을 바라보고 있었다.

크앙크앙크아아앙!

잡힌 목을 캑캑대며 범이 빠져나오려 안간힘을 썼으나 율은 꿈쩍도 하지 않았다. 날카로운 범의 발톱이 그의 옷자락을 긁어대자 붉은 선혈이 솟구쳤다.

"네놈을 죽이면 동해의 이무기가 기어 나오겠지."

율이 자유로운 한 손바닥을 내밀자 그곳으로 어둠이 스멀스멀 모여들었다. 새카만 어둠이 하나의 구(球)가 되어 점점 검게 부풀어 올랐다. 그것이 무엇인지는 몰라도 위험하다는 것을 알아차린 아희가 율의 이름을 부르려 했을 때였다.

파앗!

머리 위로 거대한 것이 그녀를 훌쩍 넘어 율에게 달려들었다. 정확히는 율이 목줄을 쥐고 있는 범에게.

"호야!"

자신의 일을 방해받았다는 것에 대한 성난 노호성이 율의 입에서 터졌다.

크르르르.

또 다른 범이었다. 덩치가 산만 한 범이 율의 손에서 낚아챈 범을 앞발로 바닥에 내리누르고 있었다. 아희를 공격했던 범이 그녀를 내리눌렀던 것처럼.

『미친 거냐? 네 손으로 살생을 하면 천 년의 세월이 물거품이 돼!』

범의 입에서 성난 으르렁소리와 함께 아희도 들을 수 있는 인간의 말이 튀어나왔다. 깜짝 놀란 얼굴로 그녀가 범을 바라보았지만, 범은 그녀를 안중에도 두고 있지 않았다.

"상관없어."

『네놈!』

"시끄러워."

율이 손을 털어내자 그 검은 구는 흔적도 없이 다시 어둠 속으로 녹아들었다. 그리고 그제야 아희를 향한 그의 눈은 무슨 생각을 하는지 알 수 없을 정도로 깊고 어두웠다.

『저 미친 성질머리. 저 성정으로 어떻게 천 년을 살생을 하지 않고 얌전히 있었는지.』

"……호야?"

익숙한 말투였고, 목소리였다. 설마하는 마음으로 아희가 호야의 이름을 불렀다.

『왜, 아씨.』

단단히 뿔이 난 듯 불퉁한 목소리가 아희의 물음에 답했다.

"진짜 호야야……?"

『그럼 가짜 호야도 있어?』

"그건 아니지만……."

아희가 우물쭈물하는 사이 율이 다가왔다. 또다시 그 알 수 없는 눈으로 그녀가 입은 상처를 보았을 때, 아희는 그가 입은 상처를 보았다.

"꽤 깊군."

"많이 다쳤어."

자신은 그저 발톱에 찍힌 것뿐이라지만, 율의 어깨는 완전히 너덜너덜해질 정도로 찢겨 있었다. 그 상처를 통해 붉은 선혈이 흐르는 것을 본 아희가 자신의 두 손으로 그의 어깨를 감쌌다.

"호야."

『왜.』

여전히 그르렁거리는 다른 범을 밟고 선 호야가 대답했다.

"오늘이 보름이던가."

『그래서?』

"신선들의 해우(海隅)탕이 오늘 열리던가."

『여기서 멀어.』

"네가 있잖아."

『뻔뻔한 이무기 같으니라고.』

호야가 투덜댔다.

『이놈은 어떻게 하고?』

"주인에게 돌려보내야지."

아희의 머리를 한번 꾹 눌러준 율이 호야에게 다가갔다. 정확히는 호야의 발아래 짓밟혀 있는 다른 범에게.

"내 말을 모두 알아듣고 있지? 너를 보낸 동해의 이무기에게 가서 전하렴."

아까처럼 화가 나지는 않은지 목소리가 조곤조곤 했다. 일단은 율도 살고 호야도 살고 자신도 살았다는 안도의 한숨이 새어나오려 했을 때였다.

"다음에 만나면 반드시 죽여버린다고."

조곤조곤한 목소리로 들으니 더 소름이 끼쳤다. 비단 그것은 아희 혼자만의 생각이 아닌 듯 불만스레 그르렁거리던 범의 입이 쩍하고 벌어졌다.

어떤 이유에서건 살생을 하면 하늘에 오르지 못하고 영원히 저주 받는 이무기라는 것을 알기에 자신이 어떤 짓을 저질러도 괜찮을 거라 생각했건만, 명백한 오산이었다.

범이 미친 듯이 고개를 끄덕였다. 방금 전, 정말 자신을 죽이려 했다는 것을 새삼 깨달으며 어서 그가 모시는 동해의 이무기에게 돌아가야겠다는 생각이 들었다.

그의 위에서 짓누르던 호야가 앞발을 치우자 자유로워진 범이 자리에서 일어났다. 그 순간 율의 손이 범의 머리를 짓눌렀다.

“건방지구나. 대답을 해야지.”

고개를 끄덕인 것을 건방지다 탓하며 명령하는 그에게 겨우 범이 입을 열었다.

『알겠습니다. 설산(雪山)의 이무기여.』

그제야 조금 마음이 풀어진 듯 율이 손을 거뒀다. 그러자 쏜살같이 어둠 속으로 사라진 범은 곧 그 흔적조차 찾을 수 없었다.

“멍청아. 여길 왜 기어 올라와?”

율의 손이 범을 짓눌렀던 것처럼 가볍게 아희의 머리를 눌렀다.

“너, 피 나.”

“너도 피 나.”

아희의 말에 대수롭지 않다는 듯 율이 대답했다.

“네가 더 많이 나.”

“지금 싸우자는 거냐?”

그 말에 아희가 고개를 흔들었다. 조금 전의 상황을 직접 목격한 이상 그와 싸우고 싶지 않았다. 그런 건조하고 영혼이 없는 목소리가 자신을 향한다고 생각만 해도 끔찍했다.

“타.”

그녀의 생각을 읽기라도 한 것처럼 피식 웃은 율이 얌전히 무릎을 굽힌 호야의 등에 올라타서 말했다.

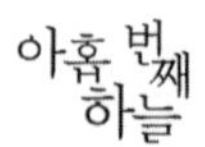

"호야가 무거울 텐데……."

"그건 네 알 바 아니고."

『……네놈 꼭 하늘에 올라라. 그렇지 않으면 내가 가만 안 둘 거다.』

아희가 조심스럽게 앞에 타서 호야의 목을 폭 감싸 안았다.

"근데 어디 가는 거야?"

"선신들의 해우탕."

율이 말을 마치기 무섭게 호야가 달리기 시작했다. 귀 사이로 에일 듯한 바람이 지나갔고 눈을 뜰 수 없을 정도로 검은 숲이 빠르게 스쳤다. 호야의 털을 한 움큼 쥐고 있는 아희의 손에 힘이 잔뜩 들어갔다.

『아씨, 털이 모다 뽑힐 것 같으니 힘 좀 빼주시겠수?』

"미안!"

당황한 아희가 두 손을 놓아버리자 엄청난 속도에 휘청 떨어질 뻔한 것을 율이 허리를 감싸 안았다.

"멍청아, 여기서 손을 놓다니 죽고 싶은 거야?"

"……토할 것 같아."

너무도 빨리 지나가는 속도에 속이 울렁거렸다. 그 말에 빠르게 달리던 호야가 우뚝 멈춰 섰다.

『아씨, 내 머리 위에 토하면 안……』

앞으로 다시 몸이 쏠리며 아까 먹은 잔치 음식을 시원하게 게워낸 아희가 정신줄을 뚝 하고 놓았다.

『지나치게 머리가 따뜻한걸 보니 했군. 했어.』

"기절했어. 빨리 가."

『머리 위에서 고기 냄새가 나. 전 냄새도 나고.』

"시끄러워."

저 시끄럽다는 소리만 오늘 몇 번을 듣는지 모르겠다고 생각한 호야가 한마디 더 하려다 입을 다물었다.

◇ ◆ ◇

처음 정신이 들기 전 느낀 것은 따뜻함이었다. 마치 어머니의 품속에 있었던 그런 온기 같아서 아희가 좀 더 안아 달라 보채며 몸을 뒤틀었다.

"우읍!"

코와 입으로 갑자기 쏟아져 들어오는 물로 인해 정신이 번쩍 든 그녀가 고개를 치켜들었다.

"아이고, 저러다 우리 귀한 아씨 물에 빠져 죽겠네."

그제야 주변을 두리번거리며 상황파악에 나선 아희가 저쪽에 바위 위에서 그녀를 내려다보며 서성거리는 호야를 발견했다.

"이게 무슨……."

홀딱 벗은 알몸이었다. 게다가 옆에는 눈을 감고 있는 율이 있었다. 그의 어깨에 기대 누워 있다가 움직이는 바람에 물에 빠진 모양이었다.

황급히 두 손으로 가슴을 가리고 옷을 찾아 주변을 두리번대자 바위 위에 철퍽 늘어진 호야가 말했다.

"걱정 마, 아씨. 이래 봬도 암컷인 내가 벗겼으니까."

그건 다행이지만 옆에 있는 율을 보니 문제는 그게 아니란 생각이 들었다. 벗기긴 호야가 벗겼어도 옆에 율은 다 보았을 터였다.

사람의 형상 그대로 바위에 누워서 이리 뒹굴 저리 뒹굴 하던 호야에게 옷을 달라고 막 입을 열려던 찰나 율이 눈을 떴다.

퍼억!

율의 눈을 가린다는 게 그대로 그의 눈을 주먹으로 때린 아희의 손이 그대로 굳었다.

"헐……."

호야의 탄식과 함께 아희가 그대로 물속으로 잠수했다. 하지만, 그건 아무것도 아니라는 듯 곧바로 율의 손에 뒷덜미를 잡혀 그대로 다시 물 밖으로 나오게 됐다.

"너……."

"미안해. 눈만 가리려고 했는데."

"이 볼 것도 없는 맹추가 뭐라는 거야."

멍청이에서 맹추로 한 단계가 뛰었다.

"어딜 보는 거야!"

말은 그렇게 하면서 자신의 가슴팍을 뚫어지게 쳐다보는 율에게 아희가 소리쳤다. 또다시 주먹이 날아오자 가볍게 막아낸 그가 몸이 밀착될 정도로 가깝게 붙었다.

"다 나았군."

"뭐?"

그 말이 전부였다. 율의 말에 그제야 아희가 자신의 몸을 내려다보자 상처는 씻은 듯 사라지고 없었다. 통증도 느껴지지 않았다.

"뭐야. 다 꿈이었던 거……."

말을 하다 이내 말문이 막혔다. 율의 오른쪽 어깨에 있는 선명한 발톱자국이 꿈이 아니란 걸 말해주고 있었다.

"왜 넌 안 나아?"

"여긴 신선들의 해우탕이야. 보름에 한 번. 세상의 모든 상처를 고치는 온천으로 변하지."

"그런데 왜……."

"난 인간이 아니니까. 인간의 몸에 난 상처에 한해서야."

별것 아니란 투로 이야기 하는 율에게 아희가 물었다.

"그럼 율은 어떻게 해?"

대답 대신 그가 아희의 머리를 물속에 처박았다.

"어푸!"

별안간의 급습이었기에 숨을 참고 말고 할 여유도 없었다. 꼬르륵 물을 들이켜고서야 빠져나온 그녀가 주변을 살펴보았을 때, 이미 율은 저만치 가서 옷을 주워 입고 있었다.

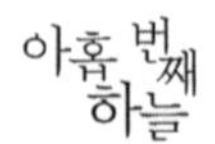

"아씨, 다 나았구나?"

율이 나가자마자 슬그머니 해우탕에 들어온 호야가 머리부터 물에 담그고 벅벅 긁어대기 시작했다.

"호야, 머리 간지러워?"

"……건더기가 좀 남아 있어서. 아까 다 털어낸 줄 알았는데."

그게 무슨 말인지 모르는 아희의 고개가 갸웃했다.

"율의 상처는 언제 낫는 거야?"

"글쎄. 나도 이무기가 다친 건 처음 봐서."

여전히 머리를 긁적이며 호야가 대답했다. 그가 윗저고리로 상처 부위를 누르는 것을 본 아희가 머뭇거렸다.

"나 때문에……."

"아아, 아냐, 아가씨. 우리가 산에 들어갔던 이유는 놈이 오고 있다는 걸 알고 있어서였거든. 아가씨가 산에 들어오리란 건 예상하지 못했지만."

"내가 산에 들어가지 않았으면 율이 다치지 않았을 텐데."

"그런가?"

별로 생각하기 귀찮다는 듯 호야가 심드렁하게 답하며 머리카락을 탈탈 털었다.

"뭐, 죽을 정도의 상처는 아니니까 괜찮을 거야. 너무 걱정 마, 아씨."

"죽어?"

"시끄러워, 호야."

옷을 다 입은 율이 서늘하게 내뱉자 호야가 입을 꾹 다물었다. 그 단호한 모습에서 더 이상 아무것도 물을 수 없었다.

"많이 아파?"

주섬주섬 옷을 챙겨 입은 아희가 율에게 물었다. 별걸 다 묻는단 표정으로 한쪽 눈썹을 쓱 치켜세운 그가 말했다.

"많이 아프면?"

"돌아가서 할아버지께 의원을 불러달라고……."

"이게 얼어 죽으려고 작정을 했나."

봄기운이 완연하다고 해도 아직 산속의 바람은 겨울바람 못지않았다. 머리카락에 물기를 뚝뚝 흘리며 서 있던 아희가 율의 한마디에 할 말을 목구멍으로 꿀꺽 삼켰다.

그의 손이 머리 위에 턱 얹어지더니 머릿속을 이리저리 헤집어놓았다. 방울진 물방울이 아희의 옷자락에도, 그리고 율의 옷자락에도 사정없이 튀었다.

"자꾸 움직이지 마. 상처가 벌어지잖아."

"네 앞가림이나 잘해."

그의 손가락이 또다시 아희의 이마를 튕겼다.

◇ ◆ ◇

처마 밑에 달린 빗방울 하나가 떨어질랑 말랑 아슬아슬 매

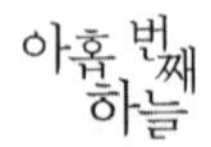

달려 있었다. 산속에서 그 일이 있고 난 다음 날부터 무섭게 쏟아지기 시작한 봄비는 이미 봄비란 말이 무색할 정도였다. 용마 계곡에 있는 이무기가 노해서 비를 내리는 거라는 말들이 오갈 때쯤, 드디어 비가 그쳤다.

아희가 보고 있는 것은 그 마지막 비의 잔재였다. 처마 밑을 물끄러미 바라보다가 이내 빗방울이 톡하고 바닥에 떨어져 금세 흙 속으로 스며들었다.

질척한 마당 위를 걸어 나온 아희가 이내 대감마님을 호들갑스럽게 부르며 달려오는 사내와 마주쳤다.

"대감마님! 대감마님! 큰일 났습니다!"

"무슨 소란이냐?"

비가 그쳤다는 걸 확인한 뒤부터 농사 준비로 바쁜 소작농들의 집들마다 방문해 그가 빌려준 논이나 밭이 비 피해가 없었는지 눈으로 보고 확인하려던 사현이 갓을 고쳐 쓰고 나왔다.

"변고가 있습니다요!"

"자세히 말해보게."

숨을 몰아쉬며 사내가 열심히 설명하는 것을 저도 모르게 귀를 쫑긋거리며 아희가 듣고 있었다.

"뒤에, 용마 계곡에 말입니다. 오늘 아침 일찍 산을 넘어온 보따리장수 말로는 용마 계곡의 물이 전부 붉게 변했답니다!"

"그게 무슨 소린가."

"그게 피비린내도 나는 것 같은 것이…… 살다 살다 이런 일은 처음이잖습니까, 대감마님? 직접 가서 보셔야겠습니다."

이 사실을 믿기 어려운지 사현이 뒷산으로 나 있는 오솔길 쪽으로 사내와 걸음을 옮겼다.

"혹시 정말 용마 계곡에 사는 이무기가 죽기라도 한 것 아닐까요?"

"예끼! 이 사람아! 세상에 이무기가 어디 있다고 그런 망발을 한단 말인가!"

아희가 듣고 있는 것을 안 사현이 큰 소리로 사내를 나무랐다. 혹시라도 손녀가 또 용마 계곡에 호기심삼아 갈까 두려워 그런 것이었다.

사현이 사라지는 것을 확인하자마자 아희가 쏜살같이 율이 머물고 있는 별채로 달려갔다.

그날 이후로 율이 두문불출하고 있었다. 호야를 통해 물어보면 괜찮다는 대답만 돌아와서 걱정을 반으로 접어두었는데 용마 계곡의 일을 듣고 난 뒤에는 불길한 생각이 들었다.

호야도 어디 갔는지 보이지 않아 율의 방을 벌컥 열었다.

이불 위에 반듯하게 누워 눈을 감고 있는 율을 보고서야 안도의 한숨이 새어나왔다.

"율아."

눈을 뜨지 않고 미동조차 없자 혹 잘못된 게 아닌가 싶어서 아희가 손가락을 그의 코에 가져다 댔다.

"……뭘 먹고 온 거야. 네 손에서 온통 단내가 나."

인상을 찌푸리며 율이 눈도 뜨지 않고 말했다. 걱정했던 게 기우 같아서 한결 기분이 나아진 아희가 율의 옆에 자리를 잡고 편하게 앉았다.

"꿀타래 먹었어."

"정신 사나우니까 나가."

"아직도 많이 아파?"

몇 번이나 율의 상태를 보려 했지만 호야가 들여보내 주질 않았다.

"아니."

"용마 계곡 물이 붉게 변했대."

"……."

"네가 다쳐서 그런 거지?"

계속해서 호야의 그 말이 남아 있었다. 천 년을 사는 이무기도 죽는다는 그 말이. 그때는 너무도 서늘하게 율이 말을 가로막는 바람에 더는 묻지 못했지만, 용마 계곡이 그렇게 된 데에는 그의 상처가 원인인 것 같았다.

그래서 물어야 했다.

"이무기도 죽어?"

"그래."

의외로 순순히 율이 답했다.

"천 년을 살았는데?"

"이 세상에 살아 있는 것들은 언젠가는 다들 죽어."

"호야처럼 커다란 이무기가 사람으로 변신해서 여기에 온 게 아냐? 용마 계곡에는 여전히 네가 있어? 그럼 여기 있는 넌 누구야?"

"무슨 계집애가 말이 이렇게 많은지."

할 수만 있다면 이불이라도 덮어쓰고 싶은 심정인지 율이 인상을 팍 찌푸렸다.

"율아, 넌 누구야?"

어디서부터 어떻게 설명해야 될지 모르겠다는 얼굴로 그가 천천히 자리에서 일어나 앉았다.

"내가 왜 너한테 이런 이야길 하는지 모르겠군."

"네 이름을 불러줄 사람이 나니까."

"이무기의 이름을 불러주는 인간들이 어떤 최후를 맞이하는 줄 알아?"

어떤 감정도, 표정도 없이 아희를 보며 율이 물었다.

"아니."

"이무기를 마치 자신의 종이라도 된 것처럼 부리다가 결국 가장 비참한 죽음을 맞이하게 되지."

그의 시선이 아희의 시선을 옭아맸다. 그 시선에서 벗어날 수 없었다.

손끝과 발끝이 순식간에 차가워졌다. 구들장은 여전히 따뜻했지만, 갑작스런 한기에 어깨를 부르르 떨었다.

"너는 어떤 죽음을 원하지?"

"……네가 내 종이 된 기분이었다면 미안해, 율아."

결코 종으로 그를 부리려 한 게 아니었다. 시선을 피하지 않고, 눈을 봐야 상대의 진심을 알 수 있다는 아버지의 말처럼 마음을 담아 말했다.

"뭐?"

어머니 대신 자신에게 이제 말해도 된다고 이야기해줬던 이가 율이었다. 마지막 약조는 어기고 싶지 않았기에 율이 아니었다면 끝까지 입을 열지 않았으리라. 그것이 도망친 자신의 죄라고 여겼다.

"아직도 많이 아파?"

다친 율의 어깨에 손을 올리며 아희가 쓰다듬었다.

"너……."

"의원을 부르자."

상처가 얼마나 심하지 보려고 그녀의 손이 옷자락을 헤집었다.

"어, 다 나아가네."

많이 찢겨 있던 상처는 거의 나아가고 있었다. 아직도 붉은 속살이 그대로였지만, 이대로라면 며칠 내로 아물 것 같았다.

"네가 다 나아가고 있는 거면, 용마 계곡에 있는 이무기의 상처도 다 나아가고 있는 거겠지?"

율은 대답하지 않았다. 조금은 당혹스러운 눈빛으로, 생소

한 얼굴로 아희를 바라만 보고 있었다. 부딪친 시선을 피한 것은 그였다.

"천 년이나 그곳에 있었던 거야?"

그건 딱히 생각해보지 않았다. 아희의 물음을 듣고서야 기억을 떠올리려 했지만 기억나지 않았다. 그저 자아가 생겼을 때는 이미 그 깊은 계곡에서 자신은 똬리를 틀고 살아가고 있었다.

"천 년이면…… 내가 십삼 년을 살았으니까……."

손가락으로 셈을 하던 아희가 혀를 내둘렀다. 그리고 조막만 한 손으로 율의 머리를 쓰다듬었다.

"많이 외로웠겠다, 율아."

탁.

그가 반사적으로 아희를 밀어냈다. 뒤로 나동그라진 아희가 벌떡 다시 앉았다.

"그냥…… 나는 내가 말을 안 할 때 혼자 있는 것 같았으니까. 굉장히 외로웠는데…… 율은 오래도록 혼자 있었으니까, 더 외로웠을 것 같아서……."

당황한 아희가 열심히 손짓을 해가며 자신의 뜻을 전달하려 했지만 고개를 돌린 그는 그녀를 보지 않았다.

"나가."

"호야가 올 때까지만……."

"두 번 말하지 않아. 나가."

여전히 아희를 보지 않고 그가 말했다.

그를 화만 나게 하는 것 같아 결국 풀죽은 아희가 그 방을 나서려 했을 때 눈에 보이는 것이 있었다.

"율아."

그는 완전히 그녀에게서 등을 돌려 벽을 바라보고 있었다.

"……너 귀 빨개졌어."

"저 맹추가 진짜!"

그가 버럭하기 전에 서둘러 문을 닫고 아희가 도망갔다. 그녀가 나간 것을 확인하고 나서야 닫힌 문을 바라본 율이 신경질적으로 귀를 문질렀다. 아희의 말대로 귀가 조금 뜨거운 것 같기도 했다.

"외로워?"

그 말에 기가 차다는 듯 그가 실소를 머금었다.

단 한 번도 그런 생각을 해본 적 없었다. 그저 시간이 지나가길, 때가 되기만을 조용히 기다렸을 뿐이었다. 세상을 손에 쥘 힘을 가지고 있으면서도 이 힘을 쓴다면 천 년의 기다림이 물거품이 된다는 사실을 알고 있었다. 힘이 있음에도 살생을 할 수 없다.

치명상을 입으면 죽는다.

아픔은 그가 잊고 있었던 감정이었다. 범이 자신을 할퀴었을 때 치밀어 올랐던 분노와 고통을 떠올리자 율의 입가가 단단하게 굳어졌다.

위험했다.

별것 아닌 계집이 상황을 위험하게 만들고 있었다.

범의 발톱이 계집의 몸을 꿰뚫었을 때, 그의 비늘을 보고 반짝이던 눈에 공포와 눈물이 차올랐을 때, 목숨이 경각에 달렸건만 그에게 '살려줘'가 아닌 '도망가'라는 말을 내뱉었을 때.

이미 자신은 계집을 향해 움직이고 있었다.

반짝이는 것을 좋아하는 흔하디흔한 인간 계집. 그 계집의 한마디를 듣기 위해 천 년의 세월을 그저 견뎌냈다.

처음부터 천 년을 기다리고 싶어 기다린 게 아니었다. 그것은 태어났을 때부터 정해져 있던 숙명이었다. 그가 원하든, 원하지 않든 이루어야 하는 것.

율이 자리에 다시 누웠다.

어떤 무늬도 없는 높은 천장을 바라보며 눅진하고 우울한 계곡의 그 깊은 곳을 떠올렸다.

자신도 모르게 동해의 이무기가 부리는 범을 죽이려 했다. 그저 계집을 밟고 있었다는 하나로 일말의 망설임도 없이.

만약 다시 그런 상황이 온다면 그가 어떤 선택을 할지는 스스로도 알 수 없었다.

인간의 세계, 그 세계에 있는 그렇고 그런 맹추 같은 계집 하나.

그 계집의 눈으로 본 세상은 무척이나 고왔다.

"그래, 고왔지."

문득, 그 필사적이었던 맑은 두 눈이 머릿속에 스쳐 지나가자 율이 입을 다물었다.

05.

질펀한 땅을 신경질적으로 밟자 진흙이 온통 치맛자락 위로 튀었다. 몇 번을 제 치맛자락에 걸려 넘어질 뻔한 호야가 손에 든 바구니를 바닥에 내동댕이쳤다.

“이거 원 인간짓도 못 해먹겠네.”

부엌에 어제 저녁에 먹다 남은 고기가 없나 기웃거리던 참에 석호라는 종놈에게 걸려서 이 바구니를 떠안게 됐다. 비도 그쳤는데 뒷산에 가서 고사리와 쑥을 캐오라고 시켰다. 얼떨결에 바구니를 끌어안고 부엌에서 쫓겨났다.

“멀쩡한 바구니를 왜 던져?”

호야가 자신의 인내심을 계속해서 시험하고 있는 종놈을 보면 달려들 것 같아서 부러 그 목소리가 들린 방향으로 고개를 틀지 않았다.

참을 인(忍).

저 종놈 덕분에 가장 먼저 배운 인간의 글자는 참을 인(忍)

이었다. 머리에 그것을 세 번 새기면 인간들은 살인도 면한다지.

"슬금슬금 놀기만 하는데 이 집에 들어왔으면 너도 네 밥값은 해야지."

밥값이야 안 든다. 배가 정 고프면 뒷산에 올라가 동물을 잡아먹으면 된다. 인간의 음식에 집착하는 것은 온갖 양념의 맛에 반했기 때문이었다. 고기에 뿌려 먹는 갖가지 양념의 맛을 본 뒤로 이 집에서 호야가 하는 일은 부엌을 기웃거리는 일이었다.

"간다, 가!"

석호의 손에서 바구니를 빼앗아 든 호야가 성큼 앞서 걸었다. 치마를 종아리까지 걷어 뽀얀 맨다리를 부끄러운 줄 모르고 내놓은 채 걸어가는 그녀를 보고 석호의 얼굴이 빨개졌다.

"계집이 부끄러운 줄도 모르고!"

"뭐?"

참을 인은 세 번을 넘게 그렸다. 그 이후에 살인이 나는 것은 하늘님도 용서하시리라 생각하며 호야가 이를 갈았다.

"고사리를 캐본 적이나 있어?"

"그게 뭔데!"

큰소리치며 되묻는 호야가 어이없다는 듯 석호가 말했다.

"쑥이 뭔지는 알아?"

"흥! 내 선조가 그놈의 쑥과 마늘을 푸지게 먹어서 그건 안다."

까마득한 선조 때로 올라가지만, 그 탓이었을까. 호랑이들은 풀은 쳐다도 보지 않았다. 그중에 쑥은 더욱더.

"무슨 이런 계집이 다 있담."

그 흔한 고사리도 모르는 계집이라니. 석호가 혀를 내둘렀다. 몸종이 모시고 온 도령은 거의 얼굴 보기가 힘들었고 눈앞의 몸종은 그 도령을 꼭 모시는 것 같지도 않았다. 반말을 하는 걸 본 게 한두 번이 아니었다. 하인들은 꿈도 못 꿀 하극상이었지만, 그 주인인 도령이 별 말을 하지 않아 몇 번 충고해주려다 꾹 참고 넘어갔다.

"따라와."

결국 엄한 것을 캐올까 걱정된 석호가 호야를 데리고 산을 올라가기로 했다. 앞서 가는 종놈의 등 뒤에서 변신을 해 저 널찍한 어깨를 두 발로 밟고 겁을 한번 줘볼까. 실없는 생각을 하며 혼자 기분이 좋아진 호야가 킥킥대며 웃었다.

"이게 바로 고사리라는 거야."

한 시진 정도 산을 오르니 나무는 거의 없고 온통 풀밭인 넓은 터가 나왔다. 거기에 들쑥날쑥 나있는 대를 하나 뽑더니 석호가 그녀에게 가르쳤다.

"아아……."

이 산은 눈감고도 훤하게 날아다닐 수 있을 만큼 호야에겐 익숙한 곳이었다. 오며가며 봐왔던 익숙한 풀임을 깨닫고 건성으로 고개를 끄덕였다.

"잘 봐. 이런 걸 캐야 돼."

"알았어, 알았어."

아직 완연한 봄이 오려면 좀 더 시간이 지나야 했다. 그래서 아직 새순에 불과한 여린 고사리들을 따기 시작한 석호가 열심히 바구니를 채워갔다. 반면 한 자리에 앉아서 나물을 캐는 둥 마는 둥 찌뿌듯한 몸을 이리저리 뒤틀고 있는 호야는 눈엣가시나 다름없었다.

"호야."

그 말에 호야의 귀가 쫑긋했다. 저 종놈이 자신의 이름을 부르는 것은 처음이었다.

"왜?"

"자꾸 그렇게 꾀부리면 오늘 저녁에 고기반찬 주지 않을 거야."

"네가 뭔데!"

"이 집안의 일을 관리하는 집사라고나 할까."

호야의 엄청난 고기에 대한 식탐은 이미 집안에서 모르는 사람이 없었다. 고개를 절레절레 젓던 석호가 문득 멈칫하며 물었다.

"……혹시 원래 귀한 신분이었다가 노비가 된 거냐?"

"귀한 신분?"

가끔 역모죄 등에 휘말린 가문의 여자들이 노비가 되는 경우를 봐왔다. 이렇게 세상물정 모르는 몸종이라면 그럴 수도 있겠다 싶어 물은 것이었다.

"그래."

"흠……. 내가 좀 귀하긴 하지."

대대로 백두대간의 호랑이는 그 수가 많지도 않고, 그 호랑이들 중에서도 신수가 되는 호랑이는 찾아보기 힘들었다. 자신의 일족 중에서도 확실히 특출하게 뛰어난 호랑이가 바로 그녀였다. 뿌듯한 미소가 호야의 입가에 어렸다.

"그랬구나."

그제야 모든 것이 이해가 된 석호의 눈에 동정의 빛이 떠올랐다.

"그 찝찝한 눈빛은 뭐지, 종놈?"

"내 이름은 석호다."

같은 처지에 종놈이란 말을 듣고 인상을 찌푸린 석호가 말했다.

"흥. 그래 봤자 종놈이지, 뭐."

"네 이런 건방짐을 봐주는 것을 보니 참으로 마음이 넓은 도령이 분명하구나."

확 변신을 해서 지리게 만들어줄까 하고 진지하게 호야가 고민하던 찰나였다.

"가만히 있어."

그의 손이 호야의 어깨를 붙잡았다. 그 순간 자신도 모르게 왕! 하고 물어버릴 뻔한 그녀가 고개를 내리다가 멈췄다.

"천천히 먼저 내려가."

시선이 자신의 어깨 너머에 가 있는 것을 본 호야가 뒤를 돌아보려 했다.

"돌아보지 마!"

그 말에 돌아보지 않을 그녀가 아니었다. 얼마 떨어지지 않은 곳에 커다란 멧돼지가 이쪽을 보고 씩씩거리고 있었다.

"맛있겠다."

"뭐?"

반사적으로 앞으로 튀어가려는 호야를 가로막은 것은 석호였다. 진중한 얼굴로 그녀를 붙잡고 있는 그가 다시 말했다.

"내려가라니까."

저 커다란 놈을 인간이 맨손으로 어찌할 수 있을 리 없었다. 그의 관자놀이를 타고 흐르는 식은땀을 본 호야가 낮게 으르렁거렸다. 멧돼지는 이쪽의 상황을 보고만 있을 뿐 쉽사리 움직이지 않았다. 아마도 그녀에게서 나는 위험한 짐승의 냄새를 맡은 게 분명했다.

인간의 냄새인지 짐승의 냄새인지 구분하려는 듯 코를 킁킁거리며 씩씩대는 것이 보였다.

호야가 바닥에 납작 엎드렸다.

"호야."

진지하기 이를 데 없는 목소리로 또다시 이름이 불렸다.

두 팔로 바닥을 짚고 엉덩이를 뒤로 쭉 뺐다. 동물 같은 그 기묘한 행태에 석호가 순간 할 말을 잃은 듯 멧돼지에게서 시선을 호야에게로 돌렸다. 앞발을 내딛듯 척하고 우아하게 그의 앞으로 나섰다.

쿠우, 쿠우, 쿠우.

멧돼지가 숨을 몰아쉬는 소리가 청각이 뛰어난 호야의 귀에 들려왔다.

그녀가 이를 드러내며 으르렁거렸다. 감히 자신의 앞에서 공격을 하려 하는 멧돼지 놈을 용서할 수 없었다. 오늘 저녁 반찬은 저놈이라고 확신하며 위협적인 목울음을 냈다.

이 희한한 광경을 보면서 석호는 눈앞의 멧돼지도 잊고 어찌할 바를 몰랐다. 마치 짐승처럼 걷고 자신 있는 표정으로 위협하려 하는 호야를 보면서 그가 들쳐 업고 뛰어야 되나를 생각했을 때였다.

멧돼지가 주춤거리며 뒷걸음질 치더니 이내 꽁지가 빠져라 도망갔다.

"……뭘 어떻게 한 거야?"

"에헴."

벌떡 일어나더니 의기양양한 표정으로 어깨를 으쓱한 호야가 씩 웃었다.

그렇지 않아도 겨울철이라 먹이를 구하지 못한 멧돼지가 가끔 마을 근처에 나타나 곡식을 훔치기도 하고 사람을 공격하기도 했다. 식은땀이 날 정도로 긴장하다가 한순간 풀어지자 허탈하기도 한 석호가 머리를 긁적였다.

"여기 고사리 따러 자주 와?"

"그래."

"흠…… 다시는 여기에 멧돼지가 안 나타나게 해주면 뭐 해줄 거야?"

"뭘 해주다니."

"다시는 고기 안 준다고 구박 안 하기다?"

귀신에 홀린 기분으로 석호가 고개를 끄덕였다. 그러자 호야가 뛸 듯이 좋아하더니 치마를 걷어 올렸다.

"너, 너, 너, 뭐 하는 거야!"

멧돼지를 봤을 때보다 더 기겁을 하며 그가 펄쩍 뛰었다.

"볼일 보는데? 내 오줌 한 방이면 다시는 멧돼지가 여기 안 온다고."

"호야!"

대갓집 규수는 절대 절대 아니었다. 역모죄로 몰려 귀하게 자란 대갓집 아씨가 노비가 되긴 커녕 이건 숲에서 주워온 야생동물이나 다름없다고 생각하며 석호가 소리 질렀다.

마치 귀신이라도 보는 것처럼 소리 지르는 석호를 멀뚱멀뚱 보면서 호야가 해맑게 웃으며 대답했다.

"왜?"

"너는 계집이 부끄러운 줄 모르고!"

얼굴에 불이라도 붙은 것처럼 시뻘겋게 변해서 석호가 말했다.

저렇게 격정적으로 얼굴에 불이 붙는 인간에 대해서 언젠가 그녀가 어울리던 신선이 해준 이야기가 있었다.

"너, 나 좋아하는구나?"

"쿨럭, 쿨럭!"

"나를 보고 반한 게군."

하긴, 어떤 호랑이건 자신과 짝짓기를 하고 싶어 했다. 인간이라고 다를 바 없었다. 어깨가 으쓱해지면서 볼일을 보고 일어난 호야가 석호의 어깨를 격려하듯 치며 말했다.

"하, 내 치명적인 매력에 넘어간 게 너 하나만이 아냐. 그 마음 받아줄 수가 없구나, 종놈."

오늘은 고기를 먹지 않아도 배부른 날일 것 같았다.

넋이 나간 석호를 뒤로 하고 어느새 가득 찬 바구니를 챙겨 들며 룰루랄라 호야가 먼저 산을 내려갔다.

며칠 후.

율의 상처가 완전히 나았다고 호야를 통해 전해 들은 아희가 작은 대통을 품에 안고 쏜살같이 그가 머무는 별채로 향했다.

"율아, 율아."

방문은 여전히 굳게 닫혀 있었다.

"내가 들어갈까, 네가 나올래?"

그 말과 함께 문이 벌컥 열리고 미간을 찌푸린 율이 나왔다. 그리고 이내 상처투성이인 아희의 얼굴을 보곤 그 미간이 더욱 좁혀졌다.

"꼴이 그게 뭐야?"

"이거!"

그의 물음은 대수롭지 않게 넘기며 품에 안고 있는 대통을 그에게 내밀었다. 어서 열어보라는 얼굴로 빤히 율을 바라보고 있자 그가 마지못해 그것을 열었다.

대통 속에서 새큼달큼한 냄새가 올라왔다. 자세히 보니 산딸기가 가득 들어 있었다.

"호야가 율은 산머루만 먹고 산다고 했어. 벌써 산머루가 열렸더라! 호야가 데려다 줬거든."

자세히 보니 나뭇가지에 여기 저기 긁힌 상처들이었다. 코끝도 긁혔는지 빨간 딸기코가 되어 있었다.

"쓸데없는 짓을."

"율아, 이제 다치지 마."

덥석 그의 손을 잡더니 손등을 토닥이며 아희가 말했다. 용마 계곡이 붉게 변한 것이 불길한 징조라고 굿이라도 해야 된다고 동네가 한바탕 떠들썩했으나 이틀이 채 되지 않아 제 색을 되찾아 그 말은 수그러들었다.

비가 한바탕 내려 바닥에 있는 진흙들이 진탕되어 그리 변했을 거라 추측만 했다. 사실은 아희만 알고 있었다.

"호야가 널 놀린 거야. 난 인간의 음식은 먹지 않아."

지금껏 차려준 밥상은 호야가 전부 먹어치웠다.

"어……, 그럼 이것도 못 먹는 거야?"

"못 먹는 게 아니라 안 먹는 거라고."

"그럼 먹어."

말이 끝나기 무섭게 대통 속으로 작은 손이 쑥 들어가더니 이내 머루를 한 움큼 꺼내 율의 입에 가져다 댔다. 얼떨결에 벌린 입 속에서 아직은 맛이 들지 않은 시큼한 머루가 툭툭 터졌다.

"이게 진짜……."

아희의 머리를 밀어내려다 문득 눈앞에 있는 손끝이 온통 까매진 것을 발견한 율이 뒷말을 삼켰다. 보지 않아도 열심히 머루를 따겠다고 땅을 구르고 나뭇가지에 긁히고 했을 행동이 보이는 듯했다.

순수한 걱정이었나.

"이런 짓 하지 마."

"왜?"

"발이라도 잘못 딛고 벼랑에서 떨어져 죽기라도 하면 지금까지 내가 기다린 게 물거품이 되니까."

"걱정하지 마."

"맹추야. 널 걱정하는 게 아니라 날 걱정하는 거야."

그가 별말 하지 않아도 눈이 반달이 되어 쳐다보는 아희의 얼굴에서 시선을 떼지 못했다. 자꾸만 코에 긁힌 자국이 눈에 들어왔다.

"얼굴도 못난 게 칠칠맞아서는."

"너 또 귀가 빨개졌어, 율아."

아무 힘도 없는 계집이, 제 몸 하나 건사할 줄도 모르는 게 그를 걱정하고 있었다. 자신이 살아온 수명의 발끝도 못 미치게 세상을 살아온 게 건방지게도 자꾸 허를 찔렀다.

"내가 네 이름을 부르면 더 이상 안 다치는 거지?"

율의 손에서 대통이 떨어졌다. 바닥에 머루를 모다 쏟아내고 데굴데굴 굴러 아희의 발치 끝에 가서야 멈췄다.

"내 이름을 부를 거야?"

'불러줘'가 아닌 부를 거냐고 묻는 율의 얼굴에서 방금 전까지 있던 웃음기가 흔적도 없이 사라져 있었다.

불러야 된다고 생각했다. 상처를 입고 누워 있는 율을 봤을 때 그가 나은 뒤에 이름을 불러야겠다고 다짐했다. 얼굴을 본 순간 그 이름을 불러주려고 몇 번이나 연습했다.

"그럼 율은 다시는 이곳에 못 오는 거지? 하늘로 올라갈 테니까."

정말 멍청했다. 고작 자신의 이름을 부르고 생각한다는 것이 '이곳에 못 오는 거지.'라니. 지금껏 이름을 불러준 천 년의 인간들은 재물과 권력을 원했다. 그것을 위해서는 주저하지 않고 이무기의 이름을 불렀다.

"부르지 마."

머리로 생각하기 전에 이미 입이 먼저 움직였다.

멍청한 계집보다 더 멍청한 말을 내뱉었다. 그 한마디에 점점 환하게 또다시 큰 눈을 반달이 되어가도록 웃는 아희를 보자 율이 고개를 돌렸다. 그가 고개를 돌린 쪽에 팔짱을 끼고 서 있는 호야가 보였다.

"안 불러도 돼?"

호야가 천천히 고개를 저었다. 더 이상 말하지 말라는 신호임을 알면서 율은 호야를 똑바로 쳐다보며 다시 말했다.

"부르지 마."

"그럼 율은 계속 여기에 있는 거야?"

"그래."

"바보 율. 언제는 이름을 불러달라고 그렇게 쫓아다녔으면서."

"……네 소원을 들어줘야 되니까."

"응?"

"맹추야, 가서 이거나 씻어와. 먹을 만하네."

"응!"

율의 혼잣말을 더 이상 생각하지 못하고 아희가 크게 고개를 끄덕였다. 그리고 바닥에 있는 머루를 끌어 모아 다시 대통

속에 담곤 쏜살같이 뛰어갔다.

"천 년을 살더니 머리가 미친 거야?"

조용히 그것을 지켜보던 호야가 율에게 다가와 물었다. 대답 없이 그저 뛰어가는 아희의 뒷모습을 보고 있던 그가 바닥에 떨어져 있는 머루 하나를 주워 들었다.

"인간의 생은 짧아."

"그래서 아씨가 늙어 죽을 때까지 기다린단 소린 아니겠지? 그러다간 동해의 이무기가 먼저 하늘에 오를 거다."

그의 손등에 아직 온기가 남아 있었다.

하늘에 오르는 것은 그의 의무였다. 하지만, 그 의무를 그가 원한 적은 없었다. 해야 할 일이기에 하려는 것뿐.

"소원을 들어주기 싫어서 그러는 거지?"

호야가 정곡을 찔렀다.

하늘에 오르기 위해 거쳐야 하는 마지막 관문. 이름을 불러준 인간의 소원을 들어주어야 했다. 그 어떤 소원이라도 이루어 줘야 했다.

하지만 소원을 이룬 인간에게는 저주가 따라다닌다. 이무기를 이용해 사리사욕을 채우려 한 천벌이었다. 그것을 피해간 인간은 지금껏 단 한 명도 없었다.

"저 계집이 죽어야 네가 하늘에 오를 수 있어."

"알고 있어."

아희는 호야가 느낄 수 있을 정도로 순수하고 맑았다. 천 년의 인간만 아니라면 죽는 게 안타까울 정도로.

"인간은 변해. 해가 가고 나이를 먹을수록 약아지지."

결국 그녀도 그렇게 되리란 걸 호야는 확신했다.

"지켜봐. 그리고 때가 되면 망설이지 마."

어차피 자신은 눈앞의 율을 따르고 있었다. 선택은 그의 몫이었다.

그의 시선에서 사라졌던 아희가 두 손 가득 머루를 씻어 뛰어오고 있었다. 그러다가 발을 잘못 디뎌 그대로 앞으로 고꾸라졌다. 순간적으로 자리에서 벌떡 일어난 율이 어쩔 수 없다는 듯 중얼거렸다.

"저 멍청이."

◇ ◆ ◇

봄이 지나기도 전에 여름이 먼저 찾아왔다.

쨍쨍하게 해가 날 때는 밖에 돌아다닐 엄두도 내지 못할 정도였다. 더위에는 취약한 아희가 내내 우물물을 받아놓은 대야에 발을 담그고 있었다. 가만히 있어도 콧잔등에 송송 땀이 맺혔지만 옆에서 서책을 넘기고 있는 율은 땀 한 방울 흘리지 않고 있었다.

"더워."

"그 말 한 번만 더 하면 스물여덟 번째야."

아희가 몇 번이고 덥다 덥다 해도 신경도 쓰지 않던 율이 드디어 입을 열었다. 신경 쓰지 않는 것처럼 보여도 그 숫자를 다 세고 있었나 싶어 슬그머니 웃음이 나왔다.

할아버지인 사현은 이틀거리에 있는 마을에서 그의 오랜 지기의 손녀딸이 혼사를 치른다며 며칠 묵고 온다고 했다.

대야에 있는 물은 금세 미지근해졌다. 저고리를 팔꿈치까지 밀어올린 아희가 며칠 사이 홀쭉해진 얼굴로 연신 손부채질을 했다.

"율아, 안 더워?"

"난 인간이 아니니까."

"계곡은 시원하다는데."

말을 다시 할 수 있게 됐음에도 마을 아이들과 어울리지 못하는 아희가 중얼거렸다. 지나가다 아이들이 하는 이야기를 들었기에 며칠 전부터 계곡에 가자고 조르던 그녀였다.

"안 돼."

딱 잘라 말하는 율에게는 바늘 한 땀 들어갈 틈도 보이지 않았다.

"아씨, 이것 좀 먹어."

개울물에 동동 띄워놓았다가 자른 수박을 들고 온 호야가 말했다. 이미 신나게 먹었는지 입가에는 수박씨를 붙이고 있어서 아희가 떼어줬다.

"우리 아씨 통 먹지를 못하네."

더위에 입맛이 뚝 떨어져 뭘 먹어도 먹는 둥 마는 둥 하던 아희가 그나마 입에 넣는 것이 수분이 많은 과일이었다. 그것마저 얼마 전에는 참외를 잘못 먹어 며칠 배탈로 고생했다.

"종놈이 아씨 걱정에 같이 말라가."

마지막 수박을 잘라놓고 수박밭을 가지고 있는 최씨네에 수박 사러 달려간 종놈을 떠올리며 호야가 말했다.

"호야, 우리 계곡에 갈까?"

며칠간 아희의 계곡에 가자는 말은 들은 체도 하지 않는 율 몰래 그녀가 호야의 귀에 속닥였다.

"다 들려."

"우리 도령이 안 된다잖아, 아씨."

"대체 왜 안 되는 거야?"

"거기에 이무기가 있으니까."

"호야, 시끄러워."

"거기에 이무기가 있으면 여기 있는 율은 뭐야?"

아희가 고개를 갸웃하며 알 수 없다는 듯 물었다.

"그럼 율이 물인 거야?"

"쟨 내단(內丹)이야."

"내단?"

"천 년 동안 이무기의 안에서 묵혀져 있던 내단."

더 이상 관여하기 싫다는 듯 율이 호야가 뭐라 떠들든 아무 말도 하지 않았다.

"그 내단이 하늘로 승천할 때 여의주가 되는 거야."

"우와……."

용이 여의주를 물고 하늘로 승천하는 그림을 여럿 본 적이 있는 아희의 입이 동그랗게 벌어졌다.

"율이는 구슬이구나."

"겨우 구슬 따위에 나를 비교해?"

"근데 물속에 율이 있는 거랑 못 가게 하는 거랑 무슨 상관이야?"

그 말에 호야가 박장대소를 했다. 대청마루 위를 데굴데굴 굴러다니며 배꼽을 잡고 웃어댔다.

"아씨가 겁먹을까 봐 저러는 거야."

팍!

율의 손에서 날아간 서책이 정확하게 호야의 이마 정중앙에 맞고 떨어졌다.

"나 겁 안 먹어, 율아."

어렴풋 그때 계곡에 떨어졌을 때 봤던 이무기를 떠올렸다. 검은 비늘이 무척이나 예뻤던 기억이 났다.

◇ ◆ ◇

계곡은 어른들 눈을 피해 놀러 온 아이들로 인해 시끌벅적했다. 계곡 수심이 깊어 해마다 몇 명의 아이들이 빠져 죽기도 해서 못 가게 하지만 그렇다고 해서 안 갈 아이들이 아니었다. 게다가 이 한여름에도 얼음장 같은 계곡물은 포기할 수 없는 유혹이었다.

"벙어리 아씨다."

아희가 말을 할 수 있음을 아는데도 여전히 그녀의 별명은 벙어리 아씨였다.

"저것들이!"

호야가 무서운 얼굴로 아이들에게 가려는 걸 아희가 붙잡았다.

"괜찮아, 호야."

"말 잘하는 우리 아씨께 벙어리라니!"

"진짜 괜찮아."

이제는 아무렇지도 않았다. 그런 말은 상처가 되지 못했다. 저 아이들이 아니어도 자신에겐 율이 있었고, 호야가, 그리고 석호가 있었다.

"아주 밤에 호랑이가 돼서 재들 앞마당에 서성여야지. 이불에 오줌 지리게."

"호야 완전 못됐다."

"흥."

말린 아희가 미운지 고개를 획 돌린 호야가 치마를 걷어 올리곤 계곡물에 발을 담갔다. 아희도 신과 버선을 벗고 호야처럼 종아리를 물에 담갔다. 대야에 담그고 있을 때와는 비교도 되지 않는 시원함에 몸이 부르르 떨렸다.

"완전 시원해."

좋아 죽겠다는 얼굴로 아희가 말했다.

서책을 여기까지 끼고 올라와 바위에 비스듬히 누워 책을 보고 있는 율이 곁눈질로 아희를 한번 힐끗 보곤 다시 시선을 돌렸다. 느끼는 그대로, 생각하는 그대로 내뱉는 것에 이제는 익숙해졌다. 그녀는 한 번도 율에게 감정을 숨기지 않았다.

그것을 볼 때마다 호야의 인간은 누구나 변한다는 말이 모순되게 느껴졌다.

"이거 봐, 이거 봐! 송사리야!"

발가락이 보일 정도로 투명한 물이었다.

그녀의 다리 사이로 송사리 떼가 쏜살같이 지나갔다. 이미 얕은 계곡물 쪽에선 아이들이 그물망을 들고 물고기를 잡겠다고 왁자하게 소리를 지르고 있었다.

"근데 안 보여."

송사리를 보다가 두리번거리며 주변을 살피는 아희가 무엇을 찾고 있는 줄 알고 있는 호야가 말했다.

"여긴 너무 얕아. 저쪽 바위 위에 올라가면 보일걸."

그곳은 물살도 세고 깊어서 아무도 없었다. 나무 그늘도 어두울 정도로 깊게 드리워져 있어 이곳과는 딴 세상 같아 보였다.

"보고 올게!"

말릴 사이도 없이 벌떡 일어난 아희가 맨발로 바위 위를 콩콩 뛰며 건넜다.

서책에서 눈을 떼고 그런 아희를 보던 율이 말없이 일어났다.

"따라가게?"

"넌 거기에 있어."

"아하, 방해하지 말라 이거지?"

손으로 휘휘 얼른 가보라고 내젓고는 바위 위에 호야가 벌렁 드러누웠다. 따끈하고 시원하게 일광욕을 하는 고양이처럼 기분 좋은 목울음을 내며 그녀가 눈을 감았다.

높은 바위 위까지 낑낑대며 올라간 아희가 아래를 내려다보자 새카만 물이 보였다. 속까지 모다 보이는 얕은 곳과는 달리 이곳은 바닥이 보이질 않았다. 그러고 보니 자신이 계곡에 떨어졌던 곳이 이쯤 되리라.

어디를 둘러봐도 이무기가 보이지 않자 목을 더 길게 뺐다.

"……아!"

뭔가가 물속에서 스르르 움직이고 있었다. 오백 년은 더 묵은 고목나무보다 더 두꺼운 몸체를 가진 것이 유연하게 계곡을 한 바퀴 돌아 아희가 올라가 있는 바위 아래로 다가왔다.

지금 올라와 있는 바위보다 더 클 것 같은 세모난 머리에 묵빛 눈동자가 그녀를 바라보았다. 마치 자신과 눈을 마주치기 위해 바위 아래 온 것만 같았다.

수백 개, 아니, 수천 개는 될 법한 이무기의 비늘이 물속에서도 반짝반짝 빛나고 있었다.

"역시 예뻐……."

전복 껍데기처럼 예쁘다고 생각했지만, 지금 다시 보니 전복 껍데기는 비교도 되지 않았다. 손을 뻗으면 물속에서 머리를 내밀고 손바닥을 한번 툭 쳐줄 것 같았다.

있는 힘껏 바위에 매달려 손을 뻗었다.

하지만 이무기는 물속에서 나오지 않고 그저 아희가 뻗은 손을 보고 있을 뿐이었다.

"어!"

좀 더 손을 뻗으려다 물이끼에 미끄러져 그대로 계곡물에 떨어지려던 찰나, 누군가 뒤에서 허리를 감쌌다. 떨어지려는 사람을 너무도 가볍게 들어 올린 것은 율이었다.

"내 이럴 줄 알았지."

"율아!"

율이 짧게 한숨을 내쉬곤 아희의 손목을 보았다. 미끄러지면서 날카로운 바위에 긁혀 어느새 피가 배어나오고 있었다.

"떨어져도 아래 있는 율이가 받아줬을걸?"

물속을 가리키며 아희가 말했다.

"괜찮아 괜찮아. 이런 건 침 발라두면 나아."

겨우 피가 조금 배어나오는 정도였다. 항상 산으로 들로 어머니의 말에 따르면 싸돌아 다녔기에 이정도 상처는 이제 상처도 아니었다.

“읏!”

저고리를 걷어 올린 율이 아희의 말대로 상처에 입술을 댔다.

“뭐 하는 거야?”

손을 빼려 했지만 그녀가 느낀 것처럼 아주 힘이 센 율은 꿈쩍도 하지 않았다. 숙인 입술 사이로 살짝 빠져나온 붉은 율의 혀가 보였다. 천천히 아희의 상처 부위를 그가 핥았다.

“침 발라두면 낫는다면서.”

언제 그랬냔 듯이 무심한 얼굴로 그가 말했다.

“정말 하루도 성할 날이 없군. 구르고 넘어지고 다치고. 언제까지 이러나 두고 보려고 했는데 두고 보기가 무서울 정도야.”

하긴, 어제도 날이 저물 때쯤 조금 열기가 가신 바람이 불어와서 기분 좋게 잠들었다가 대청마루에서 떨어졌다.

비명을 지르며 화들짝 일어났을 때는 ‘뭐 이런 멍청이가 다 있지?’란 얼굴로 자신을 보던 율이 눈앞에 있었다.

“율이 안 더운 이유를 이제야 알겠어! 계속 여기 물속에 있어서 더위를 안 타는 거구나!”

새삼 깨달았다는 듯 아희가 고개를 끄덕이며 확신에 차 말했다.

“마음대로 생각해.”

반짝반짝 빛나는 눈에서 보이는 자신에 대한 무한한 신뢰. 그것을 보고 율이 아희의 머리 위를 툭 쓸었다.

"호야! 호야! 이리로 와!"

멀리 드러누워 있는 호야를 불렀으나 귀찮은지 일어나지 않는 그녀를 데리러 아희가 가려 했을 때 율이 그녀를 붙잡았다.

"가지 마."

"응? 호야를 데리러 가려는 건데."

"그냥 있어."

"왜?"

"내 시야에서 벗어나지 마."

그가 잠깐 한눈을 팔 때엔 어딘가 한 군데 까지거나 다치는 아희였다. 그게 조금 신경에 거슬렸다. 그러다가 그가 손쓸 수 없는 사고에 휘말릴까 걱정도 됐다.

"율이 꼭 우리 아버지 같은 말을 해."

어머니는 애들은 다 다치면서 크는 거라고 그녀가 어딘가에서 다쳐서 올 때마다 약을 발라주셨지만, 아버지는 그녀가 조금만 다쳐도 안절부절못했다. 어릴 때 잔병치레를 많이 해서 아버지가 더 그녀를 안쓰러워했던 건지도 몰랐다.

"나도 율이 같은 동생이 있었으면 좋겠다."

오라비도 아닌 동생이란 소리에 율이 기가 찼다.

"그럼 율처럼 내가 지켜줄 텐데."

"어림없는 소리. 제 한 몸 건사도 못 하는 게."

비웃으며 아희의 이마를 한번 튕겨준 율이 한 손을 내밀었다. 두 손으로 율의 손을 꽉 잡자 그가 그제야 움직였다.

"내가 밟는 데만 밟고 따라와. 여긴 물이끼가 많이 끼었으니까."

"내가 또 넘어질까 봐?"

"……네 다리까진 핥고 싶지 않아서 그래."

"율은 거짓말을 할 때마다 귀가 빨개지는구나."

"시끄러워."

"으흥."

콧바람을 한번 만족스럽게 뀌고 아희가 경쾌하게 그 뒤를 따랐다.

"율은 그럼 혼자 태어났어?"

"어미가 있었겠지."

"형제는?"

"왜 그런 걸 묻지?"

"율의 형제들은 모다 하늘로 올라간 거야?"

"하늘로 올라갈 수 있는 건 하나뿐이야."

"왜?"

"하늘이 두 개인 것 봤어?"

율이 잠시 걸음을 멈추고 불퉁하게 말했다.

"……지금은 둘만 남았어."

"응?"

"형제를 물어봤잖아."

"형제가 있어? 어디에?"

계곡에 또 다른 이무기가 있는 줄 알고 아희가 주변을 휙 둘러보았다.

"하나의 알에서 함께 태어났지."

"우와, 율이는 쌍둥이였구나. 지금은 어디 있어?"

"놈은 동해에 있어."

동해라는 말에 어디선가 들었던 낯익은 말이 생각났다. 그러고 보니 아희를 공격했던 그 범과 있을 때였다.

"……동해의 이무기?"

대수롭지 않게 율이 고개를 끄덕였다.

"그런데……."

하늘은 하나잖아, 라는 말을 삼키며 아희가 우물쭈물했다. 그럼 다른 하나는 어떻게 되냐는 말을 도저히 물을 수 없었다.

"내가 하늘이 되면 놈을, 놈이 하늘이 되면 나를."

한 하늘에 두 마리의 용이 살 수 없었다.

"놈이 곧 너를 찾아올 거야."

언젠가는 꺼내야 될 말이었다. 점점 놈이 가까워지고 있다는 것을 율은 느낄 수 있었다. 한 알에서 태어났으니 아희는 놈 또한 볼 수 있으리라.

"왜 나를……."

"말했잖아. 한 알에서 태어났다고."

율이 이끄는 대로 바위를 하나 건너자 현기증이 날 정도로 뜨거운 햇빛 위로 걷게 됐다.

"넌 나와 놈, 둘 중에 하나의 이름을 불러야 돼."

"형제끼리 싸우는 건 싫어."

"네가 묻기 전까지 난 놈과 형제라는 사실도 잊고 있었어."

서로 보지 않은 지 너무도 오래됐다. 태어나자마자 떨어져 한쪽은 동해에, 그리고 자신은 이곳에서 자랐다. 아주 오래전에 이 산은 매년 눈이 너무 많이 와서 설산(雪山)이라고 불렸었다. 그래서 그는 설산의 이무기였다.

"율아."

걱정스러운 아희의 목소리에 그가 걸음을 멈췄다. 그리고 대수롭지 않게 말했다.

"싸우는 게 싫으면 둘 다 이름을 안 부르면 돼."

"아! 그렇구나!"

금세 걱정이 해결이라도 된 듯 해맑게 웃는 아희의 볼에 몇 가닥 붙은 머리칼을 떼어주며 율이 희미하게 웃었다.

"넌 참 난순해."

"복잡한 건 어른이 되어서도 할 수 있잖아."

묘하게 맞는 말이라 그가 반박할 수 없었다.

"아씨! 도련님!"

누워서 코까지 골며 잠들어 있는 호야 옆에 어느새 왔는지 석호가 수박 하나를 끌어안고 둘을 부르고 있었다.

"아희야."

석호를 향해 크게 손을 흔드는 아희를 율이 조용히 불렀다. 몇 달간 항상 율에게 그녀의 이름은 멍청이, 혹은 맹추였다. 잘못 들었나 싶어 새끼손가락으로 귀를 만지작거렸다.

"동해의 이무기는 교활해."

만약 그날 자신이 범의 아래에 있던 아희를 발견하지 못했다면 그 범은 아희를 물고 동해까지 달려갔으리라.

범은 아희가 다치든 말든 신경조차 쓰지 않고 있었다. 분명 그것은 수단과 방법을 가리지 말고 데려오라는 명이 있었기에 가능한 일이었다. 오랫동안 보지 못했던 자신의 형제는 수단과 방법을 가리지 않고 그녀를 압박할 것이다.

"그러니 내 곁에서 떨어지지 마."

"응!"

그 말뜻을 이 계집은 알고 있는 걸까? 너무도 해맑게 돌아오는 대답에 율의 맥이 탁 풀렸다.

06.

“이 돼먹지 못한 종놈아.”

호야가 낮게 그르렁거리며 석호를 불렀다. 노랗게도 붉게도 보이는 머리칼이 마치 고양이처럼 빳빳하게 세워져 있는 것이 화가 많이 난 것처럼 보였다. 석호의 시선은 자신을 부른 호야의 얼굴이 아니라 신기할 정도로 세워진 머리털에 가 있었다.

“종놈! 내 말을 무시하는 게냐?”

그가 머리를 긁적였다. 당최 그녀가 자신에게 와서 이토록 화내는 이유를 알지 못했다.

“무슨 일이야?”

“너 최가네 종년이랑 혼례 올린다며? 여옥인지 옥님인지랑.”

“여옥이야.”

그 말에 호야가 손으로 바닥을 짚을 기세로 낮게 허리를 숙였다. 그것이 마치 공격하기 직전의 고양이 같아 보여 석호가 피식 웃었다.

"넌 참 짐승 같구나."

커다란 손바닥이 호야의 머리 위를 쓱쓱 쓰다듬었다.

"그르릉."

저도 모르게 눈을 감고 얼굴을 손바닥에 비비던 호야는 문득 멈춘 그 손에 슬며시 눈을 떴다. 당황한 얼굴의 석호가 그녀를 내려다보고 있었다. 호야와 눈이 마주치자 쏜살같이 손을 거뒀다.

"왜!"

왜 좀 더 날 쓰다듬어 주지 않는 거야! 라는 얼굴로 호야가 높게 소리쳤다.

"호야!"

석호가 뭐라 말하기도 전에 짧은 호통소리와 함께 호야의 주인인 율이 성큼 다가왔다. 언제나 그렇듯 부쩍 율의 뒤를 졸졸 쫓는 아희도 모습을 드러냈다.

"호야는 왜 석호를 괴롭혀?"

"괴롭히는 게 아냐, 아씨."

호야가 입을 삐죽이며 말했다. 유난히 좋은 청력으로 이 집의 대감인 사현이 석호에게 그런 제안을 했을 때, 이루 말할 수 없이 화가 났다. 눈앞의 바보 같은 놈은 그 말에 멋쩍게 웃기만 해서 더 짜증이 났다. 온몸의 털이 바짝 설 정도로 화가 난 게 얼마만인지 손으로 꼽을 수도 없을 정도였다.

"정도를 지켜."

율이 아직도 짐승처럼 납작 엎드려 있는 호야를 내려다보며 말했다.

"흥."

"아씨, 어디 가십니까?"

"응응. 할아버지 심부름. 마을 끝에 있는 윤 진사 댁 할아버지한테 전해드리면 된대."

"제가 다녀오겠습니다."

두 손을 옷자락 위에 슥슥 닦은 석호가 손을 내밀며 말했다.

"내 머리 만질 때는 안 닦았잖아!"

호야가 날쌔게 입으로 석호의 손등을 앙! 하고 물었다.

"석호는 호야랑 놀고 있어. 내가 다녀올게."

"종놈, 가만두지 않을 테다."

아무리 봐도 노는 것 같지 않은 두 사람을 두고 아희가 율의 손을 꼭 잡았다. 한 손에는 서책이 담긴 보따리를 들고 한 손에는 율의 손을 잡고 기분이 좋아져서 집을 나섰다.

"율아, 왜 그래?"

"아냐."

대답은 그리 하면서도 오늘 내내 율의 기분은 별로 좋아 보이지 않았다. 그의 시선이 오늘은 내내 하늘을 향해 있었다. 아희가 율이 보는 곳으로 시선을 돌리자 멀지 않은 곳에 잔뜩 먹구름 섞인 하늘이 보였다. 아침에는 저만치 멀었지만, 지금은 이만큼 가까워진 게 신기해서 작은 입술이 벌어졌다.

"곧 우리 마을에 비가 내리겠다!"

요 며칠 찜통 같은 더위에 마냥 비 소식만 생각한 아희가 방실 웃었다.

"거의 다 왔군."

"응?"

"비는 오지 않을 거야."

아희의 바람을 단칼에 자르며 율이 말했다.

"왜?"

"다른 비가 올 거야."

율의 말을 당최 모르겠다는 얼굴로 그녀의 고개가 기울었다. 그때였다. 맑은 눈동자에 무엇인가 번쩍 하고 스쳐 지나갔다.

"어어?"

말은 못 하고 아희가 손가락으로 가리킨 곳에는 백색의 무슨 무더기가 엎드려 있었다. 그리고 그 옆에는 심드렁한 표정의 사내 하나가 꼿꼿하게 서 있었다. 마을 사람들이 지나가며 대놓고 호기심 어린 시선을 던지고 있었으나 그것은 꿈쩍도 하지 않았다.

"나타났군."

사내의 시선은 율을 향해 있었다. 그를 향해 고개를 살짝 숙여 보인 사내가 아래 있는 흰 무더기를 향해 뭐라 중얼거렸다.

"……사람이다."

뭔가에 홀리기라도 한 것처럼 아희가 중얼거렸다. 흰 무더기 안에서 고개를 치켜든 것은 분명 사람이었다. 흰 무더기라고 생각한 것도 사실은 산발한 머리였다는 것을 그제야 깨달았다. 하얗게 새어버린 백색의 머리칼.

아희가 한 발 앞으로 나가려 했을 때 율이 그녀의 허리를 감쌌다.

"또 반짝이는 거 만지러 가?"

자신 쪽으로 바짝 그녀의 몸을 당기며 불퉁한 목소리로 물었다.

"아니, 그게 아니라……."

콧등이 조금 빨간 아희가 더듬거렸다. 허리를 감고 있는 율의 손을 의식해서였다.

"물…… 물…… 물 좀 주소……."

아희가 율에게 온 신경을 쏟고 있을 때 어느새 슥슥슥 소리 없이 아희 앞까지 기어 온 백색의 머리칼을 가지고 있는 아이가 손을 길게 뻗어 그녀의 치맛자락을 붙잡고 말했다. 적색이 감도는 눈동자였다. 자신을 향해 눈을 빛내며 애타게 물을 찾았다.

남자인 줄 알았는데 그녀 또래의 여자였다. 대충 얼기설기 입고 있는 저고리며, 치마가 그걸 말해주고 있었다.

"우물물을……."

길어 온다고 말하려는 찰나였다.

"꺄악!"

차갑고 축축한 손이 아희의 발목을 감싸 쥐었다.

"감히 어딜!"

아희가 비명을 지름과 동시에 율의 발이 가차 없이 땅을 기고 있는 백색 소녀의 팔을 짓밟았다. 인정을 주지 않고 사정없이 짓밟는 행태에 더 놀란 아희가 율을 붙잡았다.

"아파."

아프다면서도 소녀는 아희의 발목을 놓지 않았다. 오히려 더 꽉 발목을 쥔 손에 아희가 말했다.

"나도 아파!"

"그 손 자르기 전에 놔."

"싫어. 너나 내 인간에게서 손 떼."

"내 인간? 내, 인간, 이라고?"

율이 소녀의 손을 밟고 있는 발에 힘을 줬다.

"율아……."

마을사람들의 웅성거리는 소리와 함께 숱한 시선이 쏟아졌다. 아희가 율의 팔을 잡고 이 자리를 벗어나잔 뜻으로 흔들었다.

"아씨, 나도 데려가."

미성의 목소리로 여전히 아희의 발목을 붙잡은 채 소녀가 말했다.

“그래그래, 알았어. 그러니까 일단 이 자리부터 좀 벗어나자. 저쪽에 우물 있어. 가서 물 줄게.”

율이 아희를 만류하기도 전에 아희가 소녀를 일으키며 말했다. 그 모습을 말없이 뒤에서 지켜보던 사내는 소녀가 일어나자 아무 일 없었다는 듯 옷자락에 묻은 흙을 툭툭 털어주었다. 이상한 관계였다. 마치 율과 호의 관계처럼.

“아…….”

아희가 뭔가를 깨달았을 때, 놓치지 않겠다는 듯 자신을 일으켜준 손을 꽉 잡은 소녀가 히죽 웃었다. 피를 머금은 것처럼 붉은 입술에서 아희가 서둘러 시선을 옮겼다.

“넌 저놈이 누군 줄 알고…….”

“율이 동생이잖아.”

율의 눈썹이 꿈틀 움직였다.

“맞지?”

소녀를 돌아보며 말하자 그녀가 눈을 게슴츠레하게 뜨며 손가락 하나를 흔들었다.

“내가 먼저야. 동생 아냐.”

“그래그래, 가서 물 먹자. 물 먹어.”

‘이게 아닌데’라는 얼굴로 소녀가 아희의 손에 질질 끌려갔다. 율의 동생이란 사실이 마냥 예쁜 듯, 소녀의 신수인 범이 자신을 공격했던 것은 까맣게 잊은 채 우물로 이끌고 있었다.

“저 멍청이.”

동해의 이무기가 나타나면 크게 혼을 내 쫓아버릴 생각을 하고 있었던 율의 머리가 지끈거렸다. 골칫거리 하나가 늘어난 기분으로 우물가를 뒤따랐다.

“네 이름은 뭐야?”

“이름 불러줘, 이름 이름.”

이름이란 말이 나오기 무섭게 떼쓰듯 소녀가 종달새처럼 입을 종알거렸다. 소녀가 너무 튀는 외모라 아낙들이 항시 모여 있는 우물가에 가기도 뭐해 결국 근처 냇가로 발을 돌렸다.

“율의 이름도 안 불러줬는걸?”

냇가에 쪼그려 앉아 소녀의 얼굴에 묻어 있는 흙먼지를 닦아주며 아희가 말했다. 참 예쁜 얼굴이었다. 율과 닮은 듯 닮지 않은 얼굴. 율이 조금 날카로운 인상이라면 소녀는 참 곱디고왔다.

“머리는 이렇게 묶는 거야.”

물로 산발된 머리칼을 대충 정리해주며 가지런히 땋아 자신의 댕기까지 풀어 묶어준 아희가 싱긋 웃었다.

“저게 뭐가 예쁘다고.”

아희가 하는 양을 가만히 지켜보던 율이 중얼거렸다. 옆에서 한마디도 하지 않고 사내 또한 가만히 지켜보고 있었다.

“율이처럼 이름이 있을 거 아냐.”

“율? 쟤 이름이 율이라고? 꺄하하하하하!”

아희가 얼굴을 씻겨준 보람도 없이 배를 잡고 시냇가 위를 데굴데굴 구르는 소녀가 눈물가지 나는 듯 손가락으로 눈가를 찍어댔다.

“우리는 이름 같은 거 없어.”

“그럼 널 뭐라고 불러야 돼?”

“나는 동해의 이무기, 저 녀석은 설산의 이무기.”

“여긴 사람들이 사는 세상이야. 이무기라고 부르면 큰일 나.”

“칫.”

입을 삐죽이며 고개를 홱 돌려버린 소녀의 머리를 지그시 누른 율이 말했다.

“건방지게 굴지 마.”

“난 원하는 것만 얻고 가면 돼. 여기까지 오는 데 몇 달이 걸렸는데! 네놈이 아직까지 승천을 못 한 걸 보니, 필시 뭘 밉보였겠지. 미운 저놈 말고 내 이름을 불러, 아씨.”

“그래서 여장까지 하고 왔군.”

“사내 모습의 네놈이 계집 마음 하나 얻지 못했으니 내가 당연히 동무처럼 다가가서…….”

고개를 끄덕이며 말하던 소녀가 흡 하고 입을 다물었다. 그와 동시에 율이 소녀의 목을 움켜쥐고 가차 없이 저고리와 치마를 벗겨냈다. 바동거리는 소녀를 보고 다가오려는 사내에게 율이 외쳤다.

"네놈이 나설 자리가 아니다!"

소녀라고 생각했지만 영락없는 사내아이였다. 아희의 앞에서 반쯤 발가벗겨진 소녀, 아니 소년이 씩씩거리며 율의 손을 풀어내려 했다.

"다 된 밥에 재를 뿌려?"

"다 탄 밥이겠지."

"남자애였구나."

속은 기분에 머리에 묶은 댕기를 다시 거둬가며 아희가 서운한 얼굴로 중얼거렸다. 오랜만에 동해의 이무기라 해도 또래의, 같은 성별의 동무를 만난 것 같아서 내색하진 않았지만 가슴이 조금 설렜었다.

"그리고, 너!"

율이 사내에게 호통 쳤다.

"사죄할 것이 있을 텐데?"

그 말에 사내가 동해의 이무기의 눈치를 살폈다.

"해."

동해의 이무기의 명이 떨어지자 사내가 아희를 향해 고개를 까딱 숙여 보이며 말했다.

"그때는 죄송했습니다, 아씨."

동해의 이무기의 멱살을 잡은 손을 툭 놓은 율이 사내에게 걸어가 그의 무릎을 걷어찼다. 앞으로 꺾이며 졸지에 무릎을 꿇은 사내가 일어나려 하자 율의 발이 그의 어깨를 내리눌렀다.

"진심 어린 사죄는 무릎을 꿇고 하는 것이다."

"죄송합니다, 아씨."

"나, 난 괜찮아. 이미 상처도 다 나았는걸."

"이리 와."

율이 아희에게 손을 내밀었다. 상대가 진심이든 아니든 눈앞의 계집에겐 중요치 않았다. 그저 말뿐인 말을 곧이곧대로 믿는 어린 계집을 어디서부터 손대야 할지 알 수 없었다. 알다가도 모르고, 멍청하고 아둔하기까지 해 울화통이 치밀었다.

"집에 가자, 율아. 이건 석호에게 가져다 달라고 해야겠어."

서책 보따리를 흔들며 아희가 힘없이 말했다. 아직도 사내는 자리에서 일어나지 못하고 있었다. 그들을 한번 뒤돌아본 뒤에 아희가 재촉했다.

냇가에서 어느 정도 떨어진 뒤에서야 한숨을 폭 내쉰 아희가 몇 번이나 그들이 혹시 따라오진 않나 뒤를 돌아보았다.

"앞으론 멍청한 짓 하지 마. 너를 해하려 했던 놈이야."

"사실은 무서웠어, 율아."

눈앞에 있는 것이 농해의 이무기라는 것을 알았을 때, 정말 무서웠다. 아니, 무서워졌다는 것이 맞았다. 범이 자신을 해하려 했던 기억이 떠올라서가 아니었다. 갑자기 평화로웠던 일상이 조각조각 깨진다는 생각이 들었기 때문이었다.

율의 이름을 부르지 않는 이때, 율의 형제가 나타나 그의 이름을 부르라 했다. 생각하고 싶지 않았지만, 점점 율을 보내야 될 때가 가까이 다가오는 것이 갑자기 느껴져서 무서웠다.

"조금만 더……."

'내 곁에 있어줘, 율아.'

마지막 말은 목구멍 깊숙이 꾸역꾸역 삼키며 아희가 입을 다물었다.

◇ ◆ ◇

"이리 오너라!"

새벽 늦게 누군가 대문을 쾅쾅 두드렸다.

"이리 오너라! 이 집의 종놈들은 왜 이리 다들 굼뜬 게야?"

석호가 졸린 눈을 비비며 달려갔다. 이 집에 온 뒤로 처음 듣는 목소리였다. 자주 찾아오는 대감마님 사현의 지인들은 아니었다. 문을 열자 백발에 치마저고리를 입은 소녀 하나와 무뚝뚝한 얼굴로 서 있는 무사인지 종놈인지 모를 사내 하나가 보였다. 이런 당황스러운 광경이 전에도 있었던 것을 떠올리며 그게 언제였는지를 기억하는 와중에 호통이 떨어졌다.

"냉큼 빈방을 내놓거라! 에잇, 새벽이슬에 이 몸이 도저히 잠이 들 수가 없다."

"석호야, 누가 왔기에 새벽부터 이런 소란이냐?"

뒤에서 이제 막 일어난 사현의 목소리가 들리자 석호가 이상한 일행에게 물었다.

"뉘시라 전할까요?"

"여기서 셋방살이 하는 도령의 형제라 전해라."

얼마나 요란하게도 불렀는지 새벽에 자던 이들이 모조리 깨서 저마다 고개를 내밀고 있었다. 아희도 눈을 비비고 나와 눈앞에 있는 동해의 이무기를 보고 화들짝 놀라 버선발로 달려 율의 별채까지 갔다.

"석호야, 방을 내드려라."

사현은 율이 처음 왔을 때와 마찬가지로 아무것도 묻지 않았다. 뭔가 그가 알고 있는 것처럼 보였지만 그저 허허 웃으며 아무 일도 없었다는 듯 다시 안방으로 들어갔다.

"종놈아, 밥을 내와라. 뜨끈뜨끈한 쌀밥이면 좋겠구나."

아직 쌀을 채 씻지도 않은 새벽이건만, 눈앞의 도령인지 아씨인지 모를 인물은 너무도 당당하게 요구하고 있었다.

"이게 어디서 종놈을 부려먹어?"

역시나 자다가 나왔는지 호야가 눈가에 붙은 눈곱을 떼며 나와 감히 석호를 부려먹는 누군가에게 소리쳤다.

"흥. 네놈도 주인처럼 건방지기 이를 데 없구나. 고개를 숙이지 못할까?"

익숙한 냄새였다. 그것은 그녀가 모시는 설산의 이무기인 율에게서 나는 냄새와 비슷했다. 결국 동해의 이무기가 이곳에 왔다는 것을 깨닫곤 아희가 들어간 뒤로 굳게 닫혀 있는 별채를 힐끗 쳐다보았다.

"고개를 숙이라니! 내가 모시는 도령 외엔 고개를 숙이지 않는다."

"네놈이 쓴 맛을 봐야……."

"호야!"

창호지에 작은 구멍을 뚫어 밖의 상황을 보던 아희가 호야에게 불똥이 떨어질 것 같자 쏜살같이 튀어나와 호야의 허리를 붙잡았다. 아희를 보자 매섭던 동해 이무기의 기세가 조금 꺾였다.

"안녕, 아씨?"

"여긴 우리 집이야."

"알아 알아. 내가 아침에 찾아오려 했는데, 새벽이슬이 너무 축축해서 동굴에선 도저히 잠을 못 자겠더라고."

정말인지 옷 여기저기가 새벽이슬에 젖어 있었다.

"목욕도 해야 되고, 갈아입을 옷도 줘."

"율이가 화낼 거야."

"이미 내가 올 걸 알고 있었을걸?"

말을 마치기 무섭게 율이 아희의 뒤를 따라 나왔다. 바람 한 점 통하지 않을 눈으로 자신과 같은 알에서 태어난 형제를 쳐다보고 있었다. 같이 숨 쉬었던 알에서조차 경쟁해야 될 상대였다.

"날이 밝고 이야기 하지."

허락이나 다름없었다. 석호의 안내에 씩 웃으며 동해 이무기가 사라지고 아희가 기분이 좋아 보이지 않는 율의 눈치를 살폈다.

"들어가서 더 자."

"잠이 홀딱 깼어."

"재워줄까?"

의외의 말에 그나마 남아 있던 잠의 끝자락도 모다 달아났다.

"싫으면 말고."

미련 없이 뒤돌아 자신의 방으로 들어가려는 율을 잡아야 했다. 말보다 먼저 손이 나가 덥석 율의 바짓가랑이를 붙잡았다.

"아이고, 아씨. 사내의 바짓가랑이는 함부로 잡는 거 아니야."

뭐가 그렇게 재미있는지 호야가 깔깔거리며 웃음을 터트렸다. 얼굴이 붉어질 새도 없이 돌아본 율에게 고개를 열심히 내저었다.

"재워줘! 안 싫어!"

가끔은 다정한 율. 아니, 요새는 매일매일 다정한 율이었다. 아희가 하는 일에 꼭 한마디씩 하면서 못 이기는 척 따라와 주는 것을 그녀도 알고 있었다. 석호가 알았으면 남녀칠세부동석 어쩌고 하며 펄쩍 뛸 일이지만, 지금 새로 온 손님을 안내하느라 이곳에 없었다.

아희의 방으로 들어가 가부좌를 틀고 앉은 율이 침상을 박차고 나온 흔적이 고스란히 있는 이불 위를 탁탁 두드렸다.

"누워."

"율은?"

"같이 자자고?"

"그게 아니라…… 율도 곤하잖아."

"난 안 자."

"왜?"

"너무 오래 자서 이제 더 이상 잠들 수가 없어."

무심하게 말하는 율의 이마를 아희가 작은 손으로 한번 짚었다.

"율의 말은 항상 가슴이 아파."

이게 아픈 말이었던가? 율이 아희의 말이 이해가 가지 않는 듯 인상을 찌푸렸다.

"넌 가끔 이해할 수가 없어."

"나는 율이 이해되는데."

무방비하게 해죽 웃는 아희의 그 미소에 또다시 맥이 풀려 버린다.

"그런데 율의 형은 왜 이제야 온 거야?"

"형 아냐."

같은 알에서 태어났는데 누가 동생이고, 누가 형인지 알 게 무어란 말인가.

"형이라고 했는데……."

"아냐."

"으응……."

단호한 율의 말에 미적지근하게 답하며 아희가 이불 속으로 쏙 들어갔다. 풀어진 검은 머리칼이 이부자리 위에 그림처럼 흩어졌다. 손가락으로 그 머리칼을 조금 쓸어본 율이 어느샌가 웃고 있었다.

"범이 공격한 뒤로 몇 달이나 지났는데 왜 이제야 온 거야? 호야는 엄청 빠르던데 저 범은 그렇게 빠르지 않은 거야?"

"넌 참 궁금한 것도 많군."

이불 위로 눈만 배꼼 내놓은 모양새가 웃겼다.

"나는 이 마을을 떠나지 못해. 놈도 동해를 떠나지 못하지."

"그럼 어떻게 왔어?"

"나도, 놈도, 처음부터 물에서 태어났기 때문에 물 밖을 벗어나면 말라 죽어."

"주, 죽어? 율이 죽어?"

"그래."

자신의 죽음을 아무렇지도 않게 이야기하며 율이 아희의 물음에 착실하게 답해주었다. 그런 그의 모습을 볼 때마다 왼쪽 가슴이 따끔거렸다. 정말 아무렇지도 않은 걸까, 율은?

"우리도 몇 개의 금기가 깨지면 죽어."

"율이 죽는 건 싫어……."

눈물이 터질 것 같았다. 바보처럼 또다시 멍청이 소리를 듣는다 해도 어쩔 수 없었다. 천 년을 살아온 율이 죽는다는 말에 몸이 부르르 떨렸다.

"구름을 몰고 다니면서 자신의 본체가 몸을 담글 수 있는 수많은 못들을 거쳐서 이곳까지 오느라 늦어진 게지. 본체 없이 내단은 동해 밖으론 나갈 수 없으니까."

"엄청나게 힘들게 나를 만나러 이곳까지 왔구나."

그 커다란 이무기의 몸이 완전히 잠기기 위해선 작은 못은 부족했으리라.

"누가 누굴 걱정하는 거야."

율의 손가락이 아희의 이마를 튕겼다.

"으으…… 아파……."

이불 속으로 머리끝까지 쏙 들어갔다가 이내 율이 보고 싶어 다시 나온 아희가 이마를 문질렀다.

"재워준다면서 때리기나 하고."

"멍청한 소릴 하니까 그러지."

"재워줘!"

심통이 난 아희가 외치자 율이 조용히 입을 열었다.

"꼬까옷 입고 자는 우리 아가, 동쪽의 해님이, 서쪽의 달님이 어여뻐 창밖으로 쳐다보네. 곰질곰질한 손가락, 언제 커서 바느질을 할까. 아직도 갈 길이 멀구나, 우리 아가."

아희의 눈에서 눈물이 뚝뚝 떨어졌다.

"율이 그 노래를 어찌 아는 거야?"

"네 어미가 매일 불러주던 노래였으니까."

그녀가 기억하는 모든 것은 율도 기억하고 있었다. 십여 년 전부터 그녀의 눈을 통해 세상을 봐왔으니까. 그건 동해 이무기도 마찬가지였다.

"왜…… 왜 나를 좀 더 일찍 찾아오지 않은 거야?"

율이 있었다면 어쩌면 그 참사를 피할 수 있었을지도 몰랐다.

"네가 이곳으로 올 운명이었으니까."

몇 번이나 그 찢어지는 듯한 마음에 몸을 들썩였다. 하지만 나갈 수 없었다. 그녀의 운명이 무엇인지 알기에 그는 움직일 수 없었다.

"내가 네 인생에 나타났기에, 동해의 이무기도 찾아온 거야. 네가 먼저 날 보지 않았다면, 나는 영원히 그 못에서 널 기다렸을 거다."

그녀가 자신을 본 순간, 멈춰 있던 시간의 굴레가 돌아가기 시작했다.

"몰라……. 어려워."

아희가 몸을 일으켜 율의 품을 파고들었다. 그의 목소리에서 어미의 체취를 찾았듯, 그에게서 그리운 냄새를 맡기라도 할 참인지 연신 숨을 몰아쉬었다.

작은 등을 율이 토닥였다.

새벽이 가고, 아침이 올 때까지.

◇ ◆ ◇

못 안의 깊은 곳엔 사람의 눈에는 보이지 않는 것이 있었다. 검은 몸체 위로 포개져 있는 하얀 몸뚱이를 확인한 순간 율의 시선이 굳었다. 이 근처에 있는 깊은 못이라고는 이곳이 전부니 예상은 한 터였다.

백사와 흑사. 같은 알에서 태어났지만 그토록 확연하게 달랐다.

"아직 해도 뜨지 않았는데 여기까지 불러내고 무슨 짓이야?"

입가에 밥풀을 묻히고 어기적 걸어오며 동해 이무기가 불만스럽게 말했다. 하지만 이내 율의 시선이 심상치 않음을 깨닫고 서둘러 못을 가리켰다.

"조금만 신세 좀 지자고."

"네놈을 설산에 초대한 기억이 없는데."

이곳은 명백한 설산의 이무기, 율의 영역이었다. 그의 허락을 받지 않고는 어떤 동물이건 한 발도 들여놓을 수 없는.

항상 태풍과 비바람을 몰고 다니는 동해의 이무기인 자신과는 달랐다. 들려오는 동물들의 말로는 설산의 이무기는 세상 그 무엇에도 관심 없이 조용히 잠만 잔다고 들었다. 역시 하늘에 오를 이는 동해의 이무기인 자신이라고 확신하며, 설산의 이무기, 그의 형제에게는 관심조차 두지 않았다.

"너와 나, 똑같은 기회야. 같은 선상에 있어야 옳은 거 아닌가?"

"똑같은 기회라."

"내가 있어야 할 곳도 여기야. 뭣하면 난 저 인간을 데리고 동해로 돌아가겠어."

"누구 마음대로!"

전광석화처럼 동해의 이무기에게 달려들어 바위에 내리꽂은 율이 소리쳤다.

"내게 손끝 하나 대지 못하면서 허세를 부리는 게냐."

놀라지 않고 코웃음 치며 동해의 이무기가 말했다. 하늘에 오르기 위해선 살생을 금해야 된다는 것을 빗대어 하는 말이었다.

"네놈이 어디에 있건 무엇을 하건 상관하지 않아."

차분해진 율의 목소리에 그 금기를 새삼 떠올렸다 싶은 동해의 이무기가 그의 손을 떨어내려는 찰나 그가 더 깊게 내리눌렀다. 율의 손톱이 목 안쪽, 여린 살을 후벼 파고 짓이겼다.

"조심해야 할 건 오로지 그녀다. 네가 남길 어떤 상처도 용납하지 않겠다."

"그렇게 못 하겠다면?"

회유가 통하지 않는다면 범을 시켜서 또다시 혼쭐을 낼 생각도 가지고 있었던 동해의 이무기가 물었다.

"네놈이 부리는 범의 사지를 하나하나 찢어주지."

"그럼 넌 하늘에 오르지 못할걸?"

"살아 있기만 하며 살생이 아니지."

율이 친절하게 웃으면서 덧붙였다.

"그러면 네가 부리는 범에게도 내가 똑같이 할 거란 걸 알지 못하는구나."

"역시…… 이런 건 네게 별로 위협이 되지 못하는 모양이군."

얼굴에서 웃음기가 사라졌다. 처음부터 꺼낸 말은 장난이었다는 듯 무심하게 율이 본론을 꺼냈다.

"네놈의 남은 명을 내가 가져갈 거다."

"나를 죽이면 넌 하늘에 오르지 못해."

"상관없어."

일말의 망설임도 없이 나온 대답이었다. 자신이 잘못 들었나 귀라도 파고 싶은 심정이었다. 할 말을 잃고 그가 입을 빠끔거렸다.

"내가 너를 죽이지 못할 것 같아?"

"네 천 년의 고행이 물거품처럼 사라질 거다! 다시는 하늘에 오르지 못한 채로 죽어갈 거야!"

그것이 동해의 이무기는 가장 무서웠다. 지금껏 그가 기다려온 시간이 물거품으로 사라지는 것이.

"몇 번을 말해야겠나, 내 형제여."

노기가 사라진 목소리로 부드럽게 율이 말했다. 오로지 하늘에 오르는 것만을 바라보며 수단과 방법을 가리지 않는 형제에게.

"그녀에게 상처를 입힌다면, 너와 함께 난 자멸할 거다."

앞으로도 그녀에게 남을 수많은 상처들. 그 상처들을 막아주지는 못할망정, 더해주고 싶지는 않았다. 지금만큼은 율은 진심이었다. 그 진심을 동해의 이무기는 알고 있었다.

"기껏 인간이야. 이름을 한번 불러주는 게 전부인!"

동해의 이무기는 설산의 이무기가 천 년을 살다보니 머리가 어떻게 된 게 분명하다고 생각하며 어리석은 자신의 형제를 다그쳤다.

"기껏 이름 한번 불러주는 대가로 영원한 저주를 짊어지기엔 너무 어려."

그가 한번 툭 치면 그대로 숨이 끊어질 것처럼 여렸다. 강하고 호기롭다가도 금세 눈물을 보인다. 그만 보면 새끼 새가 어미 새를 쫓는 것처럼 달려와 반짝이는 눈으로 바라본다. 아식은 갖고 싶은 것이 비늘이 전부인 어린 계집아이.

"너, 진심이구나."

동해의 이무기가 떨리는 목소리로 말했다. 지금 자신의 처음 보는 형제는 모든 것을 내던질 각오를 하고 있었다.

"정말, 나를 죽일 거구나."

"네가 그녀에게 해가 된다면."

미치도록 하늘에 올라가고 싶은 자신과 살생을 하면서까지 인간 계집을 지키려는 놈 중에서 유리한 건 당연히 놈이었다. 동해의 이무기, 자신은 죽었다 깨어나도 살생은 하지 못하니까.

"빌어먹을, 빌어먹을, 빌어먹을!"

말을 할수록 손톱이 더 파고드는 것도 모른 채 분해 죽겠는 마음에 동해의 이무기가 욕설을 내뱉었다. 처음부터 완전히 말려들어갔다는 느낌을 지울 수가 없었다.

과연 계집은 누구의 이름을 부를까?

자신의 이름? 아니면 졸졸 쫓아다니는 저 설산의 이무기의 이름?

협박은 애초에 물 건너갔고, 여전히 자신이 쓸 수 있는 방법은 회유밖에 없었다.

왜 종놈의 아침은 비질로 시작하는가.

호야가 한숨을 내쉬었다. 그리고 손에 들린 대나무 빗자루를 꽉 쥐며 말했다.

"종놈아, 비질은 이렇게 하는 거다. 거꾸로 들고 하는 게 아니라."

동해의 이무기가 데려온 종놈을 가리키고 있었다. 올챙잇적 생각 못 한다고 석호가 옆에서 한마디 하려다 입을 다물었다. 호야가 처음 온 날 그녀도 마당 비질을 하라니 꼭 저렇게 대나무 빗자루를 거꾸로 들고 있었다.

유난히도 말수가 없는 놈이었다. 호야를 한번 보곤, 그녀가 잡은 대로 빗자루를 고쳐 잡으며 쓸어 담는 시늉만 해 보였다.

"이런 밥도둑들."

"난 내 밥벌이는 한다고!"

석호에게 버럭 소리를 지른 호야가 신경질적으로 마당을 쓸었다.

본래 자신은 야행성이건만, 이 집에 온 뒤로는 부득이하게 낮에 활동해야 했다. 낮과 밤이 바뀌니 적응이 안 되는 것은 당연지사. 하루에도 몇 번씩 뒤쪽에 있는 광에 가서 낮잠을 즐기다 석호에게 들켜 몇 번을 혼났는지 몰랐다. 다른 때 같았으면 지금쯤 사냥을 끝내고 동굴에서 늘어지게 저녁까지 잤을 텐데, 오늘도 하루는 아침부터 시작하고 있었다.

"인간들은 왜 아침에 일어나는 거야. 해도 눈부신데."

"그러게."

처음으로 놈이 호야에게 말을 했다. 지금 보니 저 범도 피곤한 게 분명했다. 반쯤 졸린 눈으로 맞장구를 치는 놈과 묘한 동지의식을 느끼며 석호가 안 볼 때 늘어지게 하품을 했다.

"그나저나 우리 아씨는 새벽에 깨면 잠 못 자더니 아주 푹 자네."

아직 열리지 않는 아희의 방문을 보며 호야가 말했다. 특출한 청력으로 고롱고롱 코까지 골고 있는 숨소리가 들려와 혼자서 실실 웃었다.

"호야, 비질 다 하고 이따 장에 가서 소고기 여덟 근 사와."

"그걸 왜 날 시켜!"

"새로 온 저이하고 같이 다녀오든가."

"안 가."

"너 때문에 고기가 남아나질 않아서 사오라는 거야. 네가 고기를 다 먹으니까 이틀에 한 번 꼴로 장에 갈 수밖에 없잖아. 앞으로 고기 심부름은 네가 해."

"내가 먹으면 얼마나 먹는다고."

종이라 해도 먹는 것은 마음껏 먹게 해주라는 사현의 말만 아니라면 매끼 그녀의 입으로 들어가는 고기를 어떻게든 막았으리라 생각하며 석호가 말했다.

"너 어제 저녁에만 세 근 먹었어."

"네 눈치 보여서 배부르게 먹지도 못했단 말이야."

호야가 불만스럽게 눈을 흘기며 말했다. 항상 고기를 먹을 때마다 입을 쩍 벌리고 쳐다보는 석호로 인해 원래 양보다 훨씬 적게 먹게 된다. 게다가 그 시선이 묘하게 계속 신경 쓰여서 요새는 손이 아닌 젓가락을 사용해 먹다 보니 더 소식하고 있었다.

"으으……."

'왜 신경이 쓰이는 거지? 왜?'

스스로의 머리를 마구 긁으며 생각을 정리하려 했지만 그게 잘 되지 않았다.

"계집 머리가 이게 뭐냐?"

마구 뻗쳐 산발이 된 머리를 부드럽게 쓰다듬어 주며 말하는 석호의 한마디에 호야의 움직임이 멎었다.

"너…… 너……."

"응?"

오로지 단정하게 정리해주기 위해 그녀의 머리에 온 신경을 쏟고 있던 석호는 호야의 붉어진 볼을 보지 못했다.

"미쳤군."

비질을 멈추고 호야의 행태를 보던 신입 종, 사내가 한마디 내던졌다. 그 말과 동시에 번쩍 정신이 든 호야가 있는 힘껏 석호를 밀어냈다. 갑작스런 기습에 뒤로 두어 걸음 물러난 석호가 뭐냐는 듯 그녀를 바라보았다. 기껏 정리해준 머리를 다시 헝클어트리며 손에 들린 빗자루를 바닥에 팽개친 호야가 말했다.

"가까이 오지 마!"

"뭐?"

"너 말이야, 너. 종놈아."

저놈이 없으면 고기를 눈치 보지 않고 배불리 먹을 수 있고, 치마를 걷어 올리고 다니든 머리를 산발하고 다니든 상관할 사람이 없다. 자신의 모든 행동에 관심 있는 건 오로지 이곳에 있

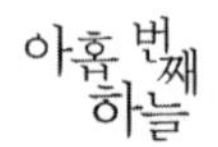

는 저 종놈이었다.

'저놈만 없다면…….'

"확 잡아먹어?"

잡아먹으면 이 마음이 조금은 편해질까.

"잡아먹을 거라면 도와주지."

"넌 저리 꺼져!"

사내의 말에 버럭 소리를 지른 호야가 발로 그를 걷어찼다.

07.

불행은 항상 예고도 없이 찾아왔다.

동해 이무기가 나타남으로 인해 무언가 크게 바뀔 거라고 생각했던 아희의 예상과는 다르게 그저 동무 하나가 더 생겼을 뿐이었다. 그녀와 함께 놀아줄 동무. 율만 보면 찔끔한 얼굴로 고개를 홱 돌리긴 했지만 동해 이무기는 해를 끼치지 않았다. 오히려 가끔 아희보다 더 어린 것 같아서 동생이 생긴 기분이기도 했다. 수준이 똑같은 것들끼리 논다고 율이 한심한 눈으로 보기도 했지만 뭐가 어찌 됐든 좋았다.

이름이 없다는 그를 위해 이름도 아희가 지어주었다. 동해에서 왔으니 '동해'라고 부른다는 그 말에 율은 고개를 돌리고 웃었고, 동해는 잠시 얼빠진 표정으로 있다가 고개를 끄덕였다.

"동해의 이무기는 너무 길잖아. 할아버지가 들으시면 또 큰 일이고."

"좋아. 난 마음에 들어."

동해가 정신을 차리고 말했다.

"동해야."

그 이름을 처음 부른 것은 율이었다. 웃음기 가득한 얼굴로 부르는 걸 보니 놀리려는 의지가 보였다. 언젠가 그의 이름 '율'을 듣고 동해가 비웃은 것이 생각난 듯 하는 행동에 동해가 아희 앞이란 걸 깨닫고 애써 화를 눌러 참았다.

"한 번만 더 네가 그 이름으로 부르면 가만두지 않겠어."

"이름이 마음에 들지 않는구나."

동해의 협박이 통한 것은 율이 아닌 아희였다. 시무룩해진 얼굴을 하곤 손가락으로 맨질맨질한 방바닥만 긁어댔다.

"아냐! 마음에 들어, 아씨."

이름만 불러준다면 어떤 말로 부르든 사실 그에겐 상관없었다. 그래도 이왕이면 자신도 설산의 이무기처럼 '율'이라든가 하는 멋진 인간 이름을 지어올 걸 싶긴 했다.

"율이 도련님, 대감마님께서 부르십니다."

가끔 율과 함께 할아버지가 바둑을 둔다는 것을 알고 있는 아희가 벌떡 일어났다.

"나도 갈래!"

사현이 홀로 바둑을 두는 것을 곁에서 물끄러미 보던 율은 어느새 그와 함께 바둑을 두고 있었다. 그 이후로 종종 밖으로 외출할 일이 없을 때 사현은 율을 부르곤 했다. 그보다 훨씬 어린 도령이었지만, 항상 말을 높이며 율을 정중하게 대했다.

"아씨, 대감마님께서 율이 도련님 혼자 오시라고……."

아무리 사현의 명이라지만, 아희에게 거절의 말을 하는 것이 어려운 석호가 말끝을 흐렸다.

"다녀와, 율아! 난 동해랑 그럼 좀 더 놀래."

다른 때 같았으면 그가 어디에 가든 함께 가겠다고 말하던 아희가 흔쾌히 다녀오라 하자 방을 나서려던 율의 얼굴이 딱딱하게 굳었다.

"율이 갔어."

방글방글 웃고 있는 아희에게 동해가 툭 내뱉자 그제야 율이 사라진 방문을 돌아본 그녀의 얼굴에서 웃음이 금세 사라졌다.

"그렇게 아쉬워할 거면 따라가든가."

동해의 머리로는 도저히 이해가 되지 않았다. 기껏해야 같은 집 안이건만 저 천 리는 떨어진 것 같은 표정은 뭐란 말인가.

"너희들, 둘이 좀 이상해."

"동해야."

"응?"

"언젠가 율은 내 곁을 떠나겠지?"

자신을 지켜주던 아비가, 항상 품어주던 어미가 불현듯 그녀의 인생에서 사라진 것처럼 율 또한 갑자기 흔적도 없이 사라지리라.

“그렇겠지.”

“괜찮아. 난 할아버지도 있고, 석호도 있고, 호야도 있고…….”

동해가 구들장 위에 반쯤 드러누워 턱을 괴고 아희의 말을 대충 흘려듣고 있었다. 어떤 것도 그의 관심사가 아니었다. 어서 빨리 눈앞에 있는 계집이 자신의 이름을 불러 하늘로 오르는 꿈만 하루에도 수백 번씩 꿨다.

“그래그래.”

그러다 문득 무슨 생각이 난 듯 그가 벌떡 일어나 앉았다.

“내가 율이 떠나지 않을 방법 알려줄까?”

어둡게 가라앉았던 아희의 눈이 동해의 말에 반짝 빛났다. 하지만 이내 고개를 저었다.

“동해는 율이 편이 아니잖아.”

생각보다 더 똑똑한 계집이었다. 하지만 내색하지 않고 그가 웃으면서 말했다.

“내 말대로만 하면 율은 영원히 네 곁에 있을 거야.”

“그게…… 뭔데?”

“아주 쉬워. 네가 내 이름을 부르면 돼.”

“뭐?”

“원래 하늘이 되면 남은 이무기를 모다 죽이지만, 네가 내게 소원을 율을 살려달라고 빌면 돼.”

물론 눈앞의 계집은 저주 받아서 가장 비참하게 죽을 테지만 그거야 동해와는 상관없는 일이었다.

"그럼 영원히 네 곁에 있을 거야."

"내가 죽고 나서도?"

"응?"

"내가 죽고 나서도 율은 그럼 계속 혼자 살아 있는 거야?"

"그건……."

"동해야, 그럼 율이 너무 불쌍하잖아."

그 말에 허를 찔린 듯해 어떤 말도 더는 꺼낼 수 없었다.

'그게, 불쌍한 거였던가?'

"좋아하는 사람들이, 기억하는 사람들이 하나, 둘, 다 떠난 뒤에 홀로 남으라는 건 벌이야, 동해야."

"너 좀 이상해."

"내가?"

"이상한 인간이야."

그가 들어왔던 인간들은 이기적이고, 재물과 권력을 위해서라면 수단과 방법을 가리지 않고 달려드는 이리떼들이었다. 범이 항상 전해다주는 세상 이야기가 그러했기에.

"그런 건 신경 쓰지 마. 그냥 네가 지금 하고 싶은 걸, 갖고 싶은 걸 하고, 가지면 되는 거야."

"그건 아니라고 생각해."

더 이상 여지도 없이 아희가 딱 잘라서 말했다. 지금까지 그녀를 보면서 이토록 단호한 건 보지 못했던 동해의 고개가 옆으로 갸웃했다. 물렁하기가 갓 만든 순두부 못지않던 계집에게 이런 점도 있었던가? 또랑또랑한 눈이 너무도 맑게 동해, 그의 모습을 투영해내고 있었다.

"넌 정말 좀 다르구나."

그래, 그러고 보니 이 계집의 눈으로 본 세상은 조금 달랐다. 한없이 밝고, 한없이 눈이 부셨다.

◇ ◆ ◇

탁.

흰 돌이 낡은 바둑판 위에 놓였다. 군데군데 고스란히 보이는 세월의 흔적들. 그 흔적 하나하나에 사현이 살아온 지난날들이 담겨 있었다. 그가 처음 바둑을 배우기 시작했던 어린 시절, 그의 아비가 선물로 사주었던 것이었다. 돌 또한 매끈한 돌이 아니라 손에 닳아 제각각 모양이 달랐다.

사현이 검은 돌을 바둑판 위에 놓자 주저 없이 흰 돌이 검은 돌의 앞을 막아섰다. 이제 바둑을 배운 지 몇 달 되지 않은 율에게 사현은 늘 흰 돌을 권했다. 흰 돌을 가진 자가 조금 더 바둑을 잘 두는 자라는 암묵적인 규칙이 있었다. 평생을 바둑을 둬온 사현과 이제 갓 바둑돌을 손에 쥔 율은 비교가 되지 않았지만, 이상하게도 사현은 그 흰 돌을 항상 율에게 밀어주었다. 바둑을 둔 날로부터 단 한 번도 이기지 못했다. 눈앞의 어린 도령에게.

"가을장마가 시작되려나 봅니다, 도령."

높은 가을 하늘은 그저 푸르고 맑기만 했다. 하지만 율도, 눈앞에 있는 사현도 곧 가을장마가 시작된다는 것을 알고 있었다.

"네, 어르신."

"내 도령에게 그 어르신 소리를 들을 때마다 민망해 죽을 것 같습니다."

허허허, 한번 웃으며 사현이 바둑돌을 쥔 한 손을 내저으며 말했다. 그 말에 율이 처음으로 바둑판에서 시선을 떼고 사현을 바라보았다.

언제나 그렇듯 사람 좋은 웃음을 머금고 율을 보고 있었다. 이 집에 온 뒤로 사현과 마주치는 것은 바둑을 둘 때 외엔 없었다. 그땐 서로 거의 말도 하지 않고 바둑에만 온 신경을 쏟았었다. 검은 돌과 흰 돌에 집중하다 보면 무엇도 잊을 정도라서 율은 어느새 이 시간을 즐기고 있었다.

"처음에는 구미호가 우리 아희에게 반해 신부 삼으려 데려가려고 하는 게 아닌가 하고 마음 졸였습니다."

사현의 검은 돌이 다시 바둑판 위에 놓였다. 항상 모든 경우의 수를 생각하기라도 하듯 바로 다음 수를 놓던 율이 그저 흰 돌만 만지작거릴 뿐 놓지 않았다.

"그것도 저 아이의 운명인 게지요."

사현이 아희가 있을 별채를 돌아보았다. 그의 눈에서는 부모를 잃은 손녀에 대한 애달픔이 숨기지 못하고 드러나 있었다. 부모를 잃은 손녀, 고명딸을 잃은 자신. 눈에 넣어도 아프지 않을 아이들이었다.

자신이 무너지면 어린 손녀를 돌봐줄 사람이 없기에 자식을 잃은 슬픔을 참고 견디어내고 있었다. 사랑스러운 손녀를 볼 때마다 어쩔 수 없이 딸의 얼굴이 고스란히 보여 눈물이 날 것만 같아 툭하면 핑계를 대고 밖으로 나돌았다.

그것이 모두 이 도령이 나타난 이후였다.

유독 율을 따르며 졸졸 쫓기에 어느 순간 마음을 놓았다. 어린아이의 몸을 하고 있었지만, 사현이 살았던 한 세월보다 더 한 세월을 살아온 듯한 눈빛을 봤을 때는 숨이 턱하고 막혔다. 하지만 그 눈빛에는 아희를 해할 어떤 의도도 보이지 않았기에 마음을 놓았다. 마음 붙일 곳 하나 없는 아희가 유일하게 따르는 이였기에 그거면 충분하다 여겼다.

"그 아이가 태어날 때의 태몽은 내가 꾸었습니다, 도령."

"무엇이었습니까?"

"용마 계곡이 둘로 갈라지더니 천 년 묵은 이무기가 나타나 하늘로 올라가며 여의주 대신 아이를 하나 물고 있더이다."

필시 용꿈이었기에 대를 이을 사내아이라 여겼다. 어렵게 가진 아이였기에 더욱 그리 바랐는지도 몰랐다. 사현의 말에 율이 소리 없이 웃었다. 자신의 입에 대롱대롱 매달려 있을 아이가 상상이 되었기에.

"나는 도령이 누군지 모르오. 누군지 알고자 하는 마음도 없습니다."

오로지 사현이 눈앞의 사람이 아닐지도 모르는 도령에게 원하는 것은 하나였다.

"내가 언제까지 저 아이 곁에 있을 순 없지 않겠습니까?"

그 목소리가 바람결을 타고 쓸쓸하게 들려왔다.

"나를 잃고도 저 아이가 버틸 수 있을지, 나는 벌써부터 그게 걱정이 됩니다, 도령."

사현의 나이는 이미 장수를 했다고 말할 수 있는 나이였다.

"허허허, 내 조급한 마음에 쓸데없는 소릴 합니다."

율이 대답하지 않자 사현이 씁쓸히 웃으며 말했다.

"아희야."

사현이 조금은 아프게 그 이름을 불렀다. 멀지 않은 곳에서 채반에 과일을 받쳐 들고 종종종 걸어오는 아희의 모습이 보였다. 기어이 다과 핑계를 대며 이 자리에 낄 모양인지 새초롬하게 닫힌 입술이 율의 이름을 부르고 싶어 오물거렸다.

"아희야."

들리지 않는 사현의 목소리 대신 율이 소리 내어 그녀의 이름을 불렀다. 막 율의 이름을 부르려던 찰나 아희의 눈동자가 동그랗게 커졌다. 자신의 이름을 불러준 적이 손꼽았기에 자칫 손에 들린 다과상을 그대로 엎어버릴 뻔했다.

"율아!"

율을 향한 맹목적인 시선에 사현이 그저 허한 웃음을 터트렸다. 아희의 아무것도 묻지 않은 그 맑은 웃음을 본 순간 그저 마음이 놓였다. 이 아이에게는 지금 이 순간이 가장 행복하단 것을 사현은 굳이 묻지 않아도 알 수 있었다.

"다과는 도령과 둘이 먹어야겠구나, 아희야."

"할아버지는요?"

"최 진사가 어찌나 손주 녀석 보러 오라고 성환지. 오늘은 거길 한번 가봐야겠다."

사현이 자리를 털고 일어났다. 아희의 머리를 사랑스럽게 한 번 쓸어주곤 그가 뒷짐을 지고 안채 쪽으로 향했다.

다과와 율, 그리고 멀어져가는 사현의 뒷모습을 한 번씩 본 아희가 뭔가 머뭇거렸다.

"왜?"

"그냥 좀 이상해서."

작은 머리가 갸웃 옆으로 쏠렸다.

"잠깐만, 율아."

할아버지가 머리를 쓰다듬었을 때, 어깨를 스치고 지나간 바람 한 번이 유독 시렸다. 한번 몸을 움츠린 아희가 다과를 놓고 사현의 뒤를 따라갔다.

"할아버지."

"도령과 안 놀고 이 할애비에게 왔느냐."

그것이 못내 좋은지 사현이 함박 웃었다.

"보내고 싶지 않은 사람을 보내야 하면 어떻게 해요?"

감색 눈동자가 그 말을 내뱉으며 조금 침울해졌다. 율을 이야기함을 알고 있는 사현이 한쪽 무릎을 바닥에 꿇고 아희와 시선을 맞췄다. 항상 인자하기만 한, 세상의 지혜를 담고 있는 사현의 감색 눈동자가 아희를 바라보았다.

"꼭 가야 한다더냐?"

"아마도요."

천 년의 세월. 그 세월이 얼마나 긴지 아희는 감히 상상도 못 할 정도였다. 그 세월을 견뎌온 율이, 자신 때문에 하늘에 오르지 못하고 이곳에 있었다. 그저 그의 이름 한번 불러주면 될 일인데 차마 입이 떨어지지 않았다. 이제는 매일 율을 볼 수 없고, 그와 함께 놀 수 없었다. 이름을 부르면 처음부터 이곳에 아무도 없었던 것처럼 율과 호야는 순식간에 사라지리라. 혼자가 되긴 싫었다. 할아버지와 석호가 있어도 율을 보내고 싶지 않았다.

"가야 할 이라면 보내주자꾸나."

"싫어요."

아희가 단호하게 고개를 저었다.

"언젠가는 가야 할 길이라면, 조금 더 빨리 가는 것이 낫지 않겠니."

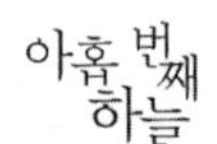

"……."

연분홍빛 뺨을 사현이 손가락으로 건드렸다. 앙다물고 있는 입술이 백짓장처럼 창백하기만 했다. 뭔가를 꾹 참고 있는 듯한 아희의 어깨를 가만히 쥐자 두 눈에 눈물이 고였다.

"모다 떠나는 것은 아니죠?"

"모다 떠나다니?"

"율이 떠나도 할아버지나 석호는 제 곁에 계속 있어줄 거죠?"

아아, 벌써부터 마음이 허했다. 자신이 그려온 그림에 율을 빼놓자 마음이 발끝 아래로 떨어져 내리는 것만 같았다. 계곡에 살고 있는 천 년 묵은 이무기. 그 이무기를 볼 수 있는 사람은 오로지 자신뿐.

"언젠가는 돌아오겠지."

"네?"

"보내준다면, 언젠가는 필시 우리 아희를 보러 다시 올 게야."

"정말로, 정말로 나를 보러 다시 올까요?"

아희가 두 주먹을 꽉 쥐며 사현에게 물었다.

"그럼."

이렇게 착하고 예쁜 손녀를 보기 위해선 누구라도 다시 돌아오리라.

"언젠가, 정말로 율이 나를 다시 보러 온다면 난 지금은 율을 보내줘야 되는군요."

서운하고 서러웠다. 저도 모르게 왼쪽 가슴을 움켜쥔 아희가 자신도 모르게 참았던 숨을 내뱉었다. 숨결 하나에 날선 비수가 숨겨져 있는 기분이었다. 뱉어낸 숨이 너무 아파서 또다시 입술을 깨물었다.

"첫정이로구나."

어리게만 보았던 손녀에게 첫정의 상대라니. 사현이 허허롭게 웃었다. 아희가 사현의 목을 한번 꽉 끌어안고 손을 흔들었다.

"그럼, 할아버지 다녀오세요."

"결정한 게냐?"

"난, 율을 보낼 거예요, 할아버지."

언젠가 다시 만날 수만 있다면. 율이 이루어야 될 것을 이루어주어야 했다. 지금껏 자신의 욕심을 차렸으니, 이제는 한발 물러나야 될 때였다. 또다시 심장이 뜨끈해졌다. 내색하지 않고 아희가 열심히 사현을 향해 손을 흔들었다.

호야의 신경은 하루 종일 날카로웠다. 정확히는 오후부터였다. 계속해서 쭈뼛 서는 털을 신경질적으로 빗어 내리고 있었다. 뒤통수가 이상하게 근질거리는 것이 몇 번을 뒤를 돌아보았지만 이유를 알 수가 없었다. 그건 그녀의 옆에 있는 신입 종놈도 마찬가지였는지 몇 번이나 서로 시선이 마주쳤다.

"너도 기분이 나쁘냐?"

신입 종놈의 이름은 '솔'이라고 했다. 아무리 이름을 알려줘도 호야에겐 그저 종놈일 뿐이었지만. 일단은 같은 종족이었기에 느끼는 것은 매한가지인가 싶어 호야가 물었다.

"그래."

또다시 쭈뼛 서는 느낌에 홱 하고 뒤를 돌아보았지만 아무도 없었다.

"이상하다, 이상해."

그녀로서는 처음 느껴보는 기분이었다. 대청마루에 넓적 엎드려 고개를 몇 번이나 흔들었다.

"너, 인간들과 섞이는 건 처음이구나."

솔이 호야에게 말했다.

"흥. 이 몸이 인간들과 섞일 리가 있나."

별 소릴 다 한다는 듯 호야가 콧방귀를 꼈다. 인간들과 어울린 것은 지금이 처음이었다. 어울리는 인간이라고 해봤자 아희와 건방진 종놈 둘뿐이었다. 멧돼지에 기겁하게 놀라던 모습이 떠올라 호야가 피식피식 입술 끝을 올렸다. 그런 주제에 자신의 앞을 가로막고 도망가라고 말하더랬다.

"누가 누굴 지킨다고."

기어이 한마디를 내뱉고 그녀가 다시 어깨를 움칫 떨었다.

"그래서 모르는 모양이군."

"내가 뭘 몰라?"

"우리 눈에는 보이지 않지만, 사신(死神)이다."

"뭐?"

잘못 들었나 싶어 귀를 후비곤 다시 물었다.

"이 집안에 사신이 있단 말이다. 곧 누군가 죽을 거다."

"이 집안 사람 중에?"

"그래."

그들은 동물이자 신수였다. 사람들이 느끼지 못하는 것까지 느끼는. 이 기분 나쁜 것이 사신의 존재 때문이란 것을 알자 호야가 벌떡 대청마루에서 일어났다.

"종놈! 어디 있어! 종놈!"

그 일을 찾아서 하는 종놈이 그러고 보니 오후에 뒷산에 나무를 하러 간다는 걸 얼핏 들었었다. 아직도 겨울이 오려면 좀 남았건만 땔감을 벌써부터 해다 나르는 사서 부지런한 놈 같으니라고.

"에잇!"

뒷산에 올라가기도 전에 호야의 몸이 가볍게 재주를 한번 넘더니 집채만 한 호랑이로 변했다. 다행히 주변에 그것을 본 이는 솔이밖에 없었다. 그가 혀를 차는 것에 아랑곳하지 않고 호야가 쏜살같이 뒷산으로 뛰어 올라갔다. 몇 번의 걸음에 순식간에 그 커다란 체구가 사라졌다.

호야가 쉴 새 없이 코를 킁킁댔다. 익숙한 냄새를 따라가기만 하는 것은 그녀에게 너무도 쉬운 일이었다. 처음으로 생긴 조바심. 뭔가에 이토록 쫓기는 것은 처음 겪는 일이었다. 일단 그 집을 벗어나자 기분 나쁜 기운은 순식간에 사라졌지만 그렇다고 안심할 수 있는 건 아니었다.

타악 타악.

멀지도 가깝지도 않은 곳에 도끼질을 하는 소리가 들렸다. 호야의 귀가 쫑긋 움직였다.

그르르르르.

땀에 젖어 있는 익숙한 뒷모습이 보이자 그녀가 자세를 낮추고 낮게 울었다. 이 몸을 하고 있을 때는 인간의 언어보다는 동물의 언어가 가장 먼저 나오는 것이 실수였다. 뒤를 돌아본 석호가 도끼를 든 채 그대로 굳은 것을 본 그녀가 한 발 그에게 다가갔다.

그가 도끼를 앞으로 내밀며 방어 자세를 취했다.

보통 인간들은 자신을 보면 한 발도 움직일 수 없건만, 그 용기가 가상했다.

"비켜라!"

덜덜 떨리는 목소리였지만 꽤 용감하게 소리치고 있었다.

그를 찾으러 여기까지 왔는데 순순히 비킬 리가. 호야가 어림도 없다는 듯 펄쩍 뛰어올랐다. 도끼를 휘두를 생각도 못 한 채 눈을 질끈 감는 종놈의 얼굴이 보였다.

쿠웅!

그래도 사뿐히 착지한다고 했는데 자신의 아래 깔린 석호는 완전히 뒤로 넘어간 상태였다.

아직도 도끼를 생명줄처럼 붙잡고 덜덜 떨고 있는 석호의 손에서 가볍게 입으로 그것을 빼앗은 호야가 멀리 던져버렸다. 그리고 자신이 내리누르고 있는 앞발을 슬쩍 뗐다. 날카로운 발톱이 자칫 그를 상하게 할까 싶었다.

화등잔만 한 부리부리한 호랑이의 눈을 올려다보던 석호는 정신줄을 놓고만 싶었다. 하지만, 호랑이에게 물려가도 정신만 차리면 산다는 선조의 말이 떠올라 가까스로 의식의 줄 하나만 붙잡고 있었다. 바로 목덜미를 물어 뜯기리라 생각했지만 집채만 한 호랑이는 자신을 먹을 생각은 없는지 그저 앞발로 지그시 그의 배만 누르고 있을 뿐이었다.

크르릉.

까끌까끌한 호랑이의 혓바닥이 석호의 얼굴부터 머리를 한 번 핥고 지나갔다. 그저 무시무시한 짐승의 눈이라는 생각만 들었다. 하지만 자세히 살펴보니 어딘가 모르게 그에게 익숙했다.

"호야……?"

자신이 미친 게 분명했다. 왜 이 상황에서 종 주제에 대청마루에서 늘어지게 낮잠이나 자는 그녀가 떠오른단 말인가.

크르르르.

머리 위에 있는 호랑이가 마치 대답이라도 하듯 기분 좋게

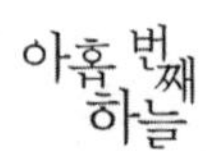

목울음 소릴 냈다. 그것을 마지막으로 석호가 기어이 정신줄을 놓았다.

◇ ◆ ◇

붉은 불꽃이 타닥타닥 소리를 내며 타올랐다. 동굴 벽에 불꽃이 일렁일 때마다 그 모양 그대로 그림자가 졌다. 호야가 조심조심 앞발로 석호의 몸을 모닥불 쪽으로 밀었다. 밖에서 몇 개 가지고 온 장작을 모닥불 속에 넣으며 그가 일어나길 가만히 기다렸다.

밤은 그녀의 시간이었다. 그리고 이 동굴은 그녀가 짐승의 모습을 하고 있을 때 머무는 곳이었다. 이곳에 누군가를 데리고 온 것은 처음이었다. 율도 데리고 오지 않은 곳에 처음 온 이가 종놈이라니. 그녀가 넓적한 동굴 바닥에 배를 깔고 누웠다. 쭉 뻗은 앞발 위에 커다란 얼굴을 올려놓고 물끄러미 아직도 기절해 있는 석호를 바라보았다.

"으……, 으……."

악몽이라도 꾸는 듯 그가 뒤척였다. 몸을 둥글게 마는 것을 보니 추위를 타는 모양이었다. 모닥불을 피워놓았다지만 동굴 안은 꽤 추웠다. 할 수 없이 호야가 슬렁슬렁 일어나 석호의 옆에 가서 누웠다. 자연스럽게 온기를 찾아 이동한 사내의 몸이 그녀에게 찰싹 달라붙었다. 말랑말랑한 인간의 몸, 잠든 심장이 규칙적으로 두근거리는 소리, 잊을 수 없는 사내의 체취 등이 호야에게 훅 맡아졌다.

"……."

호야가 깊게 콧바람을 내뿜었을 때, 그녀의 뱃가죽에 달라붙어 있던 석호가 눈을 떴다. 잠시 자신의 손으로 쥐고 있는 것이 무엇인지 눈을 끔벅거리며 확인한 그가 믿을 수 없단 듯 천천히 시선을 올렸다. 새하얗게 질리다 못해 퍼렇게 질린 얼굴에 이대로 그가 죽는 게 아닌가 싶었을 때였다. 천천히 자리에서 일어난 석호가 몇 걸음 주춤주춤 뒤로 앉았다.

사람의 모습으로 있을까 싶었지만, 자신이 누군지 밝히고 싶지 않았다. 어떤 인간이 호랑이라는데 곧이곧대로 받아들인단 말인가. 그저 율이 바람을 아직 이루지도 않았는데 귀찮은 일을 만들기 싫어 그런다고 스스로 생각하며 그대로 호랑이의 모습을 하고 이곳에 있었던 호야였다.

"호야지?"

석호는 지금 자신이 무슨 이야기를 하고 있는지 스스로 이해가 되질 않았다. 마치 꿈속을 걷는 기분이었다. 눈을 떴는데 저승이 아니라 호랑이의 품에서 뱃가죽을 손에 쥐고 있다니. 공격할 의사는 전혀 없이 고요한 눈으로 바라보고 있는 눈을 본 순간 튀어나온 물음이었다.

"너, 호야지?"

이제는 으르렁거리지도, 움직이지도 않고 그저 석호를 가만히 보고 있었다. 모닥불보다도 더 빛나는 노란 두 눈에 금방이라도 뒤돌아 도망가고만 싶었다. 하지만 그럴 수 없었다. 자신을 이곳까지 데리고 온 이유가 분명히 있으리라.

"호야."

석호가 그녀의 이름을 불렀다.

『그래.』

호야라고 불렀음에도 호야가 아니길 바랐던 그의 바람이 산산조각 났다. 호랑이의 입에서 으르렁거림 대신 인간의 언어가 흘러나왔다.

"정말 호야니?"

『그래, 종놈아.』

목소리는 달랐지만 그 말투가 꼭 호야라서 이 상황에 웃음이 피식 나왔다.

"호랑이였구나."

그래서 멧돼지도 무서워하지 않았고, 소변을 보겠다고 한 게 생각나서 이해가 됐다. 이상스러웠던 행동들이 그녀가 호랑이였다는 것 하나로 모다 이해가 되는 것을 보니 이상하긴 이상한 여자였다.

『그게 다야?』

"응?"

『호랑이였구나, 그게 다냐고.』

"그럼?"

『그게 다구나.』

호야가 킁 하고 숨을 쉬었다. 움찔하고 석호의 어깨가 떨렸다.

『종놈, 내가 무섭구나?』

"난 호랑이가 처음이라."

이상한 변명이었다. 호야가 피식 웃었다. 도망가지 않은 게 어딘가. 이상한 종놈이었다.

"집으로 돌아가자, 호야."

『안 돼.』

호야라는 것을 확인하자 무서움이 훨씬 덜 한 석호가 엉덩이를 털고 자리에서 일어났다. 그가 일어나자 호야가 슬렁 일어나 몸을 쭉 펴고 말했다.

"왜?"

『여긴 기분이 안 나쁘니까.』

"뭐?"

『뭐, 네놈이 죽을 운명은 아니었나 보지. 그래도 거긴 아직 안 돼.』

집 안에는 사신이 있었다. 누군가를 데려가려고 벼르고 있는 놈에게 석호를 던져주고 싶진 않았다.

그러고 보니 그때서야 인간인 아희의 얼굴이 떠올랐다.

『거기야 도령이 있으니 괜찮겠지.』

지키고자 마음먹는다면 자신보다 더 나을 것이 율이었다.

이미 사신의 존재를 그가 알고 있으리라 생각하곤 호야가 눈앞의 석호에게 집중했다.

“아씨가 걱정하실 거야.”

『요새 아씨는 도령 생각뿐이야.』

“하하, 그렇지.”

석호가 멋쩍게 머리를 긁적였다.

“그래도 돌아가자, 호야.”

『네놈은 당분간 여기에 있어. 나 혼자 돌아갈 테니까.』

“나도 같이…….”

『네놈의 걸음으로는 죽어도 마을이 어딘지 못 찾을 거다. 그러니 쓸데없이 힘 빼지 말고 이곳에 있어. 하루에 두 번, 보러 오마.』

앞발로 가볍게 석호의 머리를 툭 쳐준 호야가 그 말만을 남기고 떠났다.

짙은 구름이 달을 가려 희미한 달빛 외엔 아무것도 보이지 않는 밤이었다. 대청마루에 앉아 할아버지가 돌아오기만을 기다리던 아희가 하늘을 한번 올려다보곤 옆에 있는 율을 바라보았다.

“오늘은 할아버지가 늦으시네.”

이 동네는 손바닥 보듯 훤하다며 항상 따르는 이 하나 없이 다니는 할아버지가 걱정이었다. 오늘처럼 늦는 날에는 더욱 그랬다. 비가 오려는지 짙게 진 달무리로 인해 걷는 길이 모두 어두워서 오늘따라 더 걱정됐다.

"먼저 자. 어르신은 내가 기다릴 테니."

그 말에 아희가 씩 웃으며 율의 다리를 베고 누웠다. 맑고 투명한 눈이 율의 턱 끝을 올려다보았다. 결코 자신을 향해 얼굴을 내려주지 않았지만 아희가 질리지 않고 흐린 밤하늘과 율의 턱 끝을 보았다.

"동해는 또 왜 안 오는 걸까?"

솔이가 밤사냥을 나가는 걸 좀이 쑤신다며 따라간 동해도 감감무소식이었다.

"호야도, 석호도 안 보여."

이 넓은 집에 오로지 자신과 율만 있는 기분이었다. 부리는 이들도 모두 자러 갔는지 아까부터 아무도 보이지 않았다.

"율아, 머리 쓰담쓰담 해줘."

이루 말할 수 없이 고요한 밤이었다. 아희의 바람에 율의 손이 가만가만 그녀의 머리를 쓸었다. 잠이 올 것도 같았다. 머리카락을 만지는 느슨한 손에 아희의 눈이 반쯤 감겼다.

"네가 참 좋아."

냉정하지만 누구보다도 따스하다. 항상 부르면 달려올 수 있는 거리에 있어서 잊고 있었는지도 몰랐다. 그가 자신과 다른 세계에 살고 있다는 것을.

"다음에는 율이 사람으로 태어났으면 좋겠다."

"다음?"

그가 굳게 닫힌 말문을 열었다.

"율이 하늘에 오르고 아주 아주 나중에 백 년쯤 지나서? 아님, 이백 년쯤?"

하늘에 오른다는 의미를 이 작은 아이는 알기나 하고 말하는 걸까. 율이 그 생각이 재미있어서 피식 웃었다.

"그땐 네가 이무기로 태어날지도 몰라."

"헤헤, 진짜 그럴지도 모르겠어."

자신이 생각하지도 못했던 허를 찌르자 아희가 웃음을 터트렸다.

"하지만 난 천 년이나 버틸 자신이 없는걸. 난 외로운 게 너무 싫어."

혼자서 그 깊고 깊은 곳에서 천 년을 버틸 생각을 하자 소름이 돋았다.

"그런가."

남 일 말하듯 무덤덤하게 율이 답했다. 그에게 그 시간은 이미 지나간 시간일 뿐이었다. 머리를 쓰다듬던 손이 이마를, 오뚝한 코를 스치고 지나갔다. 마지막으로 말을 내뱉는 붉은 입술 위에서 율의 손이 한참을 머물렀다. 아희가 숨을 내쉴 때마다 숨결이 그 손가락 끝에서 부서졌다.

"하아, 또 겨울이 오겠구나."

끔찍했던 겨울이 다시 찾아오려 하고 있었다. 온몸을 감싸는 날씨가 그것을 말해줬다.

"무슨 말이 하고 싶은 거야?"

아희가 자꾸 다른 말을 하는 것을 눈치 챈 율이 물었다.

"그냥……."

괜히 무릎에 누운 것이 아니었다. 율의 얼굴을 보고 말할 자신이 없어서였다. 그 눈을 보면 그의 이름을 부를 수 없을 것 같았다.

조금만 더.

조금만 더.

조금만…….

마치 이 집에 아무도 없는 이때 그의 이름을 부르라는 뜻 같아서 뜨거운 것을 목울대 너머로 삼켜냈다.

"율은 갈 때도 너무 외롭겠다."

"부르지 마."

"율아."

아희가 무슨 말을 하는지 눈치 챈 율이 단호하게 고개를 저었다.

"부르지 말라고."

이 집안에 흐르는 불길한 기운. 이것의 정체를 알지 못하는 이상 아희의 곁을 떠날 수 없었다. 율의 손이 아희의 입술을 막았다.

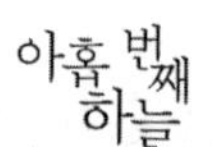

"으……."

"아씨!"

그의 손을 막 치우려던 찰나 고요를 찢는 음성이 들려왔다. 저 목소리는 분명 불길한 것이다. 처음 부모님이 돌아가시던 날, 그녀의 대문을 박차고 어서 피하라고 소리 지르던 이의 음성도 딱 저러했다. 아희의 몸이 돌처럼 딱딱하게 굳었다. 절로 두 손으로 귀를 막았다.

"어르신이! 대감마님이!"

"그만해. 그만해."

몸을 둥글게 말고 귀를 꽉 막았지만, 소리는 틈을 타고 기어이 그녀의 귓속으로 새어 들어왔다.

비보는 갑작스럽게 찾아왔다.

호야가 미처 집 안에 들어서기도 전에 짙은 죽음의 냄새를 맡았다. 그녀의 후각을 자극하는 그 피비린내에 기어이 이 집에서 누군가 죽어나갔다는 것을 깨달았다. 집 안은 늦은 밤임에도 불구하고 대낮처럼 밝았다. 누군가 목 놓아 우는 곡소리가 신경을 긁어댔다.

"도령은?"

안채 바깥에서 안으로 들어가지 못하고 왔다 갔다 하는 동해에게 호야가 물었다.

"안에."

"누가 죽은 거야?"

"이 집 영감……."

머리를 한 방 맞은 기분이었다. 잠시 할 말을 잃은 호야가 주변에서 곡하는 소리를 뒤로 하고 안채에 귀를 쫑긋 세웠으나 아무런 소리도 들리지 않았다. 분명 율의 숨소리와 아희의 숨소리가 들리건만 안채에서는 소리 한 자락 들을 수 없었다.

"어떻게……."

"돌아오는 길에 개울 다리 위에서 잘못 디뎠다나 봐."

다리는 꽤 높았다. 호야도 몇 번 그 다리를 건너봐 잘 알고 있었다. 기껏해야 일하는 종놈이나 죽겠거니 했건만, 이건 예상하지 못한 일이었다. 몇 번을 귀를 세워 들어봐도 안채에서 들리는 무서운 침묵에 호야가 참지 못하고 버선발로 성큼 그곳의 문을 열었다.

피투성이 천이 사현을 감싸고 있었다. 그의 얼굴조차 보지 못하게. 그 앞에 허리를 꼿꼿이 세우고 앉아 있는 것은 아희였고, 그 옆을 지키고 있는 것은 율이었다. 그 눈물 많고 겁 많던 아씨가 아니었다. 아무 말도 하지 않고 그저 물끄러미 사현을 감싸고 있는 붉어진 천만 바라보고 있었다.

"아씨."

"……호야 왔구나."

호야를 돌아보며 아희가 희미하게 미소 지으며 그녀를 반겼다.

"미안해."

"뭐가? 호야 잘못도 아닌걸."

고양이를 쓰다듬듯 주춤 무릎을 꿇고 앉는 호야의 머리를 쓰다듬으며 아희가 말했다. 그렇게 말하고 있었지만 혼이 빠져나간 것 같은 얼굴로 손은 덜덜 떨리고 있었다.

"외숙부들께도 연락을 드려야 하고…… 석호는 어딜 간 거지……."

손톱을 깨물며 장례문제를 혼자서 생각하고 있는 아희를 보고서야 석호가 생각난 호야가 벌떡 일어났다.

"내가 데려올게!"

"응. 그래줘, 호야."

순식간에 수십 년의 세월을 지낸 듯한 눈동자에는 물기 한 점 없었다. 호야가 나가고 아희가 율을 돌아보지 않고 말했다.

"율아."

"그래."

"이제 아무도 없구나."

자신을 거둬줄 이도, 사랑해줄 이도.

"내가 불행을 가져오는 아이인 걸까?"

그렇지 않다면 이렇게 자신의 주변에 있는 모든 이들이 떠날리 없었다. 한겨울도 아니건만 왜 이리 추운건지, 이토록 온

몸이 시린 건지.

"내가 있기 때문이야."

"네가 있어서?"

"내 이름을 불러주지 않는 한 넌 더욱더 비참하고 고통스러워질 거다."

세상에서 가장 외롭고 고독해질 계집. 그 끝 또한 이미 정해져 있었다.

"내가 지금 네 이름을 부르면 조금은 편해질까?"

아희가 조용히 눈을 감고 물었다. 감긴 눈꺼풀 사이가 파르르 떨리는 것이 율의 눈에는 보였다. 천천히 작은 몸을 더 둥글게 말고 무릎 위로 얼굴을 묻었다.

세상에 홀로 남겨진 기분. 할아버지가 있었기에 율을 보내려 했다. 언제까지나 자신을 지켜주실 거라 여겼기에. 율이 없어도 허해진 마음은 곧 할아버지의 사랑으로 채워질 거라고 자신을 위로했기에 이름을 부를 마음을 먹었다.

"계속해서 네가 손을 뻗는 그 자리에 내가 있을 거야."

"난시 이름 때문에?"

가장 못된 사람은 스스로가 분명했다. 그가 가장 원하는 것을 손에 쥐고 결코 불러주지 않는 자신이 율의 눈에는 가장 못되게 보이리라.

"내가 정말 이름이 불리길 원했다면……."

묵빛 눈동자가 어둠 속에서 더욱 새카매졌다. 분명 등잔이

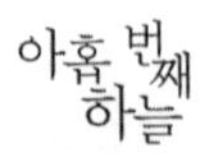

밝히고 있었건만 그의 주위에는 칠흑 같은 어둠이 깊게 자리하고 있었다.

"네 팔다리를 하나씩 하나씩 떼어내 기어이 그 이름을 들었겠지. 고통에 굴복하지 않는 인간이란 없으니까."

그것은 진심이었다. 율이 내뱉는 음성 하나하나에 핏기가 서려 있었다.

"왜……."

"네 곁에 있느냐고?"

아희가 고개를 끄덕였다. 그의 눈이 찬찬히 조막만 한 아희의 얼굴을 살폈다. 오목조목한 얼굴이 한눈에 들어왔다. 빛을 받으면 감색으로 찬란하게 빛나는 눈동자는 지금 등잔의 불빛과 같은 색을 하고 있었다.

자신을 향한 끝없는 신뢰, 무한한 애정, 그리고 잃고 싶지 않은 기원이 읽혀졌다.

"먼저 말해봐. 넌 어떻게 나를 그런 눈으로 바라볼 수 있지?"

"율이 나를 먼저 봤으니까."

깊은 못 속에서 그녀를 똑바로 바라봐주었다. 벙어리가 아니라 말해주었다. '멍청이'라고 부르면서 못내 웃는 옅은 입꼬리를 본 순간 아무래도 좋았다. 자신이 손을 잡으면 마주 잡아주는 그 서늘한 손이, 한심하다는 눈빛으로 바라보다가 시선이 부딪치면 이내 슬며시 풀어지는 묵빛 눈이, '아희야'라고 불러주는 그 단정한 음성이 좋았다. 할아버지의 말이 떠올랐다.

'첫정. 그래, 나는 너를 정말로 좋아하는구나.'

그 사실을 깨닫자마자 아희가 두 팔을 벌려 율을 꽉 끌어안았다. 그녀를 밀쳐내지 않고 그저 안겨오는 작은 몸을 율이 두 손 가득 안았다.

"너는 언제나 내 예상을 빗나가니까."

그저 쉽게만 생각했었다. 그의 염원대로 살살 달래 이름이 불리면 하늘에 오르면 된다고. 처음부터 하늘에 오르는 것을 스스로 원했었던가? 이 깊은 못에서 자신은 외로웠던가?

이상했다. 생각하려 들수록 그의 생각이 그의 것이 아니라 느껴질 정도로.

"네가 없으면 외로워."

잠시 눈에 보이지 않으면 어느샌가 이 계집을 기다리고 있었다. 항상 잡아주던 손이, 옆자리가 몇 번을 돌아볼 정도로 휑했다.

"율아, 내 곁에 있어줘."

"그래."

그것이야말로 지금 그가 진정 바라는 것이었다. 율이 만족스럽게 웃었다. 용이 되어 하늘에 오르는 것을 스스로 바란 적 없었다. 그저 태어났을 때부터 그에게 주어진 숙명일 뿐이었다. 허나, 지금은 계집 곁에 있는 것을 스스로 바라고 있었다.

"지금은 널 보낼 수 없을 것 같아."

그것은 오히려 율이 할 말이었다. 옆을 비워두고 싶지 않았다. 자신의 옆에는 돌아보면 보이는 자리에 항상 이 어린 계집이 있어야 했다. 그와 눈이 마주치면 방실방실 웃는 얼빠진 계집이 있어야 마음이 놓였다.

보낼 수 없는 건 자신도 마찬가지였다.

08.

오 년 후.

가세는 점점 기울었다.

오 년 전 사현이 세상을 떠난 후 그의 재산은 고스란히 하나뿐인 외손녀인 아희에게 돌아왔다. 외숙부들도 세상에 홀로 남겨진 아희가 그 재산을 물려받는 데 이의를 보이지 않았다. 큰외숙부가 그녀를 데려가려 했지만 아희는 이곳에 남는 것을 택했다. 정세는 계속해서 불안해졌고, 논과 밭은 매해 흉년을 거듭했다. 그때마다 곳간을 열어 할아버지가 그랬던 것처럼 마을 사람들에게 베풀었지만 사정은 나아질 기미를 보이지 않았다.

"아씨, 정말 이런 혼처도 없다니까요?"

중매쟁이가 뻔질나게 아희의 집을 드나든다는 것은 온 동네 사람들이 다 알았다. 고작해야 오 년 만에 눈부시게 성장한 아희는 그 근처 마을에 소문이 날 정도로 미색이 빼어났다. 그녀를 본 남자들마다 상사병에 몸져누워 그 댁 부모들이 여러 번 혼사를 넣었으나 그때마다 모두 거절당했다. 그 이유가 아희의 집에 머물고 있는 도령 때문이란 소문이 추문과 함께 돌았으나 그렇다고 상사병에 걸린 남자들의 수가 줄어들지는 않았다.

"그런 혼처가 없으면 여주댁이 두 번 시집가면 되겠네."

"아이고, 아씨. 무슨 그런 말씀을."

"아무리 가세가 기울었다고 하나 난 이 땅의 지주 가문의 주인일세. 내 혼처는 내가 알아서 구하니 다시는 걸음하지 말게."

"아씨……."

더 이상 듣지 않겠다는 듯 아희가 자리에서 벌떡 일어나 방문을 열었다.

"석호야! 여주댁 돌아가신다!"

"네, 아씨."

부리던 종들을 모두 내보내고 남은 것은 석호와 호야와 솔이뿐이었다. 이제는 제법 빗자루질을 하게 된 솔이가 마당에서 아희를 보고 꾸벅 고개를 숙여 보였다.

"아씨! 혼기 놓치시면 시집 못 가셔요!"

여주댁이 끝까지 한 소리를 했다.

"우리 아씨 시집 잘 가십니다!"

석호가 불퉁한 목소리로 아희 대신 대답하곤 여주댁 어깨를 밀다시피 내보내고 대문을 쾅 닫아걸었다.

"율아."

아희가 대청마루에서 조용히 율의 이름을 부르자 기다렸다는 듯 그가 걸어 나왔다.

"왜 내 이름은 안 불러?"

"동해야."

율의 뒤에서 동해가 입을 비죽 내밀고 항의하자 그녀가 웃으며 이름을 불렀다.

"아희는 율이만 예뻐해."

"당연하지. 율이 더 잘생겼잖아."

추문이 돌다가도 사그라지는 이유는 그들에게 있었다. 율과 동해, 모두 아희가 열세 살 때 만났던 모습 그대로 더 이상 자라지 않았다. 그저 희귀한 병 때문이라고 마을 사람들은 알고 있었지만 그 이유는 아희 또한 몰랐다.

"흥. 내단이 잘생겨봤자지."

그렇게 말하면서도 율의 얼굴을 힐끔 쳐다보곤 또다시 입을 비죽거렸다.

뽀얀 피부에 유리알처럼 맑은 눈은 보는 이의 마음을 항상 설레게 만들었다. 적당히 보기 좋게 솟은 코에 연분홍빛 입술은 그토록 많은 중매쟁이들이 이 집의 문턱을 닳도록 다니는 이유를 알 수 있게 했다. 단정하게 빗어 넘긴 머리칼 뒤로 붉은 댕기가 보였다. 보랏빛 비단 치맛자락을 나풀거리며 아희가 중매쟁이와 있을 때완 다른 얼굴로 활짝 웃었다.

"오늘은 조금 멀리 나갈 거야."

"얼마나?"

"보름 정도는 걸릴걸."

손가락을 세보며 거리를 가늠하던 아희가 대답했다.

"나도 이번엔 집을 지킬게, 아씨."

불쑥 나타난 호야가 손을 번쩍 들었다. 외출 시 항상 집을 지키는 건 석호의 몫이었다. 얼마 전에 사흘 동안 나가 있을 일이 있었는데 호야가 그때 따라갔다가 안절부절못하며 사흘 내내 손톱만 물어뜯던 것을 기억하곤 아희가 고개를 끄덕였다.

"그래. 집은 석호와 호야가 지켜."

"응!"

호야의 눈이 반짝 빛났다.

"옷 갈아입고 나올게. 율과 동해도 옷 갈아입어."

동해가 귀찮다는 얼굴로 기지개를 켰다.

어떻게든 기울어져 가는 가세를 바로 잡기 위해 아희는 이곳저곳을 떠돌기 시작했다. 장사를 시작할 생각으로 근처나 조금 먼 마을에서 서는 장들을 가보았다. 자신과 맞는 장사가 뭔지, 어떻게 시작해야 되는지를 차근차근 배워가는 참이었다.

아희의 외모는 어디를 가나 눈에 띄었다. 남장을 하는 데 이제는 익숙해져서 집 이외의 곳에선 이젠 바지가 더 편했다. 평복을 입고 머리가 생각처럼 묶어지지 않자 그녀가 비단 끈을 들고 율의 방을 찾았다. 이미 깔끔하게 검은 옷으로 갈아입은 율이 놀라지도 않고 아희를 반겼다.

"머리 묶어줘."

아직도 그녀는 그가 처음 보았던 열셋의 계집 같았다. 세월이 지나면서 그녀가 변할 거라던 호야의 장담은 거짓말처럼 전혀 아무것도 변하지 않았다. 여전히 반짝이는 것을 좋아했으며, 그 무엇에도 욕심이 없었다. 장사도 가세가 기울어 할아버지가 물려준 땅들을 팔지 않으면 안 될 위기에 처하지 않았다면 시작하려 마음먹지 않았으리라.

어느 순간부터 아희의 머리는 늘 율의 차지였다. 손가락 끝에 감기는 머리칼을 높이 묶어 올린 그가 말했다.

"아무리 남장을 해도 계집 같다니까."

"치마를 입고 있으면 아무도 내게 안 알려준단 말이야."

시장의 상인들은 계집이면 무조건 얕보고 무시했다. 몇 번 그것을 겪고 나자 남장은 자연스러운 것이 됐다. 언제나 그랬듯 준비를 마친 아희가 율의 손을 잡았다. 이제는 그의 손보다 커져버린 자신의 손이 낯설 법도 하지만 아무렇지도 않게 깍지를 껴 잡았다.

"율아."

"응."

"오늘도 내 곁에 있어줘서 고마워."

"별 말씀을."

그가 손을 내밀어 이제는 그보다 두 뼘은 더 커진 아희의 머리를 손바닥으로 툭 두드렸다.

◇ ◆ ◇

아희가 말한 마을로 가기 위해선 산을 두 개나 넘어야 했다. 솔이가 기꺼이 자신의 등을 빌려준다고 했지만 거절당했다. 될 수 있으면 사람들의 눈에 띌 수도 있는 일은 피하고 싶었다. 이 시기에 지금 가는 마을에선 항상 장이 크게 열리기에 많은 사람들은 산을 넘었다. 그뿐만 아니라 아희는 항상 느긋하게 가는 것을 좋아했다. 어떤 일도 재촉하지 않았다. 그러다 놓치면 그건 자신의 일이 아니라며 웃었다.

"이것 봐."

귀찮은 것은 딱 질색인 동해는 솔이의 등에 업혀 산을 넘고 있었다. 아희가 뭔가를 발견하곤 저만치 먼저 앞서 가선 손을 흔들었다. 손바닥에 산딸기 몇 개가 놓여 있었다. 그 붉은 산딸기보다 산딸기를 따다 가시에 찔린 손가락을 먼저 본 율이 눈살을 찌푸렸다.

"하여간 계집이 칠칠치 못하게."

"니들 연애질이나 보러 내가 따라온 줄 알아?"

동해가 솔이의 등에서 훌쩍 뛰어내려 아희의 손바닥에 있는 산딸기를 낚아채 가며 말했다.

"연애?"

"그래, 연애. 그래도 이름을 불러주는 것과는 별개야. 알았지?"

항상 한 자락의 희망을 담고 아희를 말똥말똥 올려다보는 동해가 귀여워 그녀가 머리를 헝클어트렸다.

"이래 봬도 나는 아주 무서운 동해의……."

"먼저 내 집에서 방이나 빼지 그래?"

말을 마치기도 전에 율이 말했다. 언젠가 용마 계곡에 갔을 때 백색 이무기와 흑색 이무기가 서로 엉켜 있는 것을 보고 배꼽이 빠지도록 웃었던 기억이 있는 아희가 또다시 그때 생각이 나는 듯 비실비실 웃었다.

"웃지 마!"

아희에게 버럭 동해가 소리쳤다. 아희가 입을 막고 고개를 끄덕였다. 동그란 눈매가 초승달처럼 휘었다.

"젠장, 웃지 말라니까. 동해가 전부 내 것이었다구."

"동해의 동해가 전부 동해 것이었구나."

"아희!"

자신을 놀리는 걸 눈치 챈 동해가 소리쳤다.

"시끄러워."

그의 입에 나머지 산딸기를 털어 넣으며 율이 가볍게 입을 막았다.

"쳇."

뭔가 항상 율에겐 찍소리도 못 하는 것 같다고 스스로 생각하며 동해가 산딸기를 있는 힘껏 깨물었다.

"맛있지?"

"맛없어."

"그래? 그럼 안 먹어야지."

"이것들이 진짜 쌍으로!"

동해가 더럽게 맛없는 산딸기를 뱉으며 소리를 질렀다. 그 앞을 솔이 가로막았다.

"넌 뭐야?"

"더 해봤자 본전도 못 찾습니다."

"네놈까지!"

자신을 우습게보는 놈 천지였다. 어쩌다 동해의 이무기 신세가 이렇게 됐는지. 확 열 받아서 뒤집을까 싶다가도 아희가 저렇게 배꼽 잡는 웃음만 보이면 마음이 약해졌다. 율과는 백 번 천 번이라도 싸울 수 있지만, 아희에겐 별수 없었다.

"하, 우리 이무기들은 천 년의 인간에겐 약한가 봐."

"동해야, 여기 묻었잖아."

입 옆에 난 산딸기의 붉은 자국을 손가락으로 지워주며 아희가 말했다. 그게 잘 지워지지 않아 몇 번 문질러대자 동해가 시선을 돌렸다.

"흠흠, 침 발라서 지워."

슬며시 눈을 감고 얼굴을 더 바짝 아희에게 대는 모습이 영락없는 어린아이였다.

"내게 동생이 있었다면 동해 같았을까?"

항상 형제가 있는 집이 부러웠다. 그녀에게도 형제나 자매가 있었으면 하고 바랐던 적이 몇 번 있었다.

"난 왜 형제야? 율은?"

그 물음에 아희가 배시시 웃었다.

"율과는 형제가 되고 싶지 않아."

"칫. 그런 게 어디 있어."

머리로는 몇 번이고 저 관계를 이용해서 먼저 하늘에 올라야겠다 계산했지만 아희가 좀처럼 넘어와 주질 않았다. 그녀가 이름을 부른다면 율의 이름을 부르리란 것을 알고 있었다. 그리고 자신은 끈 떨어진 연 신세가 되리란 것도.

"왜 저 녀석을 먼저 만난 거야."

무슨 뜻인지 알고 있는 아희가 또다시 웃었다.

"율을 나중에 만났더라도 나는 율을 더 많이 좋아했을 거야."

"본인 앞에서 부끄러운 줄도 모르고."

율의 손가락이 아희의 귓불을 잡았다.

"아야야"

"그만 놀고 걸음을 서둘러. 곧 해가 진다."

산속의 해는 무섭도록 빨리 진다. 산등성이 너머로 보이는 해를 한번 흘낏 본 뒤 율이 말을 이었다.

"밤에는 비가 올 거야. 동굴이 좋겠군."

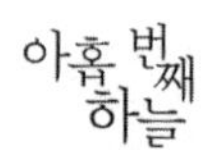

율의 말에 솔이 고개를 끄덕이고 동굴을 찾기 위해 빠른 걸음으로 앞서 나갔다.

"어어, 이것 좀 봐."

솔이가 사라진 방향으로 걷던 아희가 나무 등성이 밑을 가리켰다. 황갈색의 버섯이 등성이 밑의 이끼에서 자라고 있었다.

"버섯이네."

"이따 저녁으로 구워 먹을까?"

심드렁하게 별 관심 없이 대답하며 동해가 고개를 끄덕였다. 아희의 손이 버섯으로 가려던 찰나 율이 그 손을 붙잡았다.

"멍청아."

"오랜만에 들어보네, 그 소리."

"독버섯이야."

"아냐. 이건 색이 화려하지 않은걸?"

"먹고 배앓이를 해봐야 정신을 차리겠군."

율과 함께 산이고 들이고 쏘다녀봐서 독버섯을 구분하는 방법쯤은 알고 있었다. 눈앞의 버섯은 전혀 독버섯으로는 보이지 않았다.

"색이 화려하지 않은 독버섯도 있는 거야."

아무리 봐도 아희의 눈에는 먹음직스러운 버섯으로 보일 뿐이었다.

"흐응……."

"혼자 산속에 떨어트려 놓으면 아무거나 주워 먹을 녀석."

자신보다 훨씬 어려 보이는 얼굴로 진지하게 율이 말하고 있었다.

"그럼 혼자 산속에 떨어졌을 땐 뭘 먹으면 되는데?"

"먹을 걸 정 못 찾겠으면 짐승들이 먹는 걸 따라서 먹어. 그럼 탈은 안 날 거다."

"예를 들어 토끼가 먹는 풀?"

"그러든가."

아희의 콧잔등에 주름이 졌다. 아무리 배가 고파도 풀은 뜯어 먹고 싶지 않았다.

"동굴을 찾았습니다."

땅거미가 질 때쯤 불쑥 나타난 솔이 내뱉은 말이었다. 그의 뒤를 따라가니 얼마 떨어지지 않은 곳에 작은 동굴이 보였다.

집 안의 모든 불이 꺼졌다. 누군가 찾아올 때를 대비해 대문 밖의 등불만 밝혀 놓은 채 늦은 밤 불이 모두 꺼졌다. 바구니 가득 찐 감자와 옥수수를 대청마루에 두고 아까부터 석호의 모습은 보이지 않았다. 아무 맛도 나지 않는 밍밍한 감자를 신경질적으로 먹던 호야가 귀를 쫑긋 세웠지만 어디에도 그의 인기척은 들리지 않았다. 벌써 제 방에 들어가 자나 싶어서 살금살금 그의 방문 앞까지 갔다.

"어흠, 어흠."

인기척을 내봤지만 방 안에선 아무런 반응이 없었다.

"종놈아."

설마 자신을 두고 어딜 가기라도 한 걸까.

꼬르르르륵.

삶은 감자 따위로 배가 채워질 리가 없었다. 허한 배를 부여잡고 잠시 사냥을 다녀올까 고민하던 차에 그녀가 찾던 기척이 느껴졌다. 쏜살같이 안채의 뒤뜰로 향한 호야가 뒷산에서 터덜터덜 내려오고 있는 석호의 모습을 발견했다.

"어디 다녀왔어?"

말을 마치기 무섭게 그 이유를 알 수 있었다. 손에 들린 토끼 두 마리.

"아아……."

대답 대신 죽은 토끼만 흔들어 보이는 석호의 뒤를 졸졸 따라갔다. 손쉽게 마당 구석에서 불을 피우더니 토끼의 가죽을 작은 칼로 벗겨낸다.

"토끼는 왜?"

"너 며칠 동안 고기 못 먹었잖아."

못 먹은 건 아니었다. 다들 자고 있을 때 산에 올라가 사냥해서 배를 채웠으니까. 그리고 신수인 자신은 굳이 무얼 먹지 않아도 괜찮았다. 배고픔을 참는 법은 알고 있었다. 그저 참고 싶지 않을 뿐이지.

"오호, 종놈이 나를 위해 토끼를 잡아왔다?"

"배가 채워질지 모르겠지만, 내가 사냥은 별로 해본 적이 없어서……."

그러고 보니 석호가 사냥하는 건 한 번도 보지 못했다. 이걸 잡아온 것만도 용했다.

"어떻게 잡았어? 응?"

"최씨 아저씨한테 덫 놓는 법을 배웠어. 낮에 놓아뒀던 덫에 잡혔더라고."

"흐응"

노릇노릇 고기가 익어가고 있었다. 그가 다리 하나를 뚝 떼서 호야에게 건넸다.

"넌? 안 먹어?"

그러고 보니 이 종놈은 감자도 제대로 먹지 않았다.

"괜찮아."

종놈이 잡아준 고기라 그런지 맛이 특별했다. 게 눈 감추듯 토끼 두 마리를 쓱싹 먹어치운 호야가 기분 좋게 입맛을 다셨다.

"부족하지?"

"간식인네 뭐."

더 이상 석호는 아무 말도 하지 않았다. 그저 이제 불씨만 남은 작은 모닥불을 뒤적일 뿐이었다.

오 년 전, 그녀의 원래 모습을 본 뒤로 한 번도 그 이유를 다시 묻지 않았던 그였다. 자신을 피할 거라 생각했는데 피하지도 않았다. 별다를 것 없이 대하는 모습에 많이 안심하고 있었던 모양이다. 지금 같은 침묵을 호야는 별로 좋아하지 않았다.

"너 왜 아무 말도 안 해?"

석호의 머리를 잡아당기며 물었다.

"무슨 말?"

"왜 아무것도 안 물어봐?"

"물어봐야 하나?"

"흐응."

입이 가벼운 녀석은 아니었다. 마음이 가벼운 녀석도 아니었다. 항상 무뚝뚝했고, 진중했다.

"아씨도 알고 계신 일이니 됐어."

"그거면 되는 거야?"

"호야는 누군가를 해치지 않잖아."

"난 지금 당장이라도 널 잡아먹을 수 있어."

"그럴 거야?"

"아니……."

석호가 갑자기 풀이 죽은 호야의 어깨를 가볍게 잡았다. 그냥 이렇게 평범한 계집 같은데 집채만 한 호랑이로 변한다는 것이 사실 아직도 믿기지 않았다.

"종놈."

"응."

"네놈이 자꾸 거슬려."

"내가?"

"하루 종일 네놈의 뒤만 밟는단 말이다."

"호야, 그만해."

"내가 뭘?"

"그럼 안 돼, 호야."

"왜? 넌 인간이고 난 짐승이니까?"

호야가 낮게 으르렁댔다. 그게 문제였다. 자신이 짐승이라는 사실이. 그것을 직접 확인하자 화가 치밀어 올랐다. 율이 하늘에 오른다면 그녀는 신수들의 왕이 될 자였다. 이깟 인간쯤은 아무것도 아니었다.

석호가 그저 가만히 웃으며 화가 나 으르렁거리는 호야의 머리를 쓰다듬었다.

"그런 게 아냐."

"그럼 뭐야! 뭐냐고, 이 종놈아!"

"내가…… 너보다 먼저 죽을 테니까."

"뭐……?"

그건 한 번도 생각해보지 않았다. 수많은 세월을 살아왔기에 죽음은 그녀가 생각해보지 않은 것이었다.

"네가 오래오래 혼자 남아 있는 건 못 보겠어."

"난 네가 이렇게 진중해서 싫어."

그가 자리에서 일어났다.

"잘 자."

"흥."

그녀의 밤은 이제부터가 시작이었다. 참으로 기나긴 밤이 될 것 같았다.

◇ ◆ ◇

똑, 똑, 똑.

근처 어딘가에 못이 있는 모양이었다. 동굴의 안쪽 벽에서 새고 있는 물이 한쪽에 고여 똑똑 흐르고 있었다. 밤이 되자 풀벌레 우는 소리와 물방울이 떨어지는 소리, 그리고 가끔 동굴 밖을 스치고 지나가는 바람 소리가 전부였다.

"산속은 밤에 이토록 고요하구나."

초여름 날씨라도 산속의 밤은 서늘하다 못해 추웠다. 아희가 어깨를 한번 바르르 떨자 율이 입을 열었다.

"솔아."

그 한마디에 솔이 순식간에 범으로 돌변했다. 호야와 별로 몸집 차이가 나지 않은 커다란 범의 모습에 작은 동굴이 순식간에 꽉 찬 기분이었다.

"저건 누굴 따르는 거야, 대체."

자신의 명령보다 어느새 율의 명령을 더 칼같이 알아듣는 솔에게 동해가 눈을 흘기며 말했다. 아희가 따뜻한 솔의 등에 가서 발랑 누웠다. 까슬하지만 온기 있는 따뜻한 털에 금세 추위가 사라졌다. 하루 종일 걸어 노곤했는지 곧 도롱도롱 코까지 골며 그녀가 잠들자 아래 있는 솔이도 눈을 감았다.

"아희는 네 이름을 부를 거야."

"그녀는 누구의 이름도 부르지 않을 거야."

율이 아희를 돌아보았다. 곤하게 자고 있는 얼굴은 어린 시절 만났던 그때 그대로였다.

"네놈도 느끼고 있겠지? 정세는 계속해서 불안해질 거다."

새로운 하늘이 나타나지 않는 한 이 땅에 있는 어둠은 몰아낼 수 없었다.

"언제까지 현실을 무시할 순 없어."

동해가 장난기 가신 음성으로 말했다. 어린아이 같았던 눈빛이 진중해지고 진심으로 이 현계를 걱정하고 있었다.

"몇 번이나 생각했지. 하늘에 오를 생각이 없는 네놈보다 먼저 하늘에 올라야겠다고."

"현계가 어찌 되든 나와는 상관없어."

"넌 오로지 하나만을 바라는군."

그저 그녀를 잃고 싶지 않다는 마음이 하늘에 오르는 길을 방해하고 있었다.

"지금이 좋아. 함께 눈을 뜨고 하루 종일 같이 있고, 함께 잠드는. 그리고 다시 눈을 뜰 내일을 기다리는 거야."

지금껏 누구도 본 적 없었다. 율의 그토록 풀어져 있는 얼굴은.

"그 꿈은 지금 실컷 꿔둬."

"넌 천 년의 인간을 기다린 것 외에 무언가를 기다린 적 있나?"

"난 너처럼 어리석지 않아. 네놈이 목숨을 걸지 않았다면 벌서 내 염원을 이루었을 거다."

그게 문제였다. 살생을 할 수 없는 자신과는 달리 진심으로 천 년의 인간을 뺏고자 달려든다면 저 미친 설산의 이무기는 그를 죽일 각오를 하고 달려들리라. 이건 불공평해도 너무 불공평했다.

"내가 널 죽이지 않는다면 아희의 모든 것을 앗아갈 수 있겠어?"

율의 말에 동해가 잠든 아희를 돌아보았다. 그녀가 죽든 말든 신경 안 쓰고 솔을 보낸 것은 자신이었다. 숨만 붙어 있다면 상관없다고 생각했다. 어차피 이름을 불러준 뒤 그 쓸모가 다할 인간이었기에. 거기에 대해 단 한 마디도 자신을 책망하지 않았다. 그저 귀여워 죽겠다는 얼굴로 정말 자신이 동생이라도 된 양 그렇게 어린아이 취급을 했다.

"너는 정말 그럴 수 있겠어?"

"내가 알게 뭐야. 어차피 할 수 있는 것도 없는데."

기어이 그 잠든 얼굴에서 고개를 돌려버렸다.

"인간 하나를 위하기엔 현계라는 계가 너무 커."

"모두를 위하는 것보다 하나를 위하고 싶을 뿐이야."

율의 손가락이 발그레해진 아희의 보드라운 뺨을 슬며시 쓸었다. 잠에서 깨지 않게 조심하는 것이 동해의 눈에도 보일 정도라서 머리가 아파왔다. 이 생활을 언제까지 계속 할 수 없다는 걸 무엇보다 잘 알고 있는 녀석이 저러고 있으니 기가 찰 노릇이었다.

동해 역시 이 생활이 좋았다. 그 집이 전부일 땐 아무런 생각을 안 해도 된다. 동해를 벗어나서 이곳에 온 것만으로도 신이 나고 신기했다. 하지만 그는 그가 이루어야 할 태초의 숙명은 잊지 않았다.

"율아……."

잠꼬대처럼, 혹은 버릇처럼 그 이름이 아희의 입에서 튀어나왔다.

"너희 둘은 정말 뭐지."

"율아, 꿈을 꿨어."

잠에 취한 얼굴로 아희가 말했다. 긴 속눈썹 끝이 눈을 움직일 때마다 바들바들 움직였다.

"무슨 꿈?"

"굉장히 예쁜 꽃을 봤어."

"꽃?"

"응. 보라색이었는데, 아니 붉은색이었나. 너무너무 예뻤어."

솔이의 등에 기대 아희를 보고 있는 율이 대수롭지 않게 생각하며 그녀의 눈을 다시 감겨주었다.

"더 자."

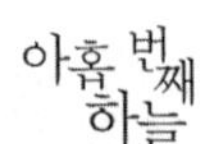

"아직 아침이 아냐?"

"그래."

그러자 다시 자지 않고 아희가 솔이의 등에서 일어났다.

"잠이 다 깼어."

두 손을 뻗어 자연스럽게 율의 목에 감았다. 어린아이를 달래주듯 다 큰 아희의 어깨를 토닥거렸다.

"재워줘."

목덜미에 아희의 숨이 닿았다. 그가 지금 안고 있는 온기가 숨에도 고스란히 전해져 있었다. 똑같은 따스함을 가지고 있는 생명의 온기.

"어? 비 온다."

어느샌가 빗방울이 톡톡 떨어지고 있었다. 동굴 안이 금세 습해졌다.

"정말 율이 말대로 비가 오는구나."

오랜만에 보는 여름을 알리는 비였다. 이제 본격적인 장마가 시작되리라. 올해는 부디 풍년이 들기를 아희가 기원하면서 솔이의 등에서 내려와 동굴 입구로 다가갔다.

시선을 사로잡힌 건 그 순간이었다.

보이는 것은 오로지 바로 눈앞의 쏟아지는 빗줄기가 전부였건만 땅 속에서 쑥하고 무언가 솟아 나왔다. 그것은 마치 타오르는 화염 같기도 해 아희는 시선을 돌릴 수가 없었다.

마치 자신에게 오라는 듯, 거센 빗줄기에도 그 빛은 사그라지지 않고 오히려 더욱 그 빛을 뿜어내고 있었다. 한참을 바라보고서야 그것이 한 송이의 꽃임을 알았다.

꿈 속에서 보았던 그 꽃이 떠오르며 아희의 발이 빗줄기로 한 발 성큼 내밀어졌다.

발등 위로 떨어지는 빗줄기에 버선발이 눅눅하게 젖어들었다.

너무도 환하게 내리는 비마저 태울 기세로 빛나는 꽃이었지만 섬뜩하다.

이성은 아희에게 경고하고 있었다.

저 꽃은 이 세상의 꽃이 아니라고.

그럼에도 불구하고 그것을 손에 넣어야 된다는 갈망이 순식간에 온 마음에 차고 넘쳤다. 저것을 꺾어야 된다는 참을 수 없는 유혹.

떨어지지 않는 입술로 아희가 겨우 율을 불렀다.

"율아, 저것 봐."

그녀에게서 시선을 떼고 있지 않았던 율은 말로 형용할 수 없는 기운을 느끼고 있던 차였다. 결코 자신에게, 그리고 아희에게 호의적일 수 없는 기운. 그 이유를 찾지 못해 조용히 그녀의 행동만을 주시하고 있던 그에게 아희의 손이 동굴 바깥을 가리켰다.

"뭘?"

"꽃이야! 내가 꿈속에서 본 꽃!"

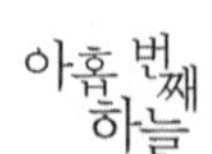

율이 자리에서 일어나기도 전에 더 이상 참을 수 없었던 아희가 밖으로 달려 나갔다.

그 말에 율과 동해의 시선이 동시에 부딪쳤다. 이 밤에 꽃이 보일 리 없었다. 산속의 어둠은 한 치 앞도 알 수 없을 정도로 새카맣다.

"솔아!"

율의 외침에 솔이 번개처럼 아희가 홀린 듯 나간 자리를 따라 달려 나갔다.

"아희야!"

율의 외침에도 걸음을 멈출 수 없었다. 단 한 번도 율의 부름에 답하지 않았던 적 없던 아희였다. 그의 외침이 이토록 절박했던가.

주인의 의지를 배신한 발은 기어이 멈춰지지 않았다.

크와아아아앙!

아희를 향해 달려오던 솔이 뭔가에 가로막혀 크게 울부짖었다. 솔은 더 이상 앞으로 나갈 수 없었다. 보이지 않는 거대한 벽이 아희와 솔의 사이에 있었다.

"역시 꿈에서 본 꽃이네."

이 새카만 어둠 속에서 눈앞의 꽃은 너무도 찬란하게 빛나고 있었다. 꽃의 붉은 잎이 너무도 붉어 그런 건 아닐까 싶을 정도로. 일곱 장의 꽃잎이 스스로 빛나고 있었다.

'위험해. 이건 위험한 거야.'

"손대지 마!"

율의 경고가 똑똑히 들려왔다. 돌아볼 수 없었다. 그 잔혹하리만치 아름다운 꽃잎이 자신을 꺾으라는 듯 살랑대며 움직이고 있었다.

살아 있는 꽃.

참을 수 없는 충동은 당장 이것을 꺾으라 소리치고 있었다.

"안 돼!"

뒤에서 율의 외침이 들렸다. 아주 멀리서 율이 부르는 기분이었다. 아희의 손가락이 꽃대를 꺾었다.

"어……?"

발밑이 푹 꺼졌다. 아직 꿈에서 깨지 못한 건가 싶을 정도로 몸이 붕하고 하늘을 나는 것 같았다. 방금까지 자신이 딛고 섰던 지면이 저만치 위에 있었다. 어떻게 된 일이냐고 묻고 싶었다. 누군가 잡아당기기라도 한 것처럼 몸이 끝없이 바닥으로 추락했다.

"율아!"

아희가 그제야 율의 이름을 비명처럼 외쳤다. 그녀의 목소리가 채 밖으로 향하기도 전에 집어삼킨 땅이 눈앞에서 닫히며 순식간에 제자리를 찾았다. 솔의 앞을 가로막았던 보이지 않는 장벽이 사라진 것도 그때였다. 아희가 있었던 자리로 갔지만 꽃도 아희도 보이지 않았다.

"봤어?"

동해가 물었다.

"그래."

율이 천천히 그녀가 있었던 자리에 앉아 흙을 한 줌 움켜쥐었다.

"이 어둠에 빛나는 꽃은 하나밖에 없어."

"저승화."

"대체 저승화가 이승에 필 이유가 무에 있겠어? 더군다나 이곳에!"

율의 눈이 서늘하게 가라앉았다. 그 이유를 그는 알 것 같았다.

"모두가 현계의 하늘에 관심이 많은가 보군."

가장 억울하게 죽은 이의 피여야만 명계에서 꽃을 피운다는 저승화였다.

"어떻게 할 생각이야?"

율의 옷자락이 펄럭였다. 바람 한 점 불지 않는 곳에서 그의 옷자락만 미친 듯이 펄럭이고 있었다.

"우리가 명계로 갈 수는 없다고."

살아 있는 자는 명계로 갈 수 없었다. 허나 살아 있는 아희를 명계로 부를 수 있는 자라면 알고 있었다.

"그건…… 하늘만 할 수 있는 일이야. 우린 하늘이 아니잖아."

"감히……."

잇사이로 나즉한 분노가 내뱉어졌다. 애써 그것을 누르려 하지만 음성에 담긴 그 날카로운 살기는 숨길 수 없었다. 버젓이 두 이무기를 앞에 두고 눈앞에서 아희를 채간 명계의 하늘에 대한 분노.

그가 만약 하늘이었다면 명계의 하늘은 이 현계에 저승화를 꽃 피울 수조차 없었다.

하늘이 없는 혼돈과 전란의 시대.

그가 하늘이 아니었기에 감히 명계의 하늘이 장차 현계의 하늘이 될 그를 농락하고 있었다.

"다른 방법이야 있지."

율이 주변에 있는 날카로운 돌을 들어 올렸다.

"넌 최선을 다해서 날 살려야 할 거야."

"뭐?"

"그렇지 않으면 모든 것이 수포가 될 테니."

그 돌은 동해의 손에 쥐어졌다. 그가 손에서 돌을 떨쳐내기 전, 율이 그의 앞으로 다가왔다. 그리고 동해의 손을 꽉 잡은 율의 손이 돌로 스스로의 가슴을 짓이겼다.

"이 미친놈이!"

꿀렁하고 율의 입에서 선혈이 쏟아졌다. 천 년을 수행한 이무기의 내단. 그 내단이 죽으면 이무기도 죽는다. 그리고 그 내단을 찌른 것은 좋건 싫건 바로 동해, 자신이었다.

바로 정신을 잃는 율의 몸을 받아 안으며 동해가 절망적으로 외쳤다.

"솔아! 가장 가까운 선인에게 가자!"

◇ ◆ ◇

몸이 너무도 무기력하게 가라앉고 있었다. 아니, 가라앉는다기보단 추락한다는 말이 더 맞았다. 주변에 뭔가 잡을 게 없나 손을 휘저었지만 아무것도 잡히는 건 없었다. 떨어지고 있는 곳은 너무 캄캄했다. 손에 꽉 쥐고 있는 꽃만이 오로지 아희가 볼 수 있는 빛이었다. 그것을 놓치지 않기 위해 꽃대를 더 꽉 움켜쥐었다.

얼마를 그렇게 떨어졌을까.

풀썩.

푹신한 것 위로 몸이 떨어졌다. 이 정도 높이에서 바닥에 떨어지면 온몸이 산산조각 나 죽겠구나 싶었는데 의외로 온몸을 감싸는 푹신한 것에 솜털 하나 다치지 않고 바닥으로 착지했다.

"여긴 어디지?"

순식간에 캄캄한 곳에서 눈앞의 세상이 바뀌었다. 온통 붉디붉은 연못들이 가득한 세상으로. 코끝을 찌르는 것은 비릿한 피 냄새였고, 귓가에 울리는 것은 원한에 찬 음성이나 울부짖음이었다.

마치, 지옥에 와 있는 기분이었다.

"어디 다친 곳은 없지?"

눈앞의 광경에 넋이 나간 아희를 뒤에서 누군가 돌려세웠다. 힘없이 아희의 몸이 누군가의 손길에 정면을 바라보았다. 그녀보다 키가 훨씬 더 큰 사내가 어깨를 잡고 있었다. 그의 이곳처럼 붉은 머리칼이 아희의 얼굴 위로 우수수 떨어져 내렸다.

"손님이니까 최대한 다치지 않게 정중히 모셨는데. 뭐, 일단 다친 곳은 없는 것 같군."

이리저리 아희를 훑어본 그가 말했다. 가는 눈 속에서 빛나는 붉은 눈동자를 마주한 순간 아희가 뒷걸음질 쳤다.

"여기서 도망갈 곳은 없을 텐데."

"당신은 누구죠?"

"명계의 하늘."

"명계?"

"인간들은 이곳을 저승이라고 부르지."

그 말에 아희의 입이 비명을 삼켰다.

"내가, 내가 죽은 건가요?"

"아니. 넌 아직 살아 있어. 언젠간 이곳에 오게 되겠지만."

"다행이다."

명계의 하늘이란 자의 말을 듣고서야 아희가 마음이 놓이는지 한숨을 내쉬며 웃었다.

"저승에 와서 웃는 건 네가 처음이군."

"명계의 하늘님, 그럼 전 어떻게 이승으로 가야 하나요?"

"내가 보내주고 싶을 때."

"보내주세요, 하늘님."

"가고 싶으냐?"

갑작스럽게 자신이 사라져 걱정하고 있을 율의 얼굴을 그리고 그녀가 고개를 끄덕였다.

"그 꽃이 마음에 드는 모양이구나."

아직도 아희가 손에 들고 있는 꽃을 바라보며 명계의 하늘이 물었다.

"너무 예뻐서, 아니, 시선을 뗄 수 없어서 꺾어야 된다는 생각뿐이었어요."

"저승화야. 이승에선 자라지 않지."

"전 이승에서 꺾었는걸요?"

"내가 그런 이유로 이승에 피웠으니까. 널 붙잡기 위해서."

"저를 왜요?"

"그 꽃은 저 피 웅덩이에서 자란단다, 아이야."

아희의 시선이 다시 그 붉은 웅덩이로 향했다. 피 속에서 자라는 꽃이란 걸 알게 되자 그제야 손에서 그 꽃을 놓았다.

"이곳에 온 내 선물이야. 소중히 간직하렴."

그가 바닥에 떨어진 저승화를 다시 주워 아희의 손바닥 위에 올려놓았다. 금방이라도 됐다고 고개를 내젓고 싶었지만 사내의 그 핏빛 시선이 두려웠다.

"왜 나를 부르셨죠?"

"지금껏 하늘의 이름을 부르지 않은 천 년의 인간은 없었다."

아희가 씁쓸하게 웃었다. 모든 것이 율의 이름을 부르지 않았기에 생긴 일이구나 싶어서 마음이 불편해졌다.

"나는 율의 이름을 부르지 않을 거예요."

아직은, 아직은. 조금만 더 그가 자신의 곁에 있어주길.

"넌 네 운명을 피할 수 없다. 네 곁에 붙어 있는 두 아이들도 마찬가지지."

"알고…… 있어요."

언젠가는 율을 보내야 할 때가 오리란 것을.

잠시 숨을 참았다. 마음이 울렁거렸다. 숨을 내쉬면 울렁거린 마음이 저도 모르게 토해질 것 같아서 쉴 수 없었다.

아직은 혼자 설 수 없었다. 율이 없는 하루는 상상조차 되지 않았다.

'아희야.'라고 불러주는 그 높낮이 없는, 하지만 한없는 다정함이 서린 그 목소리가 조금 더 오래 자신의 곁에서 이름을 불러주었으면 했다.

정작 자신은 그의 진짜 이름을 한 번도 불러주지 않은 이기적인 계집이었지만, 계속해서 아희라는 이름이 율의 입을 통해서 불려지길 바랐다.

아직은 아니야.

아직은 내가 견딜 수 없어.

그가 없이 견딜 수 있을 때란 대체 언제인 걸까. 그 순간이 영원히 오지 않을 것만 같아서 아희가 생각을 멈췄다. 조금만 더 생각하면 결국 그 결론은 뻔한 것이기에.

"현계의 하늘이 없는 명계는 굉장히 시끄러워."

"현계?"

"우린 네가 머무는 곳을 그리 부른단다."

손에 들고 있는 저승화라는 꽃이 피를 뚝뚝 흘리는 것만 같았다. 여전히 들리는 비명 소리가 부모님이 돌아가시던 날과 똑같이 들려왔다. 걸음마다 진득한 피가 꽃신에 달라붙었다. 숨을 내쉴 때마다 그 역한 피비린내에 진절머리가 났다.

"이곳에 더 이상 있기 싫어요."

붉은 그가 아희의 손을 잡았다. 그리고 마치 산책을 시키듯 연못들 주변을 천천히 걷기 시작했다. 이상하게 거부할 수 없었다. 그가 잡는 대로, 걷는 대로 아희의 몸이 따라갔다.

"네 죽은 부모도 여기에 있는데?"

"지금 뭐라고……."

가끔 부모님의 얼굴을 떠올리려 해도 잘 떠올려지지 않을 때가 있었다. 그것이 사무치게 아프고 죄송해서 고개를 들 수가 없었다.

"만나고 싶지 않아?"

"뵙고, 뵙고 싶어요."

그가 자신에게 뭔가를 원한다는 것을 알지만 그녀가 절대 거부할 수 없는 조건이었다. 혼자 살아남아서 죄송하다고, 시신조차 제대로 거두지 못해 죄송하다고 꼭 부모님을 뵙고 말하고 싶었다.

"그렇다면 네가 내가 원하는 걸 들어줘야 할 텐데."

"뭘 원하죠?"

"넌 그 아이의 이름을 영원히 부르지 마."

뜻밖의 말이었다. 그가 명계의 하늘이었기에 어서 하늘의 이름을 부르라고 자신을 닦달할 줄 알았다. 정 반대의 말이 나오자 아희가 되물었다.

"왜 그런 말을……."

"이곳은 굉장히 조용한 곳이었어. 하지만 현계가 어지러워지고 난 뒤엔 굉장히 시끄럽고 재미있는 곳이 됐지."

"그게 하늘님에게 좋은 건가요?"

"난 이곳에서 굉장히 무료했거든."

그를 기다리는 수많은 죽은 자들. 그들을 다스리는 명계의 하늘. 그가 원하는 것은 오로지 더 많은 인간들의 영혼이었다. 정세가 안정되면 명계로 들어오는 영혼의 수가 줄어든다. 이 혼돈의 시대를 유일하게 즐기는 것은 명계의 하늘뿐이었다.

붉은 그의 눈은 가장 사랑스러운 것을 보는 눈빛으로 변해 있었다. 그 시선은 울부짖는 비명소리와 온통 핏빛인 이 세계, 명계를 향해 있었다.

죽음은 그에게 유희였다.

인간의 죽음을 재미있다 말하는 그 입술에서 지어지는 미소에 얼어붙었다.

왜 그를 사람이라고 여기고 있었던 걸까. 사람의 외향을 가지고 있어서? 왜 명계의 하늘이라는 이유만으로 그를 율과 같을 거라 생각했지? 율과 동해처럼 자신에게 호의적일 것이란 착각을 어찌 할 수 있었는지 멍청한 자신의 입술을 깨물었다.

정신차려야 했다.

자신을 여기까지 부른 것에는 감당하지 못할 대가가 있을 터.

"현계는 지금보다 더 어지러워질 거다."

"내가 율의 이름을 부르지 않아서요?"

"네가 그의 이름을 부르지 않을 이유가 하나 더 있지."

명계의 하늘이 천천히 아희의 눈높이에 맞춰 허리를 숙였다. 그의 눈을 제대로 마주 볼 수 없었다. 그 눈에 담긴 붉은 화기가 자신을 집어삼킬 것만 같았다.

'피해선 안 돼.'

율의 눈도 피하지 않았던 그녀였다. 아희가 오히려 눈을 더 부릅뜨고 명계의 하늘을 마주 보았다.

"천 년의 인간은 가장 끔찍한 죽음을 맞이한단다. 내 이름을 불러준 이도 그러했고, 너 또한 그럴 테지."

율은 그런 말을 해주지 않았다. 아니, 분명하게 해주었다.

그것을 그저 한 귀로 흘리고 잊고 있었던, 잊은 척했던 것은 자신이었다.

열셋의 어떤 봄비가 내리던 날에 들었던 그 말을 의도적으로 잊고 있었던 것은 그녀였다. 그 말을 다시 꺼내면 율이 떠날까 무서웠다. 자신에게 커다란 벽으로 앉아 있을 것만 같아서 억지로 그것을 기억 속 저편에 꾸역꾸역 집어넣어 잊은 척했다. 율이 다시는 그 말을 꺼내지 않았기에 명계의 하늘이 이야기하기 전까지 아희는 그것을 떠올리지 않았다.

"그것이 하늘을 이용한 인간들에게 내리는 천벌이다."

천벌.

그 말에 아희가 웃고 말았다.

"웃어?"

명계의 하늘은 그가 예상했던 두려움에 떨던 모습이 아닌, 웃고 마는 모습에 미간을 찌푸렸다. 계집은 두려워하며 그것을 피할 방도가 무엇인지 자신에게 물어야 했다.

"하늘님, 전 천벌은 피할 수 없을 것 같아요."

"뭐?"

"난 처음부터 율을 이용하고 있었으니까요. 천벌쯤은 기꺼이 받아야지요."

오로지 자신의 욕심으로 그가 하늘에 오르지 못하고 있었다.

그래서 율은 그의 이름을 부르지 말라고 이야기했다는 것을 깨달았다. 열셋의 아무것도 모르는 어린 나이에 그 말을 들었을 때와 지금 그 말을 듣는다면 분명 그녀는 겁을 집어먹을 테니까. 모든 것이 무섭고, 세상이 무섭고, 혹은 살아가는 것조차 무서워졌을 테니까.

"율은 정말로 다정해요."

'네 덕분에 나는 이제 아무것도 두렵지 않아.' 율에게 이 말을 꼭 해주고 싶었다.

"이상한 계집."

"율도 저한테 그렇게 말해요."

율의 입에서 듣던 말과 똑같은 말을 듣자 그제야 긴장이 풀려 마음 놓고 웃었다. 어쩌면 알고 있었던 사실을 받아들이는 자신에 대한 체념일까.

이 순간만큼은 어떤 냄새도 소리도 들리지 않았다.

그래, 널 생각할 때면 항상 그랬던 것 같아, 율아. 난 무엇도 보이지 않고 들리지 않아.

"그 이름을 부르지 마."

"율은……."

"그놈의 율은, 내가 이 짧은 시간에 몇 번을 듣는지 모르겠군."

명계의 하늘이 기가 차 아희의 말을 막고 말했다. 그가 손을 한번 내젓자 아희의 눈앞에 보이는 세계가 바뀌었다. 피투성이가 된 사람들이 어딘가로 계속해서 일렬로 걸어 사라지고 있었다. 그녀를 스쳐 지나가는 사람의 얼굴은 반쪽이 어딘가로 사라지고 없었다. 퀭한 눈으로 아희를 보는 남은 한쪽의 시선에 그녀가 고개를 돌렸다.

"이게 뭐죠?"

"죽은 자들이지."

고개를 돌린 쪽엔 팔다리가 잘린 아이가 애벌레처럼 꾸물꾸물 앞으로 기어가고 있었다. 두 손으로 구역질이 치밀 것 같은 입을 막았다.

"모두 네가 한 일이야."

"난 누구도 해친 적 없어요!"

"세상이 어지러우면 계속해서 이곳은 차고 넘쳐날 거다."

목이 깊게 베인 여자가 반쯤 덜렁이는 목을 부여잡고 아희를 지나 걸어갔다. 모두가 눈으로 볼 수 없을 정도로 끔찍했다. 지금껏 들렸던 비명 소리가 이들이 내지른 것이었다니.

"그래서 난 네게 아주 고마워."

명계의 하늘이 아희의 반응에는 신경 쓰지 않고 웃으며 말했다.

"이게 고맙다고요?"

"계속해서 네 고집을 부리렴, 인간 계집아. 후에 네가 이곳에 왔을 때 그럼 아주 좋은 자리를 주마."

눈물조차 나오지 않았다. 자신은 눈물을 흘릴 자격도 없었다.

그때였다.

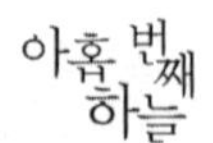

"아희야!"

두 손 사이로 얼굴을 묻어 이 참혹한 곳에서 도망가려 했을 때, 율의 목소리가 들렸다. 여기서 율의 목소리가 들릴 리 없다는 것을 알면서도 그곳으로 아희가 고개를 돌렸다. 그리고 고개를 돌림과 동시에 아무것도 보지 않아도 됐다.

"멍청아, 그러니까 내 곁에서 떨어지지 말랬잖아."

그녀를 꼭 끌어안은 율이 말했다.

자신보다 훨씬 작은 아이의 몸이었지만, 그가 부른 순간 율 외의 것은 눈에 들어오지 않았다. 처음 그를 만났을 때처럼 온몸이 반짝반짝 빛나고 있었다. 그가 고개를 비틀 때마다, 인상을 찌푸릴 때마다, 그리고 그녀를 똑바로 바라볼 때마다.

"율이…… 빛이 나."

"시끄러워."

퉁명스럽게 내뱉으면서도 눈은 아희의 몸이 다친 곳이 없는지 훑고 있었다.

"너……."

명계의 하늘이 율을 보더니 천천히 입을 열었다. 율이 아희를 자신의 뒤편으로 가게 했다. 그녀의 앞에 나서서 명계의 하늘을 마주 보았다.

"하늘이 되는 것을 포기했구나."

명계의 하늘의 말을 알아들을 수 없는 아희가 소리쳤다.

"내가 이름을 부르면 그는 하늘에 오를 거예요. 포기한 게 아녜요!"

"하하하하"

그가 크게 웃음을 터트렸다. 붉은 눈동자가 금방이라도 화염을 내뿜을 것만 같았다. 아희가 뒤에서 율을 끌어안았다. 손바닥 가득 축축한 것이 묻어나왔다. 율의 가슴팍에서 붉은 선혈이 꿀렁꿀렁 나와 아희의 손바닥을 적시고 있었다.

"율아……?"

"길을 열어."

"내가? 왜?"

아희의 떨리는 손을 붙잡고 율이 명계의 하늘에게 말했다.

"산 자를 여기까지 부른 것만도 넌 크게 규율을 어긴 거다."

"규율은 내가 만들어. 이곳의 하늘은 나니까. 산 자를 데려왔다 해도 네 목숨까지 걸고 이곳에 쫓아올 필요가 있었나? 저 계집이 죽으면 안 될 이유라도 있는 게냐?"

"내 이름을 불러줄 천 년의 인간이니까."

"하하하. 이봐, 내가 천 년의 인간을 죽일 리 없잖아. 그럼 난 당장에라도 하늘의 자리에서 쫓겨나고 말걸."

"그뿐이다. 그러니 다시 되돌려놔."

"인간의 아이야, 넌 어떻게 생각하지?"

율의 말을 무시하고 명계의 하늘이 아희에게 물었다.

"네가 그저 천 년의 인간일 뿐이라는데?"

"율의 말이 맞아요."

아희가 고개를 끄덕이며 말했다. 정말 그뿐이었다. 자신이 천 년의 인간이 아니었다면 애당초 율이 곁에 있어줄 리가 없었다. 그녀가 원하는 대로 모든 걸 맞춰줄 리 없었다. 모두 그녀가 천 년의 인간이기 때문에 일어나는 일이었다.

"율아, 많이 아프지?"

왜 이렇게 자신은 바보 같은 걸까. 율이 백번 천번 멍청이 소리를 한다 해도 어쩔 수 없었다. 명계의 하늘이 하는 말을 미루어보아 그가 무엇을 희생해서 여기까지 왔는지 알 것 같았다. 아직도 뜨끈하게 자신의 손을 적시는 피가 그것을 말해주고 있었다.

희생.

"나를 위해서 그러지 마, 율아."

지긋지긋하게도 그 율이라는 이름을 부르는 계집이란 생각을 하며 명계의 하늘이 다시 한 번 손을 휘저었다. 그러자 아희가 처음 왔었던 그 붉은 연못들이 가득 있었던 곳이 나타났다.

"말했다시피, 난 그저 지켜보다 그 이익만 취할 뿐이야. 너흴 해칠 의도는 없다."

"그렇게 되면 네놈 자리도 무사하지 못할 테니까."

하늘이 중심을 잃으면 그 존재는 그대로 소멸한다. 그리고 다음 하늘이 될 자가 하늘에 오르는 것이 그들의 규율이었다.

"네 부모를 만나고 가야지, 아이야."

달콤한 말이었다. 아희가 정말로 볼 수 있느냐고 물으려던 찰나 율이 노호성을 터트렸다.

"또다시 장난질을 치는구나! 당장 이승으로 향하는 길을 내놓지 못할까!"

작은 몸에서 나왔다고는 믿기 힘들 정도의 날카로운 소리였다. 아희마저도 그가 이토록 화를 내는 것을 보지 못했기에 깜짝 놀라 움찔할 정도로 새파란 기운이 서려 있었다.

율이 아희의 손을 꽉 맞잡았다.

"어머니가…… 아버지가……."

"그들을 보면 넌 다시는 이승으로 돌아가고 싶지 않을 거다."

"하지만!"

"내 말 들어!"

율이 다른 말은 용납할 수 없는 기세로 그렇게 말하자 뒤편에서 명계의 하늘이 웃으면서 손가락 하나를 입으로 가져다 댔다.

'너는 계속 네 욕심을 차리면 된단다, 아이야.'

그의 눈이 그렇게 말하고 있었다. 붉은 눈이, 절대 누구의 이름도 부르지 말고 그렇게 살아가라고.

'그럼 율은 평생 네 곁을 떠날 수 없을 게다.'

천천히 아희가 율을 내려다보았다.

하얗고 창백한 얼굴의 그를. 어쩌면 평생 놓지 않아도 될 그의 얼굴을.

"응, 율아. 그럴게."

너는 나를 어떤 얼굴로 보고 있을까? 아희가 율의 얼굴을 외면하고 대답했다. 명계의 하늘이 박수를 치며 말했다.

"그럼 아이야, 다음에 보자꾸나."

그들 중 유일하게 즐거운 음색을 가진 그가 이승으로 가는 문을 열었다. 몇 발자국 떨어지지 않은 곳에 눈부시게 환한 빛이 들어왔다. 이 붉은 명계와는 대비되는 그 환한 빛이 굳이 말하지 않아도 원래 아희가 살던 곳임을 알 수 있게 했다.

고통에 겨운 울부짖음, 비명소리는 멀어져가고 빗소리가 들려왔다. 피비린내가 아닌 젖은 흙냄새와 푸른 나무의 냄새가 맡아졌다.

"가자."

율이 먼저 앞장섰다. 그의 손은 여전히 아희를 붙들고 있었다.

뒤를 돌아볼 수 없었다. 보지 않아도 명계의 하늘이 웃고 있다는 것을 아희는 느낄 수 있었다.

09.

까무잡잡한 손이 율의 상처를 강하게 압박했다. 그 손가락 사이로 흐르는 피를 볼 때마다 옆에 있는 동해의 얼굴이 울상이 되었다. 그에 아랑곳하지 않고 깨끗한 천으로 상처를 계속해서 닦아주고, 누르는 것을 반복하던 선인의 얼굴에 땀이 송골하니 맺혔다.

"죽는 건 아니지? 그치?"

"나보고 어쩌라고 여기로 데려와?"

선인이 빽히니 소리를 질렀다.

"몰라, 젠장. 나보단 낫겠지!"

"저 미친 이무기 보소."

율이 죽으면 자신도 끝이었다. 좋으나 싫으나 그를 찌른 것은 동해였다. 그게 율의 자의였다고 해도 아무튼 그게 정해진 규칙에 통할 리 없었다. 눈앞에 유수처럼 천 년의 세월이 지나갔다. 물론 그 세월 중 대부분이 잠을 자느라 그의 기억에도 없는 세월이었지만.

"젠장 젠장, 빌어먹을."

"너 그렇게 쌍욕 하다간 하늘에 못 올라간다."

선인이 눈을 흘기며 말했다.

"살 수 있는 거야?"

"명계에 갔다며. 이렇게 죽을 둥 살 둥 해도 명계에서 돌아온다면 살아나겠지."

"아, 돌아오긴 할 거야. 아마도."

아희를 데리러 갔으니 정말 돌아오긴 할 거란 걸 알았다. 설마, 설마 아희만 보내고 제 놈은 명계에서 빠져나오지 못하고 콱 죽어버리기라도 하면……

"으헝! 난 망했어! 망했다고!"

"그러게 누가 같이 어울리래? 왜 이놈들은 안 하던 짓을 해서 이 난리야?"

"천 년의 인간이 이놈 옆에 붙어 있는 걸 어떻게 하라고!"

솔이가 옆에서 그만하라는 뜻으로 동해의 어깨를 잡았으나 그것을 뿌리친 동해가 계속해서 가슴에 담아놨던 것을 토해냈다.

"완전 멍청한 놈이 날 끌고 진흙탕으로 들어갔어. 젠장!"

"널 끌고 진흙탕으로 들어갔으면 완전 똑똑한 놈이지."

"시끄러워! 너까지 내 복장을 뒤집을 게냐! 내가 하늘에 오르면 가장 먼저 네놈을!"

동해가 거기까지 말을 했을 때였다. 또다시 이질적인 기운이 느껴졌다. 그 기운은 아희가 사라졌을 때 느꼈던 기운과 같았다. 동해가 서둘러 주변을 살폈다.

공간이 일그러지며 갑자기 눈앞에서 번쩍하고 빛이 빛났다.

동해가 그 빛으로 손을 뻗었을 때 무언가가 위에서 그 위로 뚝 떨어졌다.

"으악!"

동해의 목을 꼭 끌어안고 눈을 감은 아희가 그 자리에 있었다. 갑자기 떨어진 그녀로 인해 엉덩방아를 찧었지만 아픔 따위는 느껴지지 않았다. 동해가 자신에게서 아희를 밀친 뒤 정신없이 그녀의 몸을 살펴봤다.

티끌 하나 다친 곳 없이, 사라졌던 그대로인 아희가 이 자리에 있었다. 그 모습을 보고서야 율이 정말 명계에 다녀왔다는 사실을 동해는 인정해야 했다. 정말로 놈은 자신을 내던져놓고 무사히 그녀를 현계로 데려다 놓았다.

동해가 크게 숨을 내쉬었다. 무사한 모습을 보고 안도가 밀려왔지만 그건 그에게 또 다른 물음이었을 뿐이었다.

"나는 그렇게 못했을 거야."

천 년의 세월을 아무렇지도 않게 내동댕이칠 수 없었다. 작은 망설임조차 없이 그가 살아왔던 세월을 그저 무(無)로 되돌리는 멍청한 짓은 지금도 할 수 없다. 자신은 절대 그리할 수 없으리라. 모든 걸 수포로 되돌릴 행동 같은 건 할 수 없었다.

"난 그렇게 못 해."

동해가 다시 내뱉었다.

그가 무슨 말을 하고 있는 줄도 모르는 아희가 조금은 넋이 나간 얼굴로 동해를 멍하게 쳐다보면서 겨우 내뱉었다.

"율이…… 손을 잡고 있었는데 사라졌어."

금방이라도 울 것 같은 얼굴로 사라진 율에 대해 설명한다.

"분명히 같이 왔는데……."

손을 잡았던 느낌이 생생했다. 분명히 같이 빛을 통과했으나 율은 흔적도 없이 사라졌다. 명계에 혹 그가 있는 게 아닌가 싶어 아희가 뒤를 돌아보았으나 그녀가 봤던 명계는 이미 사라지고 없었다. 무수한 바위 절벽이 전부였다.

"네가 왔으니 놈도 왔겠지."

"율아!"

그 퉁명스런 말에 그제야 동해의 어깨 너머로 보이는 율을 발견하곤 그녀가 뛰어갔다. 명계에서 본 것과 똑같은 모습이었다. 왼쪽 가슴에서 흘리는 피를 발견하곤 아희가 소리 질렀다.

"얼마나, 얼마나 다쳤어요?"

"많이."

가슴을 누르고 있던 선인이 대답했다.

율이 다쳤을 때를 본 적 있었다. 상처가 늦게 아물던 그 모습이 떠올랐다. 천 년을 살아왔으니 이깟 상처쯤 아무것도 아닐 거라 생각할 수 없었다.

"분명히 이놈과 함께 온 게 맞지?"

"네, 맞아요!"

"그럼 곧 눈 뜰 거야."

선인이 대수롭지 않게 이야기했다. 그러고는 율의 상처에서 손을 떼고 자리에 앉았다. 그걸 보고 놀란 아희가 선인 대신 율의 상처를 손으로 감쌌다.

"괜찮아. 살아난다니까."

"휴……."

선인의 말에 동해가 안도의 한숨을 뒤에서 내쉬며 진이 빠졌는지 바위에 몸을 기댔다.

"일어나면 늘씬하게 패줄 테다."

일말의 망설임도 보이지 않았다. 그저 무심하게 최선을 다해 살려내라고 내뱉곤 가슴을 찌르는데 주저하지 않았다. 그 점이 동해는 소름끼쳤다. 내단이 밖으로 나와 있는 것도 대단히 위험한 일이었다. 절대 천 년의 인간이 아니었다면 이렇게 밖에 나와 돌아다니지 않았을 것이다. 호위용으로 솔이를 달고 다니지만, 정말 죽을 정도의 상처를 입게 되면 손 쓸 수 없었다.

"어디까지 갈 생각인지."

저도 모르게 동해가 혼잣말을 내뱉었다.

"안 눌러도 돼."

"하지만!"

선인이 고개를 저었다. 괜한 힘 빼지 말라며.

"돌아온다니까."

"율은 상처가 잘 낫지 않아요."

발을 동동거리며 아희가 띄엄띄엄 설명했다. 율의 상태를 보고 말이 제대로 나오지 않는 듯 어떻게 무슨 말을 하면 좋을지 모르는 그 상태를 동해가 가만히 보고 있었다.

"알아. 인간도 그렇잖아."

"율은 인간이 아닌걸요."

그 말에 선인이 재미있다는 듯 웃었다. 묘한 관계였다. 이무기 둘에 인간 계집 하나. 고삐 풀린 망아지처럼 날뛰다가 아희가 나타난 뒤론 가라앉아 있는 동해를 선인이 슬쩍 곁눈질로 보았다.

"하늘이 될 자잖아."

"네?"

"하늘이 되어서 그 아래 사는 인간들과 모든 생물을 다스릴 자라고. 인간들의 고통도 모른 채 하늘이 될 수가 있겠어?"

툭.

율의 가슴을 내리 누르고 있는 아희의 손등 위로 물기 하나가 툭 떨어졌다. 인간들이 겪는 고통과 같은 것을 그는 느끼고 있었다.

"왜……."

자신이 겪었어야 했을 고통을 겪고 있는 걸까. 하늘의 무게. 그가 감당해내야 하는 이 세계.

모른 척 잊고 있으려 해도 문득문득 이렇게 떠올라버린다. 자신이라는 존재 하나로 인해 무너지는 율.

“끝까지 가지는 마, 제발…….”

그저 자신이 바라는 건 곁에 있겠다는 작은 하나인데, 이 세계는 그 작은 하나가 세계 전체라 말하고 있었다.

아희의 얼굴이 창백한 율의 얼굴 위로 겹쳐졌다.

이제는 뜨겁다 못해 차갑게 식은 율의 이마에 이마를 맞대고 그의 숨에 자신의 숨을 섞었다. 이렇게 맞닿아 있어야 그가 살아 있다는 사실을 알고 안도 할 수 있었다.

투둑.

물색없는 눈물이 아희의 의지와 다르게 율의 얼굴을 적셨다. 그가 울고 있는 것처럼 그의 뺨을 타고, 눈꼬리를 타고 도르륵 흘러내렸다.

“눈을 떠줘.”

자신의 손을 잡고 있던 그의 온기가 아직도 손바닥에 남아 있는데 그가 깨어나지 못할 리 없다.

아희가 눈을 깜박일 때마다 율의 눈꺼풀이 조금씩 떨려왔다.

“나를 혼자 두지 마, 율아.”

굳게 다물어진 율의 입술이 그 말에 비죽하고 힘없이 올라갔다.

“멍청아……, 이 정도의 고행이 없다면 하늘에 오를 수 있겠어?"

천천히 눈을 뜬 그가 자신의 이마에 맞대어진, 한치 앞에 있는 아희의 눈을 지그시 응시했다. 또다시 고여있던 눈물이 툭 떨어졌다.

아희의 뜨거운 눈물이 율의 눈가에 떨어졌다. 그의 눈가를 타고 다시 눈물이 주르륵 흘렀다.

"내가 우는 건지, 네가 우는 건지."

아무 일도 없었다는 듯 그가 낮게 웃으며 서늘한 손으로 아희의 눈가를 훔쳤다.

"율아, 나는 정말 멍청인가 봐."

"알면 됐어."

말을 할 때마다 그가 가슴에 통증이 느껴지는지 인상을 찌푸렸다.

"야 이 나쁜 놈아! 네놈이 감히 날 끌고 들어가려 해?"

율이 깨어났다는 것을 알자 벌떡 일어난 동해가 달려와 소리를 질러댔다. 잠깐 심각했던 것은 어디다 던져놨는지 아무 일 없었다는 듯. 혹은 아무것도 모르는 척하기로 마음먹었다는 듯 동해가 설레발을 쳐댔다.

"어차피 아희가 안 돌아왔으면 하늘에도 못 오를 녀석이."

율이 조금도 미안한 기색 없이 대꾸했다.

"뭐, 인마?"

"돌아왔잖아. 내가 그렇게 안 했으면 넌 날 그냥 놔뒀을걸."

"이, 이, 뱀처럼 교활한 놈 같으니라고!"

"내 기억으론 우리가 원래 뱀이었던 것 같은데……."

"토 달지 마!"

얼굴이 시뻘개져서 씩씩거리며 동해가 율을 손가락으로 가리키며 말했다. 아픈데도 불구하고 동해의 말에 꼬박꼬박 답해주는 율이 천천히 몸을 일으켰다.

"누워 있어야 해!"

"괜찮아."

아희의 머리를 한번 툭 손바닥으로 내리누르곤 율이 바로 앉았다.

"너희들은 셋 다 정말 묘하구나."

가만히 뒤에서 셋을 지켜보고 있던 선인이 말했다.

"뭐가?"

셋 다 묘하다는 말이 셋이 똑같다는 말로 들려 심기가 불편해진 동해가 쌍심지를 켜고 되물었다.

"글쎄. 절대 친해질 수 없는 셋이 정말 친해 보인달까?"

천 년의 인간을 찾았음에도 이토록 하늘에 오르지 못하고 세월을 보내는 것도 선인은 처음 봤다. 보통 대부분 원하는 것을 이무기에게 말하고 이무기는 하늘에 오르는 것이 관례이건만, 이건 뭔가 잘못됐다.

"이게 친해? 이게 친하냐고! 친해서 막 저 혼자 죽을 것이지, 나를 끌고 들어가려 해?"

율을 한 대 때리고 싶은걸 꾹 참고 동해가 항의했다.

"동해야."

"이제야 사과할 마음이 생겨 부르나 보지? 어?"

"시끄러워."

진심으로 시끄럽단 얼굴로 율이 미간을 찌푸리고 있었다. 그 얼굴에는 한 줌의 미안함도 찾아볼 수 없었다.

"웃긴 녀석들."

선인이 짧게 웃었다. 허리춤 뒤에 꽂아 놓았던 곰방대에 불을 붙여 피우며 아웅다웅하고 있는 셋을 찬찬히 살펴보았다. 어쩔 줄 모르는 얼굴로 율만을 쳐다보고 있는 인간 계집아이. 주변 아무것도 보지 않고 오로지 율에게서 시선을 떼지 못하는 것을 보며 낮게 혀를 찼다.

"안 될 텐데."

"뭐가?"

선인의 말을 들은 동해가 물었다.

"인간과 이무기라……."

"웃기는 조합이지."

말끝을 흐리는 선인의 대화에 끼어들며 동해가 이죽거렸다.

"율아, 내가 닦아줄게, 기다려."

입고 있는 옷이 흠뻑 젖을 정도로 피투성이가 되었으니 오죽 깔끔한 성격에 거슬릴까 싶었다. 아희가 주변에 있는 깨끗한 천을 들고 벌떡 일어나 냇가를 찾았다.

"여기서 좀 더 아래로 내려가면 있어."

선인이 울퉁불퉁 나 있는 바윗길 아래를 가리키며 말했다.

"제가 물을 길어오겠습니다."

솔이 순식간에 범으로 돌변했다.

"아냐. 내가 갈게."

솔에게 시키라고 말하려던 동해가 아희의 꾹꾹 눌러 참은 듯한 얼굴을 보곤 그 말을 삼켰다.

"여기 있어. 또 무슨 사고를 치려고."

아희가 곁을 떠나는 것이 못마땅한 율이 자신의 곁을 가리켰다.

"아냐. 내가 다녀올게."

"내가 따라가면 되잖아."

그제야 율이 마지못해 아희를 보내주었다.

솔이의 등에 동해와 함께 타고 순식간에 졸졸 냇물이 흐르는 산속의 작은 계곡에 도착했다. 천에 꼼꼼히 물을 적시고 나무로 만든 수통에는 물을 한가득 떴다. 누가 해도 금방 했을 일을 아희가 꾸물거리며 뜸을 들였다.

"왜 그런 표정이야?"

"으응?"

"율이 녀석이 다시 살아났잖아. 그럼 좋아 죽겠단 표정을 지어야지."

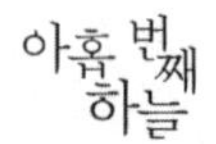

힘없이 억지로 웃고 마는 표정에서 또다시 동해의 화가 치밀어 올랐다.

"너도! 저 설산의 이무기도! 다 짜증나. 마음에 안 들어."

"미안해, 동해야."

"뭐가!"

"미안해……."

동해의 머리를 쓰다듬으며 아희가 말했다. 그 말은 진심이었다. 아희가 부르지 않았다는 이유만으로 하늘이 될 수 없는 동해에게 해줄 수 있는 것이 아무것도 없었다.

"그런 말 하지 마. 더 비참하니까."

양반다리를 하고 앉아 고개를 돌려버린 동해가 말했다.

"너, 명계에서 무슨 소릴 들었구나?"

"아냐."

"아니면 네가 그런 얼굴을 할 리가 없지."

"율의 이름을 부르면…… 나는 저주를 받게 되는 거지?"

"젠장, 명계의 하늘이 입을 나불거렸군."

"율과 동해는 끝까지 내게 그 말을 해줄 생각이 없었던 거구나."

"그 말을 듣고 어느 인간이 이름을 불러주겠어?"

"그래, 그렇구나."

그 대답을 듣고서야 아희가 뭔가 후련하다는 얼굴로 웃었다. 그 개운한 얼굴은 동해가 예상했던 반응이 아니었다. 당황한 동해가 말을 흐렸다.

"그, 그 얼굴은 뭐야, 대체……."

"응?"

"왜 그런 얼굴로 웃는 건데? 네가 누구의 이름을 부르든 넌 벌을 받게 될 거야."

"그래."

현실감이 없는 건가 싶을 정도로 아희는 후련한 얼굴을 하고 있었다.

"가자."

그저 율에게, 동해에게 한없이 미안했다. 왜 그렇게 율의 곁에서는 눈물을 참을 수가 없는지. 자꾸만 향하는 시선을 돌려야 한다는 것을 알면서도 그의 얼굴을 마주하면 쏟아질 것만 같았다. 돌아가신 아버지가 무인의 딸이 그리 마음 약하다는 것을 알면 실망하실 정도로.

"뭐가 그렇게 좋은데?"

솔이의 등에 나무 물통을 올려놓은 아희가 동해를 돌아보았다. 뒷짐을 지고 한 발 물러난 거리에서 아희에게 묻고 있었다.

"녀석이 뭐가 그렇게 좋아?"

"동해도 많이 외로웠지?"

부모를 잃은 그 잠깐의 시간이 아희에게는 사무치게 외로운 시간이었고 순간들이었다. 처음부터 혼자였던 율도, 동해도 얼마나 외로웠을까.

“난 그런 감정 몰라. 율이 녀석도 모를 거고.”

“처음부터 외로우면 그런 감정을 모르는 거구나.”

“안 외롭다니까!”

“어느새 스며들어 있는 기분, 동해는 알아?”

“뭐?”

아희가 배시시 웃었다. 눈가가 빨갛게 부풀어 오른 얼굴로 꽃이 개화하듯 그렇게.

“자꾸만, 자꾸만 보니까 어느새 젖어 있는 거야.”

“뭐가?”

“마음이.”

한쪽 손을 심장에 가져다 대고 참으로 소중하다는 듯이 아희가 말하고 있었다. 그 모습을 보고 동해 또한 자신의 심장이 있는 부근에 아희와 똑같이 손을 가져다 댔다.

“이상해.”

“마음은 이상한 게 아냐.”

“네가 이상하다고, 네가!”

눈가에 맺혀 있는 눈물이 눈이 부시게 반짝일 수도 있다는 걸 동해는 그때 처음 알았다.

“나도 율이처럼 지켜줄 수 있을까?”

“누가 누굴 지킨대?”

“내가 율을 지킬 수 있는 날도 올 거야.”

"무, 무슨 헛소리를 하는 거야?"

가슴이 두근거렸다. 이상했다. 아희가 하는 말 한마디 한마디에 이상하게 가슴이 뛰었다. 분명 평소와 다름없는 조금은 멍청한 인간 계집이었다. 하지만, 이상하게 달랐다.

"빠, 빨리 돌아가."

"왜 그렇게 말을 더듬어?"

"시끄러워."

어느샌가 율에게 배운 말을 그대로 쓰며 부러 더 크게 동해가 툴툴댔다.

차가워진 손가락 끝을 치맛자락에 자꾸만 비볐다. 따뜻한 모닥불 옆에 있어도 왜 계속해서 몸이 차가워지고 추워지는 것인지 알 수 없었다. 솔이의 등 위에 누워 있다가 몇 번이나 몸을 뒤척거려 일어났다 앉았다를 반복하고 있었다.

"잠이 안 와?"

"응."

통증으로 인해 눈을 감고 있던 율이 아희의 인기척을 느끼고 물었다. 괜히 아픈 그를 신경 쓰게 하는 것 같아 움직임을 멈춘 그녀가 대답했다.

"그럼 이리 와."

슬며시 솔의 등에서 내려와 율이 토닥인 옆자리에 가서 앉았다. 당연하다는 듯 그가 아희의 손을 잡았다.

"또 무슨 생각을 그렇게 하고 있는 거야?"

"아무 생각도 안 하는데."

"손끝이 차가워."

"그게 왜?"

"넌 쓸데없는 생각을 할 땐 손끝이 차가워져."

자신이 그랬던가. 아희가 다시 한 번 그에게 잡혀 있는 반대편 손을 치맛자락에 문질렀다.

"나도 모르는 걸 율이 어떻게 알아?"

"몰라. 그냥 네 곁에 있으니까 알게 됐어."

"그렇구나."

"내가 이렇게 된 건 네 탓이 아냐."

피는 멎어 있었다. 이제 상처가 아물기만 기다리면 된다고 말하고 선인이 그래도 그나마 상처가 빨리 아무는 약초를 찧어 상처에 붙여준 뒤였다.

"응."

"얼굴에 뭐든 드러나는데, 가끔 난 네가 무슨 생각을 하는지 알 수 없을 때가 있어."

"정말 아무 생각도 안 한다니까."

"지금이 그래."

율이 아희의 볼에 말라붙어 있는 자신의 핏자국을 살살 쓸어 떼어냈다. 물을 길어왔으면서 제 얼굴에 튀어 있는 핏자국을 닦을 정신은 없었다는 게 보이는 흔적으로 알게 된다. 하나를 생각하면 그 무엇도 눈에 들어오지 않는 아희의 성격을 겪었기에 별다른 말을 더 이상 하지 않았다.

"율아."

"그래."

"난 네가 지켜줘서 더 이상 다치지 않아. 이제는 급하게 걷다가 넘어지지도, 어딘가에 잘 긁히지도, 구르지도 않아."

"장족의 발전이군."

아직은 그 정도로 어림도 없다는 듯 율이 비웃었다.

"그런데 율은 넘어지려는 나를 잡다가 대신 넘어지고, 대신 구르고, 대신 다쳐."

"그렇게 말하니까 너한테 멍청한 게 옳은 것 같잖아."

곁에 있다는 게 그런 거였다. 곁에서 넘어지려는 자신을 붙잡다가 대신 넘어지고, 항상 대신 자잘하게 율이 다쳤다. 그럼에도 불구하고 한 번도 아희를 탓하지 않았다.

"내가 다치지 않아 다행이라고 항상, 생각하지?"

"네 질문은 항상 직접적이야."

돌려서 말하는 법이 없었다. 율의 이마가 아희의 이마를 콩 들이받았다.

"그래. 그렇게 생각해."

"그런데 난 네가 다쳐서 아파."

그 말을 들은 율의 표정이 차갑게 굳었다.

"네가 이 정도로 다쳤다고 생각하니 기분이 나빠졌어……."

입장을 바꿔 생각한 모양이었다. 아희의 손이 식은땀을 흘리는 율의 이마에 가 닿았다. 그 차가운 손이 기분 좋은 듯 율이 다시 눈을 감았다.

"길을…… 잃은 것 같아."

율만 있으면 괜찮았다. 세상 무엇도 두렵지 않았다. 조금만 더, 조금만 더, 했던 것이 어느새 일상이 되어 괜찮을 거라 생각한 모양이었다. 어느새 이 생활이 당연한 것이 됐다는 것 자체가 무서울 정도였다.

"잡아."

척 하고 율이 손을 내밀었다. 처음으로 아희가 그 손을 잡지 않고 머뭇거렸다. 여느 때와 다름없는 율이, 그 얼굴이, 음성이 싫었다. 자신의 이름을 부르지 말라는 그의 마음이 이제야 이해가 갔다. 어리석은 인간일 뿐인 그녀는 그의 마음을 한 자락도 모르고 있었다.

그는 자신을 위해 천 년의 세월을 뒤로했다.

"아희야."

"율아."

나는 너를 보낼 수 있을까.

"나는 세상에서 가장 나쁜 사람일 거야."

그래서 내가 네 이름을 부르면 가장 큰 천벌이 내릴 거야.

너의 세월을 알고도 모른 척한 죄로.

"길을 잃으면 다시 찾으면 돼. 길이 사라졌다면 만들어주마. 무엇이 그리 두려워?"

너를 잃을까 그게 두려워. 다시는 너를 보지 못한다는 게 무시무시하게 두려워.

"아무것도 보지 마. 눈을 감고 보지 않으면 두려운 건 금세 사라질 테니까."

그 말에 아희가 설핏 웃었다.

"응. 그럴게."

이제는 그 말이 전부였던 어린 아희는 어느 곳에도 없었다. 하지만 그것을 내색하지 않고 그저 아무것도 모르는 척 고개를 끄덕였다.

10.

솔이의 등을 빌려 겨우 집으로 부상당한 율과 함께 돌아왔을 때 또다시 용마 계곡은 발칵 뒤집힌 뒤였다. 마을에선 무당을 불러 당산나무에서 세 번이나 큰 굿을 했고 다행인지 율의 부상이 점차 나아지면서 용마 계곡이 붉게 물든 것도 점차 제 색으로 돌아와 네 번째 굿은 하지 않았다.

계곡이 제 색으로 돌아온다 해서 끝나는 일은 아니었다. 수십 년 동안 자리를 찾지 못한 하늘로 인해 당장에 마을에 이상은 없었으나 멀리서는 왜구들이 북상하고 있었다.

마을은 추수 준비에 한창이었지만 걱정의 목소리가 끊이질 않았다. 하루에도 몇 번씩 마을 사람들이 아희의 집 문턱을 넘나들었다. 대부분이 올해가 흉년이라 세를 감해줄 것을 부탁했다. 그러면서 보따리 상인들이 들러 나라에 왜구가 침략해 한양까지 향하고 있다고 빨리 피난을 가라는 말을 슬며시 아희에게 흘렸다.

겉보기엔 흉년이 든 것 외엔 너무도 평온한 마을.

아무리 외지에서 온 사람들이 피난을 가야 한다고 떠들어대도 누구도 체감하지 못하고 있었다. 이 작은 마을은 안전할 것이라고 모두가 그렇게 믿기로 약속이라도 한 것처럼 쉬쉬했다.

아희는 집 밖으로 거의 나가지 않았다. 자신을 찾아오는 사람을 만날 때 외엔 언제나 그랬든 율의 곁에 붙어 있었다.

"아씨 들으셨어요?"

"뭘 말인가?"

"왜군들이 북상한다고 합디다. 임금은 백성을 버리고 벌써 도망갔다던데요."

벌써 그녀에게 왔던 소작농들이 모두 했던 말들이었다.

"우리 마을이야 워낙 작고 산골짜기에 있어서 여기까진 쳐들어오지 않는다지만, 그래도 마을에선 우리도 피란길에 올라야 하는 것 아니냐고 뒤숭숭합니다요."

마을의 최씨가 와서 하는 이야기였다. 왜군들이 해안 마을을 약탈하는 것은 어제 오늘 일이 아니었다. 자신의 고향이었던 마을도 그렇게 사라졌기에.

하지만, 왜 지금 북상하는가.

아희의 시선이 율이 머물고 있는 굳게 닫힌 방문을 바라보았다.

"정말…… 이 나라가 왜놈들의 손에 들어가는 건가."

"아이고, 아씨! 무슨 큰일 날 소리를!"

최씨가 손사래를 치며 기겁했다.

"그것 때문에 요새 그나마 얼마 없는 농작물도 추수를 해야 하는데 영 손에 안 잡히고 그럽니다. 아씨는 어찌하실 겁니까?"

"난 이 집을 떠나지 않네."

"아씨가 이곳에 계신다면야 우리 같은 놈들도 떠나지 않고 있지요. 하도 난리가 나면 부자들은 재산 꽁꽁 싸매고 제일 먼저 내빼서. 아니 아니, 그렇다고 아씨가 그런 부자 놈이란 이야기는 아닙니다요."

아희가 별말 하지 않았는데 제 발 저린 최씨가 다시 손을 흔들며 말했다.

마을은 가뭄이 들었다 뿐이지 여느 때와 다름없었다. 여전히 평화로웠고 최씨가 전해준 이야기는 그저 멀리 들리는 다른 나라의 이야기인 것만 같았다. 그가 돌아가고도 선뜻 일어나지 못한 그녀가 가만히 자리에 앉아 있었다.

"북상이라……."

임금은 나라를 버리고 도망가고 왜군은 북상하고 있다.

그 말이 머리를 떠돌았다.

"나는 아무것도 듣지 못했어."

스스로에게 주문이라도 거는 듯 아희가 내뱉었다.

자신이 이름을 부르지 않았기 때문에 이런 일이 일어나는 거라고 생각하지 않으려했다. 허나 빠르게 흘러가는 시간이 자신의 등을 떠밀고 있었다.

더 이상 시간은 그녀를 기다려주지 않고 있었다.

◇ ◆ ◇

“호야, 솔아, 밖에 있니?”

목소리를 조금 높여 밖에 있을 호야와 솔을 불렀다. 조금 더 멀리 떨어져 있다 해도 그녀의 목소리를 귀신같이 듣고 달려올 둘이라는 것을 알았다. 역시나 시간이 조금 지나기도 전에 둘의 목소리가 들렸다.

“아씨.”

“들어와.”

호야와 솔이 동시에 들어왔다. 여전히 비죽비죽 솟아 정리되지 않은 호야의 머리칼이 가장 먼저 보였다.

“이리 와, 호야.”

당연하다는 듯 아희의 앞에 자리를 잡고 양반다리로 철퍽 호야가 주저앉았다. 면경 아래에서 빗을 꺼내 호야의 머리를 천천히 빗어주며 아희가 말했다.

“호야와 솔이가 해줘야 할 일이 있어.”

“말만 해, 아씨.”

“최씨 아저씨 이야긴 둘 다 들었지?”

“별로 듣고 싶지 않았지만 들리던걸.”

“들었습니다.”

"호야는 북쪽과 동쪽을, 솔이는 서쪽과 남쪽을 돌아봐줬으면 좋겠어."

"정확히 우리가 뭘 봐야 하는 거야?"

곧 얼마 못 가 다시 엉망이 될 머리란 걸 알았지만 볼 때마다 빗어주는 수밖엔 방법이 없었다. 아희가 애써 빗어 땋고 있는 머리를 버릇처럼 호야가 긁적였다. 머리카락이 비죽 솟아 나왔다. 짜증 한번 내지 않고 다시 머리를 빗어주며 아희가 말했다.

"왜군들이 어디까지 왔는지. 우리가 사는 마을이 그들이 북상하는 길에 위치하고 있는지. 피해를 입은 마을들이 어디인지 같은 것들."

"나라의 정세를 살펴달라는 거구나."

"그래."

"뭐, 어려운 일도 아니네. 그런데 주변을 다 둘러보려면 시간이 좀 걸리겠는걸."

"상관없어."

"언제 갈까?"

"빠르면 빠를수록 좋아."

"오늘 당장 떠나지, 뭐."

또다시 호야가 머리를 긁적거렸다.

"어디서 이라도 옮아온 거냐?"

"버릇이야, 인마!"

솔이가 눈살을 찌푸리며 호야에게서 조금 떨어져 앉았다.

“저도 오늘 떠나겠습니다.

“고마워, 호야, 솔아.”

호야와 솔이 나가고 나서야 아희가 자리에서 일어났다. 이제는 율에게 가서 상처를 다시 보고 깨끗한 천으로 다시 덧대어 주는 일을 해야 했다. 아침 일찍부터 사람들을 상대하다보니 쉽게 지쳤다.

치마를 가볍게 말아 쥐곤 율이 있을 별채로 향했다.

“……명계의 하늘은 죽음을 몰고 다녀.”

“알고 있어.”

“여기도 곧 그 그림자가 드리울 거야. 아희와 네놈이 명계의 하늘을 만났으니까.”

율과 동해의 대화였다. 들으려 의도한 것은 아니었건만, 율의 이름을 부를 기회를 놓친 아희가 섬돌 위에 멈춰 섰다.

“때가 가까워져 오고 있어. 하늘이 어지럽다, 율아.”

“때는 내가 정해.”

잠시 뒤로 물러난 아희가 부러 걸음을 크게 걸었다. 그리고 이제 막 온 것처럼 웃으면서 율의 이름을 불렀다.

“율아.”

아희를 향해 방문이 활짝 열렸다. 아픈 사람 같지 않게 정좌를 하고 앉아 있는 율이 정갈하게 대답했다.

“그래.”

"나 왔어."

아무 일도 없었단 듯, 아무것도 듣지 못한 것처럼 아희가 웃으며 방 안으로 들어갔다.

◇ ◆ ◇

호야가 챙겨갈 것은 아무것도 없었다. 이미 솔이는 애초에 먼저 떠났고, 호야는 계속해서 안채 주변을 서성거렸다. 석호가 집에 없을 땐 뒷산에 나무를 하러 간다는 것을 알고 있었기에 기다리고 있었다. 곧 있으면 녀석이 새참을 먹기 위해 잠깐 내려온다는 사실도 기억하고 있었다.

석호가 하는 모든 일을 파악하고 있는 호야가 당장이라도 산속으로 뛰어 들어가 말하고 싶은 것을 꾹 참았다. 다시는 놈 앞에서 짐승의 모습을 하고 있는 걸 보이고 싶지 않았다. 이 정도의 인내심만으로도 그녀는 지금 꽤 많이 참고 있는 것이었다.

"똥마려운 강아지처럼 왜 거기서 그러고 있는 거야?"

그토록 뛰어난 후각과 청각을 자랑하고 있었지만, 넋 놓고 있을 때라면 이야기가 달랐다. 뒤에서 들린 석호의 목소리에 소스라치게 놀란 호야가 발을 헛딛고 벌렁 넘어졌다.

"정신을 어디에 놓은 거야?"

먼지 범벅인 손을 소매에 쓱 한번 닦은 석호가 호야를 향해 잡고 일어나란 뜻으로 손을 내밀었다.

"돼, 됐어!"

팍하고 그것을 쳐버린 호야가 벌떡 일어났다.

"오늘은 덫에 아무것도 안 잡혔는데."

"내가 무슨 하루 종일 고기만 기다리는 줄 알아?"

기껏 이 종놈이 자신을 생각하는 것 수준이 고기라는 것에 호야가 절망하며 외쳤다.

"그럼 뭔데?"

"나 떠날 거야."

앞뒤 다 자르고 호야가 불쑥 말했다. 석호가 그 말을 듣고 묵묵히 어깨에 지고 있는 지게를 바닥에 내려놓았다.

"어디로?"

"알아서 뭐하게?"

"얼마나 있다가 오는데?"

"안 돌아올 거야."

그 담담한 대답들이 짜증나서 씨도 안 먹힐 거짓말을 했다.

"그래."

"야, 그게 끝이야?"

"그럼?"

뭔가 한 겹이 둘러 싼 것 같은 얼굴로 석호가 되물었다. 무뚝뚝한 얼굴이 조금은 하얗게 질려 보이는 것은 분명 자신의 착각이리라 생각하며 호야가 이를 갈았다.

"정말 안 돌아올 거야."

"그렇게 해."

"네놈 따윈 보고 싶지 않아."

석호는 더 이상 대답하지 않았다. 이런 걸 원한 게 아니었다. 그저 아희의 부탁으로 잠깐 이 집을 비운다고, 그러니 더 이상 자신을 위해 동물을 잡아오지 않아도 된다고 말하려 했다.

"멍청하고 아둔한 종놈 같으니라고."

뒤돌아서는 눈가가 시큰했다. 아까 고구마를 몰래 구워 먹었는데 그 연기가 아직도 집 안을 떠돌고 있는 모양이었다. 호야가 그렇게 생각하며 뒤도 돌아보지 않고 그대로 그 자리를 벗어났다.

푸르스름한 달빛이 고아하게 세상 아래로 내려왔다. 마치 그 달빛의 길을 걸어 어릴 적 어머니가 항상 해주시던 하늘의 선녀가 내려올 것만 같았다. 우리 아희는 너무 예뻐서 선녀가 같이 하늘로 올라가자고 해도 고개를 저으라는 말이 생각나 살포시 웃음이 나왔다. 어머니의 얼굴도, 아버지의 얼굴도 점점 희미해져 갔지만 해주셨던 이야기들은 계속해서 머릿속에 남아 있었다.

"뭐가 그리 재미있어?"

"쉬"

아희가 자신의 무릎에 머리를 베고 누워 잠들어 있는 동해를 가리키며 손가락 하나를 입술에 가져다 댔다. 춥지도 않은지 아까부터 자신의 무릎을 베고 움직이지 않는 동해는 깊은 잠에 빠진 것만 같았다. 덕분에 왼쪽 다리가 저릿저릿했다.

"일어나."

"쳇."

율의 한마디에 잠든 줄 알았던 동해가 투덜거리며 발딱 일어났다.

"멍청아, 우린 잠 안 잔다니까."

"아아, 맞다. 그랬지."

배시시 웃고 마는 아희의 옆에 앉은 율이 천연덕스럽게 그녀의 무릎에 머리를 뉘였다.

"율아…… 다리 저려."

"그래서, 싫어?"

빤히 자신을 올려다보며 묻는 그 말에 아희의 코끝이 빨개졌다.

"아니……."

"내 참, 눈꼴 시려서 정말!"

기껏 자신을 비키라고 해 놓고 그 자리에 당연하다는 듯 눕는 율에게 낮은 불평을 털어놓으며 동해가 입을 삐죽였다.

"착한 우리 동해."

"나 안 착해."

"이렇게 셋이 오래오래 행복하게 잘 살았습니다는 옛이야기에서나 가능하겠지?"

아희의 시선이 저 멀리 있었다. 그토록 좋아하는 율의 얼굴도, 울상을 짓고 그녀를 보는 동해의 얼굴도 보지 않은 채.

"아마도."

"율도, 동해도 너무 나를 미워하지 않았으면 좋겠어."

거대한 둑을 자신이 가로막고 있는 것 같았다. 금방이라도 터질 준비를 마친 둑의 가운데 서서 터지지 말라고 빌고 있었다.

"확실히 저 얼간이 녀석은 널 미워하지 않아."

동해가 아희의 무릎에 누워 있는 율을 가리키며 말했다. 율은 작게 한숨을 한번 내쉬고 하늘을 올려다보았다.

"넌 생각하지 말라니까."

"내가 무슨 생각 하는 줄 알고?"

"모든 것은 순리대로 흘러가게 돼 있어."

"그 순리를 내가 막고 있는 거라면?"

"그것 또한 순리겠지."

"율은 참 알 수 없는 소릴 하는구나."

미안해 죽겠다는 얼굴로 아희가 고개를 흔들었다. 몇 가닥 삐져나온 머리칼을 율이 손을 올려 가지런히 뒤로 넘겨주었다.

늦은 밤은 쥐 죽은 듯 고요했다. 석호가 밝혀놓은 대문의 등만이 빛나고 있었다. 캄캄한 어둠 속에서 밝혀져 있는 그 등을 보던 아희가 조용히 눈을 감았다. 그제야 잠이 들 수 있을 것 같았다. 율이 자신의 곁에 있고, 동해가 있고. 지금만큼은 아무도 자신을 떠날 것 같지 않았다.

불안하던 마음이 조금, 편해졌다.

누군가 볼을 톡톡 쳤다. 그 조심스러운 손길이, 조금은 다급한 손길이 마치 그녀가 잠에서 깨기를, 깨지 않기를 바라는 것만 같았다. 아희가 한숨을 들이켜곤 눈을 떴다. 희미하게 보이는 눈꺼풀 사이로, 어둠 사이로 자신을 내려다보는 율의 얼굴이 보였다.

"내 방이네."

대청마루에서 잠들었다. 그게 그녀가 생각하는 기억의 끝이었다. 율이 옮겨준 거냐고 웃으며 물으려던 찰나 그의 처음 보는 얼굴에 말문이 막혔다.

서늘하게 날이 섰다. 몸 전체에 푸르스름한 예기(銳氣)가 감돌고 있었다. 미치, 어린 시절 단 한 번 보았던 아버지가 가지고 있던 무인의 검을 보는 듯했다. 칼집에서 절대 그 검을 꺼내지 않았던 아버지. 그 검이 내뿜는 예기가 너무도 새파래 아희가 겁먹을까 두려웠다는 아버지. 그가 그 검을 꺼낸 날은 어머니와 자신, 그리고 마을 사람들을 지키기 위해서 꺼냈었다. 마치 그 칼을 보고 있는 듯했다.

"율아."

'그러지 마, 율아.'

그가 무슨 일을 하려는 건 줄도 모르고 아희가 고개를 저었다.

"동해가 밖에서 기다리고 있어."

밤이 이토록 무섭게 고요했던가.

"왜?"

"아희야."

그 목소리에서 새파란 물이, 뚝뚝 떨어져 내리는 것 같았다.

"여길 벗어나."

"끼아아아아아악!"

그의 말이 끝나기 무섭게 고요한 밤을 찢는 비명 소리가 울렸다. 창호지 너머로 보이는 밤은 더 이상 밤이 아니었다. 일렁이는 붉은 불꽃들이 아희의 눈앞에 어지럽게 넘실거렸다. 열두 해의 마지막 밤, 그때 보았던 붉은 파도가 다시 덮쳐왔다.

"싫……어."

또다시 도망가라 한다. 자신은 그때도, 지금도 도망가야 했다.

"어서."

그가 나직한 목소리로 재촉했다.

"율은?"

율이 시리게 웃었다. 붉은 입술의 꼬리가 비죽 올라갔다. 그 모습에 예전의 율을 떠올리곤 아희가 두 손을 뻗었다.

"내 말 잘 들어."

"응, 응."

'나는 항상 네 말을 잘 들었어, 율아.'

"지금 당장 용마 계곡으로 가서 동해의 이름을 불러."

"왜……?"

"그럼 모든 게 제자리로 돌아올 거다."

"율은? 그럼 율은 어떻게 되는데?"

그의 시선이 잠시 흔들렸다. 방 안이 온통 붉었다. 그 붉은 빛 사이로 묵빛의 눈동자가 크게 한번 요동쳤다.

"멍청아."

그 말투에 묻어 있는 애정에 가슴이 끓었다.

"나는 네 옆에 있어야지."

두 손으로 입을 막았다. 미친 듯이 고개를 흔들었다. 그가 모든 것을 버리려 했다. 고작 인간인, 그의 이름을 불러주지 않는 잔인한 계집 때문에 하늘이 되기를 포기하려 한다.

"안 돼, 율아. 안 돼. 나는 저수를 받을 거야."

가장 비참한 최후는 이미 각오하고 있었다. 그를 조금 더, 조금만 더 곁에 두려 욕심 부렸을 때 벌을 받아도 어쩔 수 없다고 생각했다. 그 벌에 율은 없었다. 자신이 받을 벌에 율을 끌고 들어갈 순 없었다.

"내가 지켜주마. 하늘의 저주든 그 무엇이든 네 곁에서 막아줄게, 아희야.”

아희야, 아희야, 아희야.

반쯤 몸을 일으킨 아희가 율의 허리에 매달렸다. 두 손이 그의 창백한 볼을 감쌌다. 저주는 두렵지 않았다. 아무것도 두렵지 않았다. 하지만, 율이 지금 이러는 것은 두려웠다. 마치 자신 대신 섶을 지고 불 속에 뛰어들 준비를 하는 것 같아서.

“동해의 이름을 불러.”

그녀가 뭐라 답하기 전에 율이 문을 열었다. 그 중앙에 서서 담담한 얼굴로 그녀를 올려다보는 동해의 얼굴이 보였다. 이미 모든 것을 다 알고 있는 듯, 자신만 모르는 상황에 아희가 주변을 둘러보았다. 마을의 저쪽부터 불이 번지고 있었다. 울부짖는 비명 소리가 아프게 귓가에 울렸다. 말 울음소리와 병장기가 부딪치는 소리.

모든 게 익숙했다.

“가자.”

“율은?”

“녀석은 가지 않을 거야.”

“왜?”

아희의 말이 끝나기도 전에 동해가 날듯이 사뿐하게 다가와 아희의 손을 잡았다.

“싫어!”

“생각해봐, 녀석은 영원히 네 곁에 있을 거야. 그러기 위해서 가지 않는 거야."

영원히, 하늘에 오르지 않고 자신의 곁에. 참을 수 없는 유혹이었다. 모든 걸 버리고 그녀의 곁에서 영원히 그가 있으리란 말은 아희의 귀를 간질였다.

"영원히……?"

"그래. 내가 하늘에 오르면 영원히. 소원으로 그것을 빌어. 그럼 이루어질 테니."

'영원히 끝까지 함께 저주를 받겠지.'

동해가 마지막 말을 삼켜냈다. 어찌 되든 상관없었다. 그가 하늘이 될 수만 있다면.

그저 멍하게 율을 돌아보는 아희의 손을 덥석 동해가 잡았다. 뭐라 말하기도 전에 그에게 이끌려 버선발로 달렸다. 가을바람이 이토록 에이게 불어왔던가.

크와아아아앙, 멀리서 호랑이가 울부짖는 소리가 들려왔다.

"호야……."

호야가 돌아온 게 분명했다.

날카로운 나뭇가시에 스치자 아희의 어깨가 찢어졌다. 뾰족하게 솟아 있는 돌은 버선발인 아희의 발을 무참히 꿰뚫었다. 비명 소리도 내지 않고 앞서 걷는 동해의 손에 끌려갔다. 아무런 소리를 내지 않는 방법은 잘 알고 있었다. 그저 속으로 삼키고 삼키면 되는 것이었다. 그래서 아희는 살아남을 수 있었다. 열두 해의 마지막 밤에도, 지금도.

"조금만 더 올라가면 아무도 다치지 않고……."

저벅.

산속의 어둠을 뚫고 범이 튀어나왔다.

"솔아."

마지막 끈처럼 아희가 솔의 이름을 불렀다.

『죄송합니다. 늦었습니다.』

솔의 고개가 불타는 마을로 향했다. 셋 모두 아무 말도 하지 않았다. 그저 불타는 마을을 뒤로하고 묵묵히 산을 올라갔다.

"동해야, 미안해."

"뭐가."

"율이를 저곳에 혼자 둘 수가 없어."

"넌 저 녀석이 무슨 짓을 할지 알고도 나를 따라왔어."

아희의 이마에 맺혀 있던 땀이 도르륵 굴러 턱을 타고 흘러내렸다. 마른 입술을 꾹 한번 깨물었다.

"어디서부터 잘못된 걸까."

처음 만났을 때, 처음 말문을 열게 됐을 때, 그 이름을 불렀다면 이러한 걱정도, 고통도 없었을 것을.

"놈은 잘못됐다고 생각 안 해."

아희의 작은 고개가 툭 떨어졌다.

"나는 그게 이해가 안 돼. 모든 게 다 엉망이 됐는데 고작 인간 계집 하나가 우리 길을 막고 있는데 아무것도 잘못됐다고 생각 안 하다니!”

비통한 목소리가 산속을 쩌렁쩌렁 울렸다. 처음으로 동해가 이성을 잃고 화내고 있었다. 흉포한 성정을 억지로 익누르려던 것이 폭발했다는 것을 알고 아희가 떨군 고개를 들지 못했다. 처음 자신이 다치는 것도 상관하지 않고 동해로 끌고 오라는 명을 내렸던 동해라는 것을 그제야 깨달았다. 그저 율이 있었기에 온순한 양처럼 성정을 누르고 있었을 뿐이란 것을. 율 또한 동해처럼 자신에게 마구 화를 내야 마땅함을.

“멍청한 놈! 빌어먹을 놈! 그놈 때문에 내가! 이 몸이! 너 때문에 내가!”

그의 두 손이 거칠게 아희를 잡고 흔들었다.

“아무것도 모르는 척하는 이 멍청한 계집 때문에 그놈이! 그 자식이!”

하늘에 오르면 당연히 죽여야 될 형제, 단 한 번도 친근하게 불러본 적 없는 이름, 좁은 알 속에서 서로 몸을 부대끼며 살아왔던 기억도 나지 않는 시절.

“어디서 이름을 부르든 무슨 상관이야! 네가 이름만 부르면 되는데!”

“그게…… 무슨 소리야?”

“그놈이! 살생을 하려 한단 말이다! 영원히 제 자리를 완벽하게 포기하기 위해서, 네 곁에 있겠다고 살생을 다짐했단 말이다!”

왜 속이 천 갈래 만 갈래로 찢기는 기분인지 동해는 알 수 없었다. 바람에 섞인 피 냄새를 맡았을 때, 아희를 안고 방에 뉘이며 조용히 말하던 놈은 여전히 자신을 압도하고 있었다. 초연한 얼굴로, 하늘 따위 누가 되든 상관 않는단 얼굴로 말했었다.

「하늘은 네가 되렴, 아우야.」

라고.

아희를 건드리면 자신을 죽이겠다고 말했을 때와 똑같았다. 그가 참고 인내했던 고행을 모다 뒤로 던져버리겠다고 말하던 모습이 소름이 끼치도록 담담해서 동해는 뭐라 말할 수 없었다. 고작 보잘 것 없는, 제 수명의 반도 살지 못하고 죽어 없어질 인간 계집 따위.

탁!

아희의 손이 자신을 흔들고 있는 동해를 밀어냈다. 그가 본래는 지켜야 할 인간들의 피를 손에 묻히면서, 지금까지의 시간을 헛되이 날리는 모습을 아희에게는 보여주고 싶지 않았기에 동해와 보냈다.

“미안, 동해야.”

“지긋지긋해, 그 말.”

동해가 아희에게서 등을 돌렸다. 숨을 몰아쉰 아희가 자신이 걸어왔던 곳을 되짚어 내려가기 시작했다.

『어찌 될까요?』

무덤덤하게 솔이가 물었다.

“내가 알겠어? 이미 녀석이 살생을 했다면 내가 하늘에 오르겠지.”

『그리고 살생을 한 타락한 이무기를 직접 내쳐 죽이시겠죠.』

“너마저 날 탓하는 거냐?”

동해가 그 자리에 주저앉았다. 그리고 불타는 마을을 내려다보았다. 솔이가 그의 등 뒤로 납작 엎드렸다.

『가서 보실 겁니까?』

“뭐 잘난 구경이라고. 넌 내가 하늘에 못 올라서 어쩔래?”

솔이 역시 신수들의 왕이 되기 위해 동해의 곁에 있었다. 호랑이의 화등잔만 한 눈이 가늘어졌다.

『글쎄요. 누가 하늘이 되든 사실 상관없습니다.』

그의 옆구리에 몸을 기대며 동해가 피식 웃었다.

“그래, 네놈은 그저 재미있으면 어느 쪽도 괜찮다고 했었지.”

『우리의 생은 지루할 뿐입니다.』

신수의 반열에 들고 나서도 인간들 틈에 섞여 살았던 솔이임을 알고 있었다. 그가 전해다준 수없이 방대한 인간들의 이야기. 그 이야기들이 동해 바다 깊숙이 자리해 있었던 동해에게는 꿈만 같았다.

“네놈 말처럼 누가 하늘이 되든, 두고 보자.”

저 멀어져가는 계집에게만 잔혹한 운명이 누구 편이 될지는 아직 아무도 알 수 없었다.

◇ ◆ ◇

몽글몽글한 검은 기운의 율의 두 손에 잔뜩 뭉쳐 있었다. 그의 앞에 붉은 피를 뒤집어쓴 호랑이 한 마리가 막고 있었다. 왜구들이 칼과 창, 활을 가지고 수없이 노렸지만 호랑이는 쉬이 쓰러지지 않았다. 옆구리에 서너 대의 화살을 박고 여전히 위협적인 이빨을 드러내며 그들을 위협하고 있었다.

"비켜, 호야."

호야는 앞발을 구르며 대답하지 않았다. 오로지 그의 목울대에서 나오는 짐승의 소리만을 율에게 들려줬다. 그가 지금 무슨 짓을 하는지는 호야가 가장 잘 알고 있었다. 진심으로 사람을 해하려는 모습에 그녀가 가로 막았다. 자신이 신수의 왕이 되는 것은 둘째 치고 눈물바다가 될 아희의 얼굴이 가장 먼저 눈에 밟혔다.

피이이잉.

호야가 뒤에 있는 율에게 잠시 한눈을 판 사이 또다시 화살 한 대가 그녀의 앞발에 날아와 꽂혔다.

크르르르르르르.

"호야!"

광에서 낫을 하나 들고 뛰쳐나온 석호가 하얗게 질린 얼굴로 호야의 이름을 불렀다. 노란 눈에 광채가 번뜩였다. 두 눈 가득 떨고 있는 석호의 모습이 눈에 들어왔다. 왜구들은 갑자기 나타난 석호에게도 어김없이 칼을 휘둘렀다. 허공을 향해 순식간에 펄쩍 뛴 호야가 석호의 앞을 가로막았다.

좌앗!

긴 칼날에 길게 옆구리를 베였다. 순식간에 거죽이 갈라지고 붉은 피가 솟구쳤다.

"도망쳐! 도망가, 호야!"

『뭐라는 거야, 이 종놈이.』

가장 영험한 신수. 이 산을 다스리는 제왕. 이 정도에는 끄떡없었다. 그들보다 수배의 날을 더 살아온 호야였다. 신수들의 왕이 될 자였다.

석호가 있는 힘껏 그녀의 몸을 껴안았다.

"제발, 도망가."

이 상황에서도 기분이 좋아졌다. 종놈이, 자신을 걱정하고 있었다. 눈물 콧물 범벅이 된 채 애원하고 있었다.

다치지 말라고, 도망가라고.

『내가 도망가면 넌 어떻게 할 건데? 멍청한 종놈아.』

이 멍청하고 우둔한 종놈이 호야는 정말로 좋았다. 아마 율이 아희를 좋아하는 것처럼, 아희가 율을 좋아하는 것처럼. 딱 그만큼 좋았다.

호야가 시야에서 사라지자 율의 힘이 폭발했다.

투두두두두두두.

그의 주위로 땅이 깊게 파이고 돌들이 솟구쳤다. 검은 기운이 마치 날개처럼 율의 어깻죽지 너머로 쫙 펼쳐졌다. 붉은 불빛 아래 선명하게 대비된 그 기묘한 현상을 보며 왜구들 몇이 칼을 내던지고 저만치 도망갔다. 눈앞의 아이는 인간이 아니었다. 온통 검게 뒤덮인 눈동자에선 날선 광채가 새어났다.

『안 돼!』

호야가 길게 울부짖었다. 하지만 움직일 수 없었다. 그녀가 움직이면 뒤에 있는 석호가 죽는다. 율이 살기에 가득 찬 얼굴로 진하게 미소 지었다.

그는 이미 모든 것을 내려놓았다.

"안 돼!"

가슴이 찢어지는 듯한 비수 꽂힌 외침이 그들 사이에 끼어들었다. 아희가 두 팔을 벌리고 율의 앞에 섰다.

"율아, 안 돼!"

세차게 고개를 저으며 그를 말렸다.

"나 때문에 네가 살생을 하면 안 돼!"

그 죄는 아희가 수백 번을 다시 태어나 갚는다 해도 갚을 수 없는 죄였다.

'너의 길을 막고 나는 살아갈 자신이 없어, 율아.'

고집스러운 눈빛, 단단하게 굳게 다물어진 입술. 처음 그를 만났을 때, 당당하게 모든 것을 내보이며지지 않으려 안간힘을 쓰던 어린 계집의 모습 그대로였다. 확고한 믿음이 아희의 온몸을 감싸고 있었다. 한 발도 물러서지 않던 그때의 계집이 눈앞에 있었다.

율이 말했다.

"비켜."

"안 돼. 율이 네가 너무 바보 같아서 안 돼."

하늘에 올라가는 것 하나만 바라보고 자신을 대했다면 좋았을 것을. 그가 그랬다면 이렇게 보내기 싫어지지도, 가슴이 찢기지도 않았을 텐데. 너무나 바보같이 율은 모든 것을 쉬이 내어주었다. 아희가 달라는 대로, 아무런 투정도 하지 않고 온전하게 그를 다 내어 놓았다.

누군가가 뒤에서 아희를 끌어당겼다. 목에 긴 칼날이 드리워졌다. 조금이라도 움직이면 그대로 베어지리라.

"네, 놈은! 누구냐!"

어눌한 조선 말투가 왜구의 입에서 흘러나왔다. 인간이 아닌 눈앞의 존재에게 묻는 그 목소리는 두려움에 떨리고 있었다. 아희를 인질로 잡고 율을 겁박하고 있었다.

"너를 이토록 핍박하는데 내가 왜 참아야 하지?"

"너는 모두의 하늘이 될 거니까……."

그 말을 마치고 아희가 눈을 감았다.

이 모든 상황을 만들어낸 것은 자신이었다. 수많은 이들이 죽임을 당할 것을 알면서도 오로지 율을 곁에 두기 위해 귀를 닫고 눈을 감고 세월을 살아냈다. 지금이, 되돌릴 수 있는 마지막 순간이었다.

떨리는 호흡을 가다듬고, 금방이라도 터질 것 같은 눈물을 집어삼키고 천천히 그녀가 눈을 떴다. 부드러운 감색 눈동자가 그 어느 때보다 다정하고 따뜻하게 빛나고 있었다.

"율아, 네가 빛나."

'내 눈에는 항상 네가 빛나 보였어, 율아.'

"부르지 마."

율이 두려운 목소리로 말했다. 아희는 자신이 그를 두렵게 한다는 사실이 많이 슬펐다.

"안녕, 율아."

"부르지 마!"

아희가 율에게 결코 닿을 수 없는 손을 뻗었다.

"용신님……, 용신님!"

마음을 다해.

그가 그의 온 시간을, 온 마음을 내어준 것처럼 자신의 모든 것을 담아 불렀다.

"모두의 하늘이 되어주셔요!"

아희의 말이 끝나기 무섭게 마른하늘에 번개가 내리꽂혔다. 그 번개가 향한 곳은 뒷산에 있는 가장 깊은 계곡, 용마 계곡 아래였다. 모두가 눈을 감을 정도로 푸르게 내리 꽂힌 번개는 이내 천둥과 비구름을 몰고 왔다. 서 있는 지축이 우르르 흔들리고 순식간에 수천 개의 번개가 하늘을 찢을 듯 지상으로 내리 꽂혔다.

"으아아아악!"

아희의 목을 겨누고 있던 사내가 칼을 떨어트렸다. 서 있기도 힘들 정도로 흔들리는 지축에 그녀가 털썩 무릎을 꿇었다.

"땅이! 땅이 갈라진다!"

누군가 두려움 어린 목소리로 비명을 내지르며 말했다. 한 치 앞도 볼 수 없을 정도의 검은 안개가 순식간에 그녀의 집을, 마을을, 통째로 집어삼켰다. 아무것도 보이지 않았다. 아희의 손이 더듬거리며 바닥을 짚었다. 앞을 향해 나아가려 했지만 어느 쪽이 앞인지 알 수 없었다. 아무것도 보이지 않았다. 순식간에 눈이 멀어버리기라도 한 것처럼.

무언가가 번쩍 검은 안개를 가르고 내리 꽂혔다. 그것이 번개라는 것을 깨달은 아희는 아예 눈을 감아버렸다. 저 번개가 향할 곳은 이 세계를 이렇게 만든 자신이리라.

이제 모든 것을 받아들이기로 했다.

끄아아아아악!

커헉, 커으으으윽!

여러 비명 소리가 한데 뭉치기라도 하듯 천둥 소리에 휘말려 사라지기도 하고, 바로 옆에서 내지르는 것처럼 생생하게 들리기도 했다. 무슨 일이 벌어지고 있는 건지 알 수 없었다.

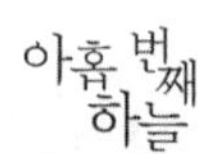

"율아……."

버릇처럼 그 이름을 내뱉었다.

이런 고통 속에 홀로 자신을 내버려둘 그가 아니었다. 이미 하늘로 올라간 것일까. 검은 구름을 몰고 작별인사 한마디도 없이 그를 보냈던 걸까.

아희가 웅크리고 앉아 귀를 틀어막았다. 사람들의 비명 소리도, 천둥소리도 듣고 싶지 않았다. 오로지 지금 그녀가 듣고 싶은 건 율의 그 다감한 목소리뿐이었다.

검은 안개는 찾아왔던 것보다 더 빠르게 물러났다. 처음부터 그 존재조차 없었던 것처럼 스며들 듯 사라졌다. 귀를 꿰뚫던 비명 소리도 사라졌다. 아희가 고개를 번쩍 들었다. 가장 먼저 보인 것은 자신의 눈앞에서 휘날리는 검은 도포 자락이었다.

천천히 시선을 올려 그 주인을 바라보았다.

날카로운 턱 선, 쭉 뻗은 콧날, 짙은 눈썹 아래 강인한 묵빛 눈동자를 가진 사내가 그녀를 내려다보고 있었다. 창백한 피부에 유난히 대비되는 붉은 입술은 굳게 다물어져 있었다. 누가 말해주지 않아도 그것이 율임을 알았다.

어린아이의 모습에서 단번에 단단한 사내가 되어 아희의 앞에 서 있었다. 허리까지 내려오는 긴 검은 머리칼이 바람에 흩날렸다. 그것을 잡기라도 할 것처럼 홀리듯 아희의 손이 뻗어졌다.

"내가…… 너희의 하늘이다."

누군가 물었던 질문의 답을 그가 그제야 내뱉었다. 그 답을 들을 수 있는 자들은 아무도 남아 있지 않았다.

"사람을 죽이면 안 돼……."

"네가 내 이름을 부른 순간 나는 하늘이 되었다."

그가 느릿하게 아희의 앞에 한쪽 무릎을 꿇고 앉았다. 율의 두 손이 돌부리에 걸려 피투성이인 아희의 발을 감쌌다.

"멍청아, 내 곁에서 떨어지니 이리……."

검붉은 버선 위로 투명한 물이 뚝뚝 떨어졌다.

"울지 마. 울지 마, 율아."

율이 울고 있었다. 아희의 손이 그의 창백한 뺨을 몇 번이고 문질렀다. 파르르 떨리는 붉은 입술을 본 순간 그녀가 입술을 내렸다. 첫정이었고, 첫 입맞춤이었다. 차갑고 시린 율의 붉은 입술에 아희의 입술이 부딪쳤을 때, 그가 그녀를 껴안았다. 그의 눈에서 떨어지는 뜨거운 눈물이 아희의 볼을 적시고 가슴을 적셨다.

"내가, 소원을 말해야 하지?"

'너를 있는 힘껏 가장 아름답게 보내주겠노라고 다짐했어, 율아.'

자신의 볼을 손 등으로 쓱 닦고 율의 얼굴 또한 말끔하게 닦아주었다. 함께 웅크리고 앉아, 서로의 얼굴을 마주 보고 아희가 그와 코가 맞닿을 정도로 바짝 다가갔다. 시선이 한없이 엉키는 느낌이, 그의 날선 숨이, 차가운 뺨이 모다 좋았다.

"그대 내게 소원을 말하라."

후드득, 또다시 율의 눈에서 눈물이 떨어져 내렸다. 율이 항상 그랬던 것처럼 아희가 말했다.

"멍청아, 울지 말라니까."

눈물은 나오지 않았다. 그가 승천하는 가장 기쁜 날에 자신마저 눈물을 보일 수 없었다.

"내 소원은……."

아희가 입을 열 때마다 율의 입술 끝을 스쳤다.

"네가 이제 외롭지 않았으면 좋겠어, 율아."

그가 아희의 어깨를 잡고 있는 손에 힘이 들어갔다.

누구도 예상치 못했던 소원. 이 마을을 구해달라는 말도, 모두를 살려달라는 말도, 심지어 자신의 곁에 남아달라는 소원도 아니었다. 그의 예상에는 없던 소원. 또다시 영겁의 세월을 견뎌야 할 그가 영원히 외롭지 않았으면 좋겠다는 단 하나의 바람.

"나는 괜찮아, 율아."

'왜 네가 이름을 불러달라고 하지 않았는지 알고 있으니까 괜찮아.'

마지막이 될 그의 손등을 덮고 가만히 토닥였다. 잠이 들지 않던 어느 날 밤, 율이 그러했던 것처럼.

"네가…… 죽을 거야."

"내가 결국 피하지 못하고 네 이름을 부른 것처럼 언제까지 피할 수는 없는 거야."

아희가 배시시 웃었다. 세월이 지나도 여전히 눈이 초승달이 되도록 환하게 웃는 계집. 이 계집만이 볼 수 있는 하늘이면 족하다고 생각했다.

서쪽에서부터 밤보다 더 새카만 구름이 몰려왔다. 비를 몰고 온 구름이 곧 세차게 쏟아졌다. 마을에 번지던 불꽃들이 바람처럼 사그라졌다.

쿠구구구구구구.

다시 한 번 지축이 흔들렸다. 뒷산이 반으로 갈라지는 광경을 두 눈으로 보며 그 아래서 천천히 거대한 똬리를 튼 몸을 일으키는 검은 이무기 또한 보았다. 율이 아희의 손바닥 위에 그의 손을 얹었다. 그리고 눈을 깜박이는 순간 환한 빛이 율을 감쌌다. 눈을 뜰 수가 없었다. 자신에게서 사라지려는 율을 볼 수가 없었다.

아희가 다시 눈을 떴을 땐 이미 이무기는 하늘로 승천하고 있었다. 그의 입에 물려 있는 여의주가 찬란하게 빛나고 있었다. 검은 구름이 곧 이무기의 몸을 감쌌고 천둥이 울리고 번개가 치는 하늘을 뚫고 그가 천 년의 염원을 이루었다.

"하아…… 하아……."

한시도 눈을 뗄 수 없었던 그 장관을 보며 아희가 숨을 몰아쉬었다. 그제야 율이 잡았던 손에 시선이 갔다.

어둠 속에서도 반짝이는, 그녀의 손보다 더 큰 검은 비늘 하나가 손바닥 위에 사뿐하게 놓여 있었다.

「하나 줄까? 내 비늘?」

"아아…… 아아아아아아아아!"

아직도 율의 온기가 남아 있는 그 비늘을 가슴에 품고 아희가 참았던 울음을 터트렸다. 너무도 쉽게 토해낸 울음에 호야도, 석호도, 어떤 위로도 감히 할 수 없었다.

11.

율이 하늘에 오른 뒤 세상이 이치에 맞게 돌아가기 시작했다. 하늘이 된다는 것이 무슨 의미인지 아희는 그제야 깨달았다. 어지러웠던 정세는 바로잡아지기 시작했고 왜구들은 완전히 이 땅에서 물러갔다. 아귀가 맞아 떨어지듯 모든 것이 빠르게 일상을 되찾아가기 시작했다.

"아씨."

석호가 조용히 밖에서 아희를 불렀다. 율이 떠나고 석 달이 흘렀다.

아희는 하루하루 말라갔다. 용하다는 의원도 그 이유를 알 수 없다고 고개를 내저었다. 항상 걱정스럽게 보는 석호를 위해서라도 음식을 먹으려 했지만 먹는 족족 올렸다. 말 그대로 피골이 상접해지고 생기마저 잃어갔다.

"죽을 좀 가져왔습니다."

그나마 겨우 넘기는 것이 미음이나 죽이었다. 자신이 먹지 않으면 모두가 걱정한다는 것을 알기에 아희가 힘겹게 자리에서 일어났다. 밖에선 겨울 전 배추 농사가 아주 잘되었다는 최씨의 목소리가 들려왔다. 모든 것이 하늘의 도우심이라는 말에 아희가 힘없이 웃었다.

"율은 정말 좋은 하늘이 됐나 봐, 석호야."

"그깟 하늘이 무에 대숩니까?"

나라는 안정을 찾았다지만 석호가 누구보다 지키고 싶었던 어린 아씨가 병중에 있었다. 그것이 모두 율의 탓 같아서 마음이 좋지 않았다.

"그리 말하면 못써."

"이게 모두 도령…… 아니, 도령이라고 해야 할지 용님이라고 해야 할지."

그 말에 아희가 웃음을 터트렸다.

"율은 그냥 율이야."

아희에게는 그랬다. 아희에게만 특별한 율이었다. 그가 본래 무엇이든 그건 그녀에게 중요하지 않았다. 처음부터 온전히 자신의 마음을 알아 준 그였기에 이 죽음도 달가웠다.

석호는 왜 아희가 사리사욕을 채우지 않았는데 이리 된 거냐 물었지만 스스로가 가장 잘 알았다. 이름을 부르지 않음으로 인해 현계의 질서가 어지러워졌다. 오직 그를 곁에 두기 위해 수많은 사람들의 죽음을 외면한 이기적인 계집.

그것이 어찌 사리사욕이 아니란 말인가.

"석호도 내가 미웠지?"

"아씨가 왜 밉습니까?"

"네 목숨을 살려달라고, 호야를 살려달라고, 이 마을이 모두를 살려달라고 말하지 않은 내가 밉지 않았어?"

"아씨의 소원입니다. 살고 죽는 것은 하늘의 이치죠."

석호가 무뚝뚝하게 답했다. 그는 정말로 아무렇지도 않았다. 그저 언제나 눈앞의 아씨가 무사하기만을 빌었고, 그녀가 어떤 소원을 원하든 그건 그녀의 소원이었기에 그가 상관할 바가 아니라 생각했다.

"너라면 어떤 소원을 빌었겠어?"

문득 생각났다는 듯 아희가 조용히 꺼져가듯 작은 목소리로 물었다. 수저로 죽을 조금 떠 그녀의 앞에 가져다 댄 석호가 망설임 없이 답했다.

"호야를 살려달라고…… 빌었을 겁니다."

그의 눈앞에서 세상 모든 피를 흘리듯 철철 피를 쏟아대던 호야였다. 그녀의 발에 박힌 화살이 마치 자신의 발에 박힌 듯 그 아찔한 고통을 석호는 느낄 수 있었다.

"석호는 호야를 좋아하는구나."

그날 이후로 호야의 모습도 찾을 수 없었다. 동해는 호야 또한 율을 따라 하늘로 올라갔다고 말했다. 그래서 가끔 하늘을 보며 길게 한숨을 쉬는 석호를 볼 수 있었다.

"하늘을 보는 버릇이 생긴 게 나뿐만이 아냐. 그렇지?"

아희가 답답한지 방문을 열었다.

"날이 많이 추워졌습니다, 아씨."

"그냥 둬."

석호가 다시 문을 닫으려는 것을 아희가 말렸다. 그의 말대로 뜨끈뜨끈한 아랫목과는 다르게 들어오는 바람이 찼다.

"그래도 율이 떠난 그 밤만큼 바람이 시리지는 않구나."

그가 떠나도 너무도 추워서 석호가 방에 불을 펄펄 때도 웅크린 몸을 풀 수 없었다. 그토록 시린 가을은 아희에게 처음이었다.

"아씨……."

"괜찮아, 석호야. 아직은 버틸 수 있어."

아희 자신은 아무렇지도 않았다. 점점 숨이 가쁘고, 먹는 족족 토해냈지만 마음만은 평안해 그 무엇도 견딜 수 있을 것 같았다. 하늘을 보면 율이 있는 것 같았다. 꼭 자신을 보고 있을 거라고 여겼다.

"내가 언제, 어디를 가든 율이 항상 함께했으니까. 지금도 계속 보고 있을 거야. 그 옆에 정말 호야도 있을까?"

"뭘 그렇게 둘이 구시렁거리는 거야?"

그때 마루 위를 폴짝 뛰어오르며 동해가 말했다. 율이 떠난 직후 아무렇지도 않게 돌아온 동해는 항상 아희의 방문 앞을 지켰다. 그것이 마치 나쁜 기운이 들어오지 못하게 지키는 절의 사천왕 같았다.

"아무 말도 안 했어. 솔이는?"

"아아, 내가 잠깐 어디 좀 보냈어."

"어디?"

"하늘을 찾으러……."

동해가 잠시 망설이다가 이야기했다. 그의 말에 아희가 손가락으로 하늘을 가리키며 말했다.

"저기?"

"아니. 하늘이 다 저 위에 있는 건 아냐. 분명 어딘가에 있을 거야. 가까운 곳에 있을 것 같은데."

율은 동해를 죽이러 오지 않았다. 다음번 하늘이 될지도 모르는 동해를 그저 두고 보았다. 그것이 무슨 뜻인지 그는 알고 있었다. 아희의 곁에서 지키라는 하늘의 명이었다.

자신이 목숨을 부지하는 것은 다 눈앞의 작은 계집 때문이란 것을. 그를 볼 수 있는, 그의 이름을 부를 천 년의 인간을 다시 찾기 전까진 꼼짝없이 이곳에 묶여 있어야 했다.

"율은 그럼 어디에 있는 걸까?"

"네 앞에 나타나지 않는 이유가 있을 거야."

옆에 호야가 정말 딱 붙어 있는 거라면, 조금은 덜 외로울 텐데. 자신이 느끼는 이 상실감을 율도 느끼고 있을까 두려웠다.

"밖은 많이 춥지, 동해야. 이리 들어와."

"아냐. 내 자리는 여기야."

동해가 고개를 절레절레 저었다.

"동해야, 이리 오래두."

"아희야, 난 여기서 지켜야 돼."

아희야.

그 부름에 율이 아니건만 아희의 눈에 물기가 서렸다. 자신의 이름이 이토록 아팠던가.

"멍청아, 울지 마. 몸도 안 좋으면서."

동해가 미간을 찌푸리며 말했다. 그 말투가 묘하게 율과 닮아 있었다.

"……라고 율이라면, 녀석이라면 이렇게 말했을 거야."

또다시 가장 좋을 때의 기억이 떠올랐는지 아희가 배시시 웃었다.

"아씨, 좀 드셔야죠."

이제는 제법 식은 죽을 석호가 내밀었다. 그가 내민 수저를 아이처럼 받아먹으며 아희가 억지로 그것을 삼켰다.

"쿨럭, 쿨럭."

부쩍 늘어난 기침. 아희가 하얀 소매로 입을 막았다. 새하얀 소매에 유난히도 붉은 핏방울이 도드라졌다.

"아씨! 언제부터……."

"얼마 안 됐어."

그 모습을 보던 동해가 밖에서 아희의 방문을 천천히 닫았다. 인정하고 싶지 않지만, 방 안에 있는 계집은 죽어가고 있었다.

"저런 게 하늘의 저주라고?"

그의 입에 비린 미소가 맺혔다.

"율이 녀석이 저런 저주를 내렸다고?"

율이 내린 저주가 아님에도 그를 탓했다. 지금 동해가 할 수 있는 일은 아무것도 없었다. 방문 앞에 털썩 앉아 시린 초겨울의 바람을 온몸으로 막아내며 동해의 날카로운 눈동자가 집 주변을 샅샅이 훑었다.

"냄새가 난다. 녀석이 오는 냄새가."

동해가 코를 킁킁댔다. 언젠가 그가 맡았던 죽음의 냄새가 맡아져왔다. 그리고 그 냄새가 자신의 등 뒤에 있는 아희에게서 나는 냄새가 아니길 바랐다.

◇ ◆ ◇

양반다리를 하고 앉아 두 눈을 시퍼렇게 뜨고 동해가 긴 밤을 지켰다. 그의 냄새는 생각보다 빨리 찾아왔다. 산보 삼아 산 전체를 한 바퀴 빙 돌고 돌아온 솔이도 그 냄새를 맡았는지 동해의 옆에서 숨을 죽였다.

"이리 오너라."

조금은 들뜬 장난기 어린 소리가 새벽이 오기 전, 대문 밖에서 들려왔다. 솔이가 바짝 긴장해 몸을 낮게 낮췄다. 금방이라

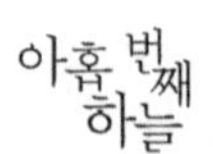

도 범으로 변해 공격할 태세를 갖춘 그에게 동해가 조용히 말했다.

"넌 아희를 데리고 멀리 도망가. 아마 내가 막을 순 없을 거야."

솔이가 아희를 데리고 도망간다고 해도 얼마 가지 못하리라. 명계의 하늘을 피할 수 있는 살아 있는 인간은 어디에도 없었다. 그 어디를 가도 찾아올 죽음의 그림자. 동해는 때가 됐다는 것을 깨달았다.

"현계의 하늘, 넌 지금 어디를 떠돌고 있는 거냐."

누구보다 아희가 위험함을 아는 그가 지금 어디에 있는지 동해는 그것이 가장 궁금했다. 솔이가 날듯이 방 안으로 들어가 그가 들어온 줄도 모른 채 죽은 듯 축 늘어져 있는 아희를 껴안았다.

"이리 오너라."

두 번째 소리에 잠에서 깬 석호가 밖으로 나왔다.

"뉘십니까?"

"이 댁 아씨를 데리러 왔다. 문을 열어라."

데리러 왔다는 말에 혹 율이 왔는가 싶어 석호가 반색을 하며 대문을 열려는 찰나 동해가 날카롭게 외쳤다.

"열지 마!"

"율이 도령이……."

"네 아씨를 데리러 온 사자(死者)다!"

그 말에 석호가 뒤로 벌렁 나자빠졌다. 후들거리는 다리로 도저히 서 있을 수 없었다. 동해의 얼굴 어디에도 웃음기라곤 찾아볼 수 없었다.

그가 밤이고 낮이고 아희의 곁에서 최대한 떨어지지 않으려 했던 이유가 이것이었단 말인가. 대체 왜 율을 하늘로 보낸 아희가 시름시름 앓는지, 아무도 석호에게는 그 이유를 말해주지 않았다. 그저 짐작만 할 뿐이었다. 자신이 모시는 아씨가 하늘의 노여움을 산 것이라고.

이무기가 승천했다는 소문으로 마을엔 별 사람들이 모다 다녀갔다. 이무기가 승천한 뒤로 아씨가 시름시름 앓기 시작하자 모다 아희가 천벌을 받았다고 수군댔다.

엉금엉금 기어간 석호가 이를 악물고 대문 앞을 등지고 막아섰다.

"네들이 감히 나를 막을 수 있을 것 같으냐."

대문 밖에서 또다시 장난 같은 목소리가 들렸다. 그 목소리는 간교하게도 사람의 마음을 움직이게 하는 힘이 있었다.

저도 모르게 사자를 막을 수 없다고 체념하려 했던 석호가 동해의 날선 얼굴에 정신을 번쩍 들고 온몸에 힘을 주었다.

"명계의 하늘아, 그대로 물러가라!"

"그 아이는 내가 오래전부터 눈여겨보았던 아이다. 이 몸이 친히 현계까지 모시러 왔건만, 내어주는 게 도리라는 것을 동해의 이무기, 네놈도 알 터."

그게 사실이었다. 이미 천벌이 내린 자의 죽음은 누구도 막을 수 없었다. 아니, 지금까지 승천한 모든 이무기들은 명계의 하늘을 막을 생각조차 하지 않았다. 그들에게 그저 이름을 불러준 인간은 사리사욕을 탐하는, 염두에도 둘 가치조차 없는 그런 인간들뿐이었으니까.

오늘은 어찌 무사히 막아낸대도 아희가 인간인 한 언젠가 죽음은 찾아온다.

“그 고통을 조금이라도 더 빨리 끝내는 것이 그 아이에게도 좋지 않으냐.”

그 간사한 혀가 동해의 마음까지 움직이게 하고 있었다. 밤마다 이불을 말아 쥐고 밖으로 소리가 새어나가지 않게 신음을 참는 아희를 알고 있었다. 자신의 귀에 들어가지 않았음 하는 바람에서 그러는 것을 알기에 애써 모른 척해왔던 동해였다.

“죽음이 그 고통의 끝임이 아닌 것을 네놈도 알면서 그런 헛소릴 지껄이는구나.”

아귀들의 지옥 속에서 아희가 버틸 수 있을까.

영혼마저 산산이 찢겨 흔적조차 남지 않으리라. 그것을 상상하자 동해가 마음을 더욱 굳건히 가다듬었다. 저 교활한 술수에 정신을 차려야 했다.

“하하하하, 고작 이무기 주제에 나를 막아서는 게냐?”

뭔가 달라질 거라 기대했단 말인가. 이 아이가 하늘의 마음을 얻고, 하늘이 온전한 마음을 이 아이에게 다 내어줬다고 해서 죽음을 피해갈 수 있다고 여겼단 말인가.

동해가 동아줄처럼 잡고 있었던 줄은 썩은 동아줄이었던 모양이었다.

"그렇다면 내가 막을 수밖에."

호기롭게 외쳤지만, 이미 명계의 하늘을 막을 재간은 동해에게 없었다. 자신은 그저 기묘한 술수를 부릴 줄 아는 이무기일 뿐이었다. 한 계(界)의 하늘을 막을 수 있을 리 없다.

콰아앙!

대문이 터져나가듯 폭발했다.

"솔아, 어서!"

동해의 재촉에 재빨리 범으로 변한 솔이 아희를 등에 업고 뒷산으로 내달리기 시작했다. 등에 수많은 나무 파편이 꽂힌 채석호가 마당 한 귀퉁이로 날아가 처박혔다.

"도망칠 수 있을 것 같으냐. 비록 새벽 첫 닭이 울기 전 명계로 돌아가야 하지만, 나는 내일도, 그리고 모레도 저 아이를 찾아 현계로 올 것이다."

이를 악물었다. 막을 수 없다 해도 눈앞에서 아희의 숨이 끊어지는 것을 동해는 두 눈뜨고 볼 수가 없었다.

"젠장, 내가 왜!"

거칠게 욕설을 내뱉어도 이곳에서 들을 이는 눈앞에 있는 명계의 하늘뿐이었다. 핏빛 눈이, 세상 모든 영혼을 가져다준대도 그 갈증을 채울 수 없을 것 같은 번뜩임이 동해를 똑바로 응시했다.

그의 붉은 머리칼이 스산하게 밤공기를 가르고 있었다. 미소로 인해 쭉찢어진 입매와는 다르게 눈은 웃고 있지 않았다. 동해의 존재가 매우 거슬린다는 듯 눈은 뒷산으로 사라진 아희의 뒤를 쫓고 있었다.

그가 두 명의 명계의 사자를 거느리고 천천히 마당으로 들어섰다. 그가 천천히 손짓했다. 그 손짓 하나에 두 사자가 순식간에 빠른 속도로 동해를 스쳐 지나갔다.

"사자 둘쯤이야 신수가 당해내지 못할까!"

"나는 네놈을 진심으로 동정하고 있다. 내게 대들고서 살아남을 수 있을 거라 생각하는 게냐."

동해가 대답 대신 자신의 모든 기운을 단전에 끌어 모았다. 누르스름한 빛이 그의 손에 알알이 맺혔다.

"어리석은 놈. 그게 네놈의 대답이라니."

명계의 하늘이 붉은 혀를 쯧 하고 찼다. 허공에 손을 올리자 길게 뻗은 검붉은 삼지창이 그의 손에 들렸다. 유일하게 현계와 명계를 자유롭게 오갈 수 있는 자의 힘다웠다. 그리고 한 치의 망설임도 없이 두 힘이 맞붙었다.

츠앗!

동해의 빛으로 이루어진 팔에 명계의 하늘이 가진 삼지창이 내리꽂혔다. 닿아 있는 손끝에서 붉은 불꽃이 파지직 타올랐다. 수많은 원혼들의 집결체가 아직 때 묻지 않은 순수한 이무기의 혼백을 그 끝에서부터 갉아 먹었다. 몸에 지울 수 없는 상처가 남는 것이 아니었다.

혼백의 끝부터 좀먹어 들어가는 그 끔찍한 고통에 동해가 비명을 내질렀다.

"끄아아악!"

동해가 밀어내는 대로 순순히 물러난 명계의 하늘이 삼지창의 끝을 핥았다. 가장 순수한 혼의 흔적이 묻어 있는 그것이 그의 마음에 들었다.

"이제 물러날 생각이 생겼나?"

"어디서 개소리를!"

"네놈이 언제까지 버티나 보는 것도 나쁘지 않지."

오늘 계집을 데려가지 못하면 내일이 있었다.

이건 시간과의 싸움이었다. 계집은 언젠가 그 병약해진 몸을 가지고 자신에게 안겨올 것이 뻔했다. 명계에 가장 좋은 자리를 그 계집을 향해 마련해두었다. 자신은 계집과 약조를 했기에.

많은 혼을 명계로 끌어들이진 못했지만, 건방진 현계의 하늘이 죽고 못 사는 계집을 갖는다는 것은 그에게 희열이나 다름없었다.

"첫 닭이 울기까지 한 시진이 남았다. 네놈이 굴복하기엔 충분한 시간이지 않느냐."

그가 다시 삼지창의 날을 세웠다. 처음부터 이길 수 없는 싸움이었다.

◇ ◆ ◇

솔은 누군가 인간이 아닌 자들이 자신을 쫓는 기운을 여실하게 느끼고 있었다. 더욱더 빠르게 한 시진도 되지 않아 수백 리를 달리는 다리로 나무 사이를, 협곡 사이를 쉴 새 없이 넘나들었지만 등 뒤의 것들은 떨어질 기미를 보이지 않았다. 헐떡거리는 솔의 숨이 목젖 끝까지 찼다.

"솔아……."

희미하게 의식이 돌아온 아희가 솔의 이름을 불렀다.

『눈을 뜨지 마십시오.』

아희의 눈에 보이는 것은 그저 어두운 숲뿐이었다. 왜 자신이 솔의 등에서 쫓기듯 도망가고 있는 것인지 그 이유를 알 수 없었다. 몸을 일으키려던 아희가 기우뚱 균형을 잃자 솔은 결국 멈춰 설 수밖에 없었다. 그가 제자리에 멈추자마자 기다렸단 듯 두 명의 사자가 어둠 속에서 스스슥 모습을 드러냈다.

"한낱 신수 따위가 명계의 사자가 하는 일을 가로막으려 하느냐!"

검은 갓을 쓴 보랏빛 얼굴을 한 사자 하나가 무서운 얼굴로 솔을 다그쳤다.

『나는 그저 명을 받드는 신수일 뿐.』

"명을 받든다 하나 생각마저 없는 건 아닐 게 아니냐. 당장 계집을 내놓거라!"

크르르르르.

대답 대신 솔이가 낮게 으르렁거렸다. 그리고 등에 있는 아희를 바닥에 내려놓고 그 앞을 가로막았다. 둘 모두를 상대해야 했다. 조금의 틈이라도 보였다간 사신 하나가 그녀의 혼백을 빼앗아 들고 도망갈 터였다.

한번 묶이면 절대 풀리지 않는 붉은 오랏줄을 꺼낸 사자가 기세등등하게 솔이에게 한 발 다가섰다. 무인의 형상을 하고 있는 다른 사자 하나는 허리춤에 찬 낫 모양의 거대한 칼을 뽑아 들었다.

붉은 오랏줄이 밤하늘을 갈랐다. 어디에도 피할 곳은 없었다. 솔이가 피하면 등 뒤의 아희가 그 오랏줄에 묶이게 된다. 그가 펄쩍 뛰어 날카로운 이로 오랏줄을 물었을 때 그것은 마치 살아 있는 생물처럼 솔이의 온몸을 꽁꽁 휘감기 시작했다.

"이것이 그저 평범한 오랏줄이라 생각했더냐. 쯧쯧."

그 순간이었다.

크와아아!

깊은 어둠 속에서 뛰쳐나온 호랑이가 오라를 던진 사자의 목덜미를 날카로운 이로 꿰뚫었다. 머리가 반쯤 뜯길 정도로 물어 흔들자 그것은 순식간에 검은 연기가 되어 사방으로 흩어져 사라졌다.

"호야……."

그 울음소리 하나만을 듣고도 아희는 눈을 감은 채 호야의 이름을 불렀다.

갑작스레 나타난 그 호랑이를 떼어내려 칼을 든 사자가 그것을 휘둘렀을 땐 이미 덜미를 잡힌 뒤였다.

꼼짝도 할 수 없었다. 그를 짓누르는 힘에 명계의 하늘 앞에서 외엔 꿇어본 적 없는 두 무릎이 바닥에 굽혀졌다. 거부할 수 없는 절대적인 힘이 그를 내리누르고 있었다. 자신의 뒤로 다가오는 것도 느끼지 못했다. 그저 가만히 그의 뒷덜미를 잡고만 있을 뿐이지만 그는 손에 들린 칼을 더 이상 휘두를 수 없었다.

"네 계(界)로 돌아가라, 명계의 사자여."

"저, 저는……."

"내가 검은 이무기란 것을 잊었느냐. 나는 어둠을 다스린다. 네 주인 또한 어둠을 틈타 다니지 않느냐."

그 한마디에 그가 연기처럼 제자리에서 흩어졌다.

"율, 율아!"

아희의 물음에 그는 대답하지 않았다. 희미한 시야 사이로 율의 모습이 보였다. 이제는 자신보다 훨씬 큰 남자가 눈앞에 서있었다.

가만히 아희를 보던 그가 대답 대신 한 손을 그녀의 머리 위에 올려놓았다.

"이건 내 몫이야. 그러니 가지 마, 율아."

그 손을 답삭 붙잡고 말했다. 서늘한 손이 두 손으로 잡아도 큼직한 손이 잠시 떨렸다.

"나의 '계'다. 내 계에서 내 허락없이 누구도 데려가지 못해."

명계의 하늘을 이야기하는 것이 분명했다. 그런 위험한 자와 율을 같이 둘 수 없었다.

"나는 이미 그곳으로 돌아가기로 결심했어."

"아희야."

율이 평소와 다름없이, 여느 때처럼 아희의 이름을 부드럽게 불렀다. 그리고 천천히 아희의 눈높이에 맞추어 한쪽 무릎을 꿇었다.

"명계의 하늘이 널 데려간다면 난 이 현계의 모든 것을 죽여서라도 너와 모든 것을 바꿀 거다."

"으…… 흡……!"

"나를 살리고 싶다면 너를 포기하지 마."

그녀가 무슨 생각을 하고 있는지, 어떤 마음으로 체념을 했는지는 율이 가장 잘 알고 있었다.

하지만 그녀가 잊고 있는 게 있었다. 자신의 이름을 부르지 못하게 한 것은 그라는 사실을.

단 한 번이라도 아희에게 진심으로 자신의 이름을 부르라 했다면 세상이 무너진 것처럼 울면서도 결국엔 불렀을 계집이란 것을 그가 알았다.

현계의 질서를 어지럽힌 건 아희가 아니라 율, 자신이었다.

"너희는 여기 있어. 무슨 일이 있어도 아희에게서 시선을 떼지 마라."

『네, 하늘이시여.』

솔이의 대답이 들떠 있었다. 제 감정을 제대로 내비추지 않는 녀석이 별일이라는 듯 호야가 심드렁하게 길게 하품을 했다.

그가 천천히 까무룩 꺼져가는 의식의 끈을 겨우 잡고 있는 아희를 안아 들었다.

"괜찮다. 괜찮을 거야. 내가 네 옆에 있어."

한숨처럼 조용하고 나직한 목소리가 온화하게 아희의 귓가를 간질였다.

"율아…… 율아……."

마르고 바싹 갈라진 입술로 버릇처럼 내뱉는 율이란 이름을 듣고 그 이름의 주인이 잠시 눈을 감았다.

"네게서 다시 그 이름을 들으니 아무것도 변한 것이 없다는 것을 알겠군."

온 세상을 떠돌며 이 아이를 지킬 방도를 찾기 위해 시간을 흘려보냈다. 하늘임에도 불구하고 그가 가장 원하는 이의 죽음을 막을 수 없다는 사실에 그는 단순명료하게 생각하기로 했다.

처음부터 하늘이 되고자 바란 것이 아니었다.

천천히 아희의 몸을 솔의 등 뒤에 올려놓았다. 입술을 타고 흐르는 가쁜 숨이 금방이라도 끊어질 것처럼 미약하기만 했다. 하지만 그녀가 버텨줄 것을 알았다. 아직 그를 보지도 못한 채 그리 쉽게 이승의 끈을 놓을 리 없었다.

"율아…… 율아……."

아희의 얼굴을 손등으로 한번 쓸어 올린 율의 모습이 순식간에 그 자리에서 사라졌다.

◇ ◆ ◇

"크아아아악!"

동해의 뱃가죽을 길게 가른 삼지창이 가차 없이 꽂혀 들어왔다. 혼이 찢어지는 비명을 내뱉은 동해가 자신의 배에 박혀 있는 그 창을 뽑기 위해 발버둥 쳤다. 그 위에서 한 발로 동해의 버둥거리는 다리를 밟고 여유롭게 창에 기대 고통스러워하는 그를 내려다보는 얼굴에는 일말의 동정조차 보이지 않았다.

"겨우 이거더냐. 하늘에 오르지 못한 이무기는 아무짝에도 쓸모가 없구나."

"젠장! 당장 치워!"

그르륵 끓리는 피거품을 물며 동해가 외쳤다.

"네놈이 제발 살려달라고 빌면 내 생각해보지."

명백하게 동해의 명줄을 가지고 장난질을 치고 있었다. 그 순간 어떤 기운을 느낀 명계의 하늘이 동해에게서 빠르게 떨어져 서너 걸음 물러났다. 방금까지 그가 있었던 자리에 검은 벼락이 내리 꽂혔다. 그리고 홀연히 그 자리에 나타난 율이 서슬

퍼런 눈길로 명계의 하늘을 마주했다.

"너무 늦었잖아!"

그 외침과 함께 동해의 배에 박혀 있던 삼지창이 쑥하니 뽑혔다. 명계의 하늘만이 다룰 수 있는 그 창을 손쉽게 뽑은 율이 그것을 손에 쥐었다.

"크헉! 아파! 아프단 말이야!"

몸의 상처는 아무래도 좋을 정도로 혼이 모두 갉아먹힌 기분이었다. 이루 말할 수 없는 고통에 동해가 온몸을 뒤틀었다.

"어디 숨어 있었나 했더니 계집 근처에 있었구나. 네놈이 그러고도 현계의 하늘이더냐."

명계의 하늘이 큰 소리로 웃으며 율에게 말했다.

"네놈이 사방팔방 천벌을 피할 수 있는 방법을 찾기 위해 분주했다는 이야기는 내 들었다. 그 방법을 찾았나?"

율은 그저 표정 없이 새파랗게 빛나는 눈으로 명계의 하늘을 보고 있을 뿐이었다.

"그 얼굴을 보아하니 찾지 못한 모양이군. 하하하하."

기세등등하게 명계로 밀고 들어와 어련히 알아서 돌려줄 계집을 데리고 사라진 것이 못내 거슬렸다. 손가락 하나로도 움직일 작은 계집에게 쩔쩔매 겨우 하늘에 오른 그가 여러모로 마음에 차지 않았다.

"그래."

율이 처음으로 명계의 하늘을 향해 입을 열었다. 너무도 담담하게 그가 사실을 인정했다.

그 소리를 듣고 동해가 더욱 죽는 소리를 내며 앓았다. 유일하게 명계의 하늘을 대적할 자는 현계의 하늘인 율뿐이었다. 그렇다고 그가 매일매일을 이런 지옥 같은 전쟁을 치르며 명계의 하늘과 대적할 수는 없었다. 간신히 안정을 찾은 세상은 다시 그들의 하늘로 인해 전란과 빈곤에 휘말리리라.

"더 이상 말하지 않겠다. 계집을 네 손으로 직접 내게 넘겨라. 그리하면 네 계(界)에서 물러나줄 테니."

율의 입술에 비수 같은 미소가 맺혔다.

"무엇을 잘못 알고 있는 모양인데……."

자신이 아희의 곁에 있다면 명계의 하늘은 쉬이 모습을 드러내지 않을 거란 걸 율은 알고 있었다. 그가 원하는 바를 이루기 위해선 명계의 하늘이 필히 그 모습을 드러내야 했다.

단 한 번의 기회였다. 율이 무엇을 하고자 하는지 눈치 챈다면 명계의 하늘은 명계에서 나오지 않으리라. 아희의 숨이 절로 끊어질 때까지 계속해서 기다렸으리라.

"이곳의 하늘은 나다. 내 허락 없인 내 계(界)에 들어온 이상 나갈 수 없다는 것을 그대는 알았어야지."

나직나직하게 말하는 어투 한 마디, 한 마디에 진심 어린 살기가 뚝뚝 묻어나왔다. 율이 쥐고 있는 삼지창은 어느새 그의 기운에 맞물려 새카만 어둠이 자리해 있었다.

"여기서 나와 대적하면 피해를 입는 것은 네놈의 계(界)일터!"

율의 속셈을 알지 못한 명계의 하늘이 외쳤다.

"아희의 혼백을 가져갈 생각으로만 가득 차 이곳까지 직접 걸음한 그대가 잘못 알고 있는 것이 있다."

단 한 번도 진심으로 하늘이 되고자 한 적 없었다. 명계의 하늘은 그것을 망각하고 있었다. 그저 아희가 그를 불렀기에 하늘이 되었을 뿐, 그의 자리는 언제라도 내던질 수 있는 것이었다. 현계가 다시 전란에 휩싸이든, 수천, 수만의 사람이 죽어 명계에 끌려가든 그건 율이 상관할 바가 아니었다. 그저 눈앞의 계집, 그가 외롭지 않았으면 좋겠다는 멍청한 소원이나 빈 계집 하나만 그의 하늘에 놓아두면 됐다. 율이 원하는 것은 그것 하나였다.

순간 딛고 있는 땅의 뒤틀렸다. 그것이 명계의 길을 열어 일단 몸을 피하려고 하는 행동임을 이미 짐작하고 있었던 율이 가볍게 한번 발을 굴러 땅을 제자리로 돌려놓았다.

"네놈!"

정말로 눈앞에 있는 현계의 하늘 허락 없이는 이 계에서 빠져나갈 수 없다는 것을 깨달은 명계의 하늘이 노호성을 터트렸다.

율이 가지고 있는 삼지창이 곧 명계의 하늘에게 되돌아갔다. 주인의 의지를 따르는 그 창을 미련 없이 보낸 율이 뒷짐을 지고 그의 행동을 살폈다.

오른쪽의 공간이 뒤틀리며 그의 허리를 노리고 삼지창이 찔러 들어왔다. 그것을 손으로 쳐내며 몸을 돌린 율이 가소롭다는 듯 웃었다.

"더 해보아라."

힘은 비등하다. 누가 먼저 쓰러질지 알 수 없었다.

율의 손에 푸른 번개가 맺혀 있었다.

쩡!

율의 손에 맺힌 번개와 명계의 하늘의 삼지창이 부딪히자 바위가 쪼개지는 듯한 굉음이 터졌다. 곁에 있던 동해마저 순간 귀를 틀어막을 정도로 굉장한 소리였다.

"네놈은 공격하는 법을 모르는구나. 지켜야 할 게 있기 때문이지."

자신이 공격하지 않는 이상 방어만 하고 있는 율의 약점을 알았다는 듯 명계의 하늘이 신랄하게 비웃었다. 율의 행동반경은 분명 동해의 주변을 맴돌고 있었다.

"하늘이 되지 못한 이무기를 지키는 이유는 오로지 그가 계집을 지켜줬기 때문이겠지."

이미 동해는 너무 많은 희생을 했다. 더 이상 상처를 입는다면 회생하지 못할지도 몰랐다. 율이 날카로운 눈으로 동해의 앞을 가로막았다.

"너와 나의 싸움이다. 그를 끌고 들어가지 말라."

"네가 오기 전엔 뒤에 숨은 이무기와 나의 싸움이었다."

이번에는 율이 아닌 동해를 노리고 삼지창이 날아들었다. 명계의 하늘의 손발처럼 움직이는 삼지창이 동해의 앞을 가로막고 있는 율을 크게 웃돈 뒤 허점을 찾아 바로 동해에게 날아가 꽂혔다.

"크윽……."

하늘에서부터 내리꽂혀 결국 그것을 몸으로 받아내야 했던 것은 율이었다.

옆구리 깊숙이 찔린 상처에서 금세 피가 흘렀다. 다시 주인에게 돌아가려 몸부림치는 삼지창을 꽉 잡자 상처가 더욱 깊게 헤집어졌다.

"멍청한 놈! 그걸 제 몸으로 막다니!"

"멍청한 걸 누구에게 옮아서 말이야."

누워있는 동해의 얼굴 위로 율의 피가 뚝뚝 떨어져 내렸다. 희미한 의식을 더는 잡고 있을 수가 없었다.

"……진짜 멍청한 자식."

그 한마디를 남기고 동해가 정신을 놓았다.

"이런, 그 아이를 죽일 생각은 아니었는데."

명계의 하늘이 삼지창에 묻은 피를 핥으며 말했다. 지켜야 될 것이 있는 자는 약해지기 마련이다. 이곳에는 그가 지켜야 할 것들이 너무도 많았다.

그 순간 명계의 하늘 앞으로 검은 번개가 내리꽂혔다.

"그대가 다시 한 번 내가 지키려는 자들을 다치게 한다면 나

또한 그리하겠다."

냉담하고 서늘한 선전포고였다.

"여기엔 내가 중하게 여기는 것들이 없다."

그 말에 율의 입꼬리가 올라갔다. 어림도 없다는 듯, 그의 말이 가소롭다는 듯 서늘한 그 웃음에 명계의 하늘이 인상을 찌푸렸다. 자신에게 중한 것은 맹세코 현계에 존재하지 않았다. 현계의 하늘은 자신에게 해를 입히지 못한다.

"그거야 두고 봐야지."

말을 마친 율의 손에 거무스름한 번개가 다시 맺혔다. 명계의 하늘이 삼지창을 높이 치켜들었다. 어차피 서로가 죽일 수 없는 싸움이었다. 그저 무료한 싸움이 될 터였다.

율의 번개와 삼지창이 맞부딪혔다.

그 순간 왼손으로 만들어낸 다른 번개가 명계의 하늘의 왼쪽 어깻죽지를 향해 날아왔다.

"어딜!"

삼지창을 돌려 그것을 막아내려던 참이었다. 순식간에 눈앞에서 안개처럼 흩어진 번개에 방향을 잃은 창이 율을 향했다.

정확히 율의 심장을.

현계의 하늘이 죽는다면 그를 죽음에 이르게 한 명계의 하늘 또한 무사하지 못한다.

그 불문율에 명계의 하늘이 서둘러 창 끝을 돌렸다. 창은 아슬아슬하게 율의 심장을 비켜 왼쪽 어깨를 깊게 찔렀다. 그가 창을 빼내려 했을 때 율의 손이 더욱 깊이 그 창을 찔러 넣었다.

"내가 그대의 소중한 것을 빼앗겠다 하지 않았나."

영악한 율의 머리에 혀를 내둘렀다. 그가 힘을 줄수록 뼈와 살점이 떨어져나가는 소리에 결국 삼지창을 놓은 명계의 하늘이 두어 발 훌쩍 물러섰다.

"빌어먹을!"

"나는 그대를 죽일 수 있다."

어깨에서 삼지창을 뽑아내자 핏줄기가 율의 얼굴을 붉게 적셨다.

그럼에도 불구하고 인상 한번 찌푸리지 않고 오히려 진득한 미소까지 보였다. 그 모습이 마치 명계에 사는 야차와 같았다.

삼지창이 명계의 하늘에게 날아왔다. 그가 자신의 의지로 그것을 받아드는 순간 율이 번개같이 시야를 가리며 명계의 하늘을 덮쳤다.

촤아악!

바닥에 쓰러진 명계의 하늘 위를 올라탄 율이 검은 번개를 그의 목덜미에 들이댔다.

"분명히 말했다. 나는 그대를 죽일 수 있다고. 그것이 참 두렵지 않느냐?"

"하늘은 하늘을 죽이지 못한다! 이건 불문율이야!"

"내가 그대를 죽이는데 망설일 것 같나? 그대가 가져가려

하는 것이 내 전부인 것을. 그 전부를 내어준다면 내가 무엇을 두려워하겠나?"

율의 턱을 타고 핏물이 뚝뚝 흘렀다.

"그대가 하늘이 되기 위해 한 천 년의 고행을, 하늘이 된 후 겪었던 희열을 전부 포기할 수 있다면 아희를 데려가라."

율의 말이 사실이었다. 자신의 오판은 현계의 하늘이 계집을 생각하는 마음을 너무 얕게 본 것이었다. 모든 것을 내려놓고 싸운다면 당연히 그를 죽일 수 없는 자신이 불리하다.

계집을 데리고 명계에 가서 그의 속을 뒤집고 싶지만, 자신의 목숨이 먼저였다.

"명계의 하늘, 네 이름을 걸고 약조하라. 그녀를 명계로 데려가지 않겠다고."

"내가 그런 어리석은 약조를 할 성싶으냐!"

"그럼 여기가 네놈의 마지막이겠구나."

율이 무심히 말했다. 그저 겁박을 주려 한 말이 아니었다. 현계의 하늘에서 절대적인 그가 진심으로 명계의 하늘을 죽이려 하고 있었다.

"감히 같은 하늘인 나를 죽이고도 네놈이 무사할 줄 아느냐! 타락한 하늘이 되어 네놈 역시 천벌을 받아 그 몸뚱이가 천 갈래, 만 갈래로 찢겨 이 세상에서 사라지리라!"

타락한 하늘의 마지막. 그렇게 하늘이 사라지면, 이 계(界)는 또다시 다른 하늘을 탄생시킨다. 그것은 끊을 수 없는 순환의

고리였다.

“아아……. 나는 그 명이 가장 짧은 하늘이 된다 해도 상관없어.”

그것은 진심이었다. 율이 금방이라도 명계의 하늘을 찌를 듯 번개를 고쳐 쥐었다.

“고작 인간 계집이다!”

“나도 그런 줄 알았어.”

율 대신 이제 조금 정신이 돌아온 동해가 끙 소리와 함께 대답했다.

“너는 여전히 미쳤구나.”

동해가 율에게 말했다.

“그래. 나는 여전히 현계가 어찌 되든 상관없어.”

그 아둔하고, 어리석고, 어이없는, 환하게 웃는 그 계집 하나 지켜줄 수 없는 하늘이라면 율은 언제라도 뒤로할 수 있었다.

“네 이름을 걸고, 네 피로 맹세의 약조를 해.”

마지막으로 명계의 하늘에게 율이 그저 바람에 스치듯 경고했다. 가볍게 ‘함께 산보라도 할까?’와 같은 어투였다.

그것이 여전히 모든 것을 내려놓고 있기에 나올 수 있는 여유라는 것을 깨달은 명계의 하늘이 이를 악물었다. 방도가 없었다. 이곳에서 함께 자멸하든가, 계집을 포기하고 명계로 돌아가든가.

"네놈을 보아하니 곧 또다시 현계는 전란에 휩싸이겠구나."

그 말에 무언가 생각난 듯 율이 가볍게 웃었다.

"그대의 바람대로 나는 가장 짧은 하늘이 될 거야."

"뭐가 그리 기쁜 거지? 네놈은, 그 고행의 길을 걸어 하늘에 올랐다면 그 하늘을 지켜야 함이 마땅하거늘."

"아아……."

대답 없이 여전히 율이 웃고 있었다. 그 웃음이 가슴에 끓어 오르는 무언가를 주체할 수 없는 것처럼 보여 동해가 통증도 잊고 입술을 떨었다.

"약조하겠다……."

반쯤 미친놈과는 도저히 대화가 통하지 않는단 것을 알아차린 명계의 하늘이 말했다.

어차피 인간은 영원히 살 수 없었다. 언젠가는 명계로 그 혼백이 걸어 들어오리라. 눈 깜짝할 세월일 뿐이었다.

그때가 되면 그 계집의 혼백을 부여잡고 저놈의 눈앞에서 흔들어주겠다고 결심한 명계의 하늘이 자신의 팔뚝을 길게 찢었나.

붉은 선혈이 순식간에 허공에 글을 써내려갔다. 그의 피가 마르기 전까지 계집의 근처에 얼씬도 하지 않겠다는 그 얼토당토않은 약조가 현계의 땅에 똑똑히 새겨졌다.

그것을 끝까지 주시한 율이 언제 그랬냐는 듯 명계의 하늘에게서 서서히 떨어졌다. 그리고 그가 다시 한 번 발을 구르자 딛고 있는 땅이 무너져 내리기 시작했다. 아희가 명계에 갔을 때처럼.

"그대, 가는 길 조심히 가시길."

여유롭게 인사까지 하며 율이 손을 흔들었다. 분에 못 이긴 얼굴로 그것을 이를 갈며 보던 명계의 하늘이 순식간에 땅 밑으로 사라졌다.

언제 그랬냐는 듯 멀쩡한 땅의 모양새를 보며 그제야 동해가 대자로 뻗었다.

"네놈은 어떻게 그렇게……."

"시끄러워."

"야! 아희를 만나려면 그 몸부터 좀 어떻게 해야 할 거 아냐!"

율이 다친 걸 안다면 또다시 펑펑 울 아희 생각에 동해가 외쳤다.

"핥으면 나아."

율이 대수롭지 않게 말하며 잠시 눈을 감았다. 그리고 온몸의 기를 운용해 상처부위를 감쌌다. 그러자 천천히 피가 멈추고 새살이 돋아올랐다.

"그게 뭐야?"

"몰라. 하늘이 된 뒤 이런 걸 할 수 있게 됐어."

"나도 알려줘! 나도!"

율은 이미 동해를 보고 있지 않았다. 아니, 처음 나타났을 때 외엔 시선조차 주지 않고 있었다.

명계의 하늘이 돌아가자 율의 시선이 뒷산으로 향해 있었다. 사태가 끝났다는 것을 알아차리자 곧 아희를 업고 뒷산을 내려오는 두 마리의 범이 보였다.

한달음에 그곳으로 가 두 손을 뻗어 아희를 안아 올렸다. 축 늘어진 몸이 힘없이 그에게 안겨들었다. 저 멀리 심각한 부상을 입고 널브러져 누워 있는 석호에게 다가간 호야가 앞발로 그를 툭툭 건드렸다.

"으…… 으……."

『나는 이놈을 데리고 해우탕 좀 다녀와야겠어.』

율은 그 쪽을 돌아보지도 않고 고개를 끄덕였다. 덥석 상처가 나지 않게 살짝 물어 자신의 등 위에 석호를 짊어진 호야가 날듯이 사라졌다.

『괜찮으십니까?』

솔이가 대자로 누워 있는 동해의 얼굴을 자신의 얼굴로 툭 치며 물었다.

"건들지 말아 봐. 아직도 내 혼백 어딘가가 비어 있는 기분이니까."

미치도록 아팠지만 이상스럽게도 비식비식 웃음이 새어나왔다.

"아희가 정신이 들면 아마 놀라 뒤로 자빠질 거야. 그 얼굴을 꼭 봐야 하는데……."

휴식이 필요한 것은 모다 마찬가지였다. 널브러진 동해가 천년 만에 처음으로 피할 수 없는 긴 단잠에 빠져 들었다.

일어나면 기필코 이 빌어먹을 집구석을 떠나야겠다는 생각을 꼭 끌어안고.

12.

이상하게도 몸이 가뿐했다. 율이 떠나고 난 뒤로는 항상 잠에서 깰 때 깨질 듯한 두통과 짓누르는 알 수 없는 무게로 일어나기가 힘들었다. 그대로 쭉 영원히 눈을 감고 싶을 정도로 힘이 들었었다. 요 며칠은 그것이 유독 더 심했던 것을 아희는 기억하고 있었다.

하지만 점점 명료해지는 의식에는 두통도 사라져 있었고, 점점 말라가고 수저 하나 들 힘도 없었던 몸이 이상스럽게 날아갈 것처럼 힘이 났나.

이것이 설마 마지막 꿈인 걸까. 그것도 나쁘지 않다고 생각하며 그녀가 점점 명료해지는 의식을 느끼며 천천히 눈을 떴다.

"율아……?"

바로 한 치 눈앞에 있는 얼굴을 보고 아희가 믿을 수 없는 어조로 그의 이름을 불렀다. 묵빛의 검은 동공이 그녀의 눈앞에서 빛나고 있었다.

"나, 긴 꿈을 꿨나 봐."

지금까지 모두 꿈이었던 게 분명했다. 여느 때와 다름없이 자신은 율의 옆에서 낮잠이 든 게 분명했다.

"내가 네 이름을 불렀지 뭐야."

"그래."

그가 씩 웃었다. 잠에서 덜 깨 비몽사몽한 얼굴로 손 등으로 눈을 문지르던 아희가 좀 더 또렷하게 율의 모습이 보이자 잠시 할 말을 잃었다.

"으아아!"

갑작스레 지른 비명에 가장 놀란 것은 그녀의 눈앞에 있는 율이었다. 그가 미간을 찌푸리며 입을 열었다.

"뭐지? 그 괴물이라도 본 것 같은 비명은?"

아희의 몸이 순식간에 뒤로 물러났다. 채 일어나지도 못하고 이불을 돌돌 말아 사사삭 굴러갔다는 표현이 더 맞으리라.

방구석까지 물러난 아희가 덜덜 떨며 말했다.

"왜, 왜, 왜 아직도 커, 커져 있는 거야."

부들부들 떨리는 아희의 손이 율을 가리키고 있었다. 새삼스럽게 자신의 몸을 한번 쓱 내려다본 율이 어깨를 으쓱하며 답했다.

"하늘이 되었으니까."

"그, 그런 율은 적응이 안 돼. 원래의 율로 돌아와!"

어서! 빨리! 란 눈빛을 하곤 아희가 율을 종용하고 있었다.

"네가 이름을 불렀잖아."

"이름을 불렀지, 이렇게 크라고는 안 했어!"

그의 입가에 묘한 미소가 맺혔다.

"나는 이 몸이 마음에 드는데."

"왜! 뭐가 마음에 들어!"

몸을 반쯤 일으킨 그가 천천히 두 손으로 바닥을 짚고 무릎으로 기어 아희의 코앞까지 다가왔다

"이제 일어서도 너보다 머리가 하나 남치고도 크거든."

"난, 나는……."

아희가 말을 마치기도 전에 율의 손이 아희가 꽉 쥐고 있는 이불을 쉽게 벗겨냈다. 이불 뭉치를 뒤로 던지고 얇은 자리옷만 입고 있는 아희의 양 겨드랑이에 손을 넣어 번쩍 일으켰다. 발끝이 땅에 닿지 않았다. 아희가 아무리 발을 버둥거려도 발에 치이는 건 율의 정강이뿐이었다.

그녀를 자신의 눈높이보다 더 높게 들어 올린 그가 아희를 올려다보며 말했다.

"아아, 이 몸 볼수록 마음에 들어."

"내려줘!"

"싫어."

"율아!"

붓으로 그린 듯한 우직한 콧날과 그윽한 묵빛 눈동자에 사로잡힌 아희가 얼굴이 붉어진 채 외쳤다. 자신의 어깨를 감싸고

도 남을 법한 커다란 손은 좀처럼 그녀를 내려줄 생각을 하고 있지 않았다.

하루하루 말라가는 아희를 지켜보며 이대로 그녀를 잃을지도 모른다고 생각했다. 그의 비늘을 보고 전복껍데기 같다고 말해주는 계집을 이대로 보낼 수 없었다.

"이젠 괜찮아."

스스로를 위안하며 율이 아희를 껴안았다. 그녀의 드러난 목덜미에 자신의 얼굴을 묻었다. 살갗의 냄새를 함빡 맡으며 그가 한숨을 내쉬었다.

"율아."

"그래."

더 힘껏 율이 숨을 들이켰다.

"이젠 외롭지 않아……?"

"외롭지 않아."

외로울 리가 없었다. 살아 있는, 여전히 통통 튀는, 어디로 튈지 전혀 예상되지 않는 그녀가 있는데 외로울 리가 없었다.

"내 소원이 정말로 이루어졌구나."

그의 머리칼에 얼굴을 묻고 아희가 배시시 웃었다. 버둥거리던 손을 내밀어 율의 목덜미를 끌어안았다.

"움직이지 마. 그대로 있어."

"왜?"

"네가 움직일 때마다 네 젖가슴이 내 얼굴에 달라붙으니까."

"……."

그게 무슨 말인지 머리로 받아들이지 못한 아희의 뒤늦은 비명이 온 집 안에 울려 퍼졌다.

"이, 이, 이, 내려줘!"

"멍청아, 가만히 있으라니까."

그의 웃음기 어린 목소리가 아희의 비명에 뒤따라 울렸다. 그녀가 버둥거릴수록 더 세게 껴안은 팔은 그날 내도록 풀어지지 않았다.

김이 모락모락 나는 해우탕은 온갖 약초 냄새가 진동하는 곳이었다. 석호의 옷을 재빨리 벗기고 등에 꽂혀 있는 나뭇가지를 세심하게 뽑아 준 뒤 탕 속으로 집어넣은 호야가 슬쩍 주변을 살폈다.

해우탕에는 당분간 누가 올 기척은 없었다.

술술 저고리를 벗고 치마를 내동댕이친 호야가 알몸으로 훌렁 탕 속으로 들어갔다. 아직도 정신을 잃고 탕 속에 어느샌가 거꾸로 처박혀 있는 석호를 빼낸 뒤 자신의 어깨에 기대게 했다. 애써 율과 아희가 이곳에 왔을 때의 모습을 떠올리며 똑같이 그것을 따라 했다.

"으음……."

옳지! 그가 일어나고 있었다.

“여기가 어디…….”

정신을 완전히 차린 석호가 자신이 알몸이란 사실과 그 옆에 역시 알몸으로 앉아 있는 호야를 발견하고 뒤로 황급히 물러나다 물이끼에 미끄러져 고개를 다시 물속으로 처박았다.

“쯧, 하여간 종놈이란…….”

혀를 차며 그녀가 석호의 머리채를 잡고 탕 속에서 끄집어내 줬다.

“어푸! 어푸!”

기도로 들어간 물을 쉴 새 없이 뱉어내는 모습을 물끄러미 쳐다본 그녀가 선심 쓰듯 말했다.

“네놈 옷을 어떻게 벗겼냐 물어보려거든 앞발이 벗겼으니 걱정하지 마.”

“푸핫!”

그가 물을 토해내며 뿜었다.

“여긴 어디야! 넌 왜 옷을 벗고 있는 건데!”

“네놈이 죽을 지경이라 상처를 치유해주는 탕이다! 그, 그리고 나도 큰 부상을 입어서 들어온 것뿐이야.”

거짓말이 술술 입으로 잘도 나왔다. 아무렴 어떠냐 싶어 호야가 흥 하고 고개를 돌렸다.

갑자기 석호의 손이 덥석 그녀를 붙잡더니 자신 쪽으로 끌어당겼다.

"어어?"

이 몸이 이렇게 힘없이 끌려갈 몸이 아닌데, 라는 생각을 하며 못 이기는 척 그녀가 끌려갔다.

"등……, 봐도 돼?"

"흥. 볼 테면 보라지."

그러면서 뒤를 돌려준 호야의 콧등이 벌게졌다. 아무 흔적도 없는 깨끗한 등을 보며 석호가 안도의 한숨을 내쉬었다.

"그 한숨은 뭐야? 네가 방금 본 곳은 등이야. 젖가슴은 앞쪽에 있다고."

"누, 누가 젖가슴을 찾는다고!"

"그럼 뭘 본 건데?"

"그때 상처가 다 아물었나 싶어서."

석 달 전의 상처를 이야기함을 안 호야의 입가에 의미심장한 미소가 맺혔다. 그녀가 엉덩이를 좀 더 움직여 석호의 옆에 바짝 가까이 앉았다.

"왜 이래! 저리 가!"

"기집하기는."

"호야!"

"내 걱정을 했구나?"

"그, 그래."

"웬일로 이렇게 빨리 인정해?"

호야와 마찬가지로 석호의 콧등도 벌게져 있었다.

둘이 동시에 버릇처럼 손가락으로 콧등을 쓸다가 눈이 마주쳤다.

누가 먼저랄 것도 없이 풋 하고 웃음을 터트렸다.

"종놈, 네놈 얼굴이 벌겋게 익었어."

"그 종놈, 종놈 하는 소리 좀 안 하면 안 돼?"

"왜?"

"석호라고 불러."

"흥."

호야가 콧방귀를 뀌며 고개를 돌렸다. 또다시 벌게진 콧잔등을 그에게 보여주고 싶지 않았다. 발가락이 곰질곰질 가만히 있는 상체와는 달리 호야의 하체는 어쩔 줄 모르고 계속해서 물속에서 곰질곰질 발가락끼리 맞부딪치고 있었다.

"내 이름은 종놈이 아니야."

웃음을 거둔 석호가 제법 진지하게 말했다.

"알아."

"그런데 왜 안 불러?"

"……니까."

"뭐?"

"입술이 간질거린다고!"

말을 알아듣지 못하는 그에게 버럭 성질을 내며 호야가 말했다. 언제 등을 돌렸냐는 듯 그의 얼굴을 똑바로 쳐다보며 삿대질까지 해댔다.

"입술이 간질거려?"

"그래! 이 종놈아!"

"어떻게?"

"그, 그건……."

여기서 또다시 저 훤하게 드러나는 마음을 외면하면 다시는 보지 못할지도 몰랐다. 석호가 용기를 내 호야의 맨 몸을 껴안았다.

살갗이 닿는 느낌에 온몸이 저릿해 왔다. 그의 몸에 달싹 밀착해오는 부드러운 몸을 껴안고 난생처음 계집의 입술에 입을 맞췄다.

서툰 입맞춤에 입술이 아프게 부딪쳐 찢어졌다. 그럼에도 불구하고 누구 하나 입술을 떼는 이 없었다.

"이제 안 간지러워?"

제법 능청스럽게 그가 물어왔다.

"흐, 흠. 잘 모르겠어."

"흠……."

"허, 한 번 더 하면 안 간지러울 것 같기도 하고."

시선을 슬그머니 돌린 채 호야가 입술만 쭉하니 내밀었다.

"너 고양이 같아."

"이 신수들의 왕을 감히 고양이 따위와 비교하는 거냐!"

호야가 자리에서 벌떡 일어나 광분했다. 그녀의 제법 큰 젖가슴이 석호의 눈앞에서 출렁 움직였다.

"젠장, 너란 계집은 정말……."

그가 질끈 눈을 감아버렸다. 도저히 뜬 눈으로 그것을 마주 볼 수 없었다.

"잘도 맨몸은 끌어안더니 왜? 눈앞에 있으니 못 건드리겠나 보지?"

"너는 정말 솔직하구나."

눈앞의 여자는 그 감정을 단 한 번도 그에게 숨긴 적 없었다. 그 올곧을 만큼 순수하게 전해지는 감정에 당황한 적이 한두 번이 아니었다.

"동물이라 그런가. 제 감정을 감출 줄을 몰라."

"동물이라니! 이 몸은 엄연히 도를 닦은 신수들의 왕……흡!"

그 말은 벌떡 일어나 입술을 잡아먹을 듯 뒤덮은 석호로 인해 끝까지 맺어지지 못했다. 그의 입맞춤 하나에 눈 녹듯 흐물거리며 다년간 도끼질로 잔 근육을 키워온 석호의 팔에 슬쩍 호야가 몸을 의지했다.

"나를 놔두고 여옥인지 옥님인지 그 계집년이랑 혼사를 올리면 내 가만두지 않을 테다."

그게 누구더라 석호가 한참을 기억을 뒤집다 자신과 잠깐 혼사 애기가 오갔던 최가네 종을 깨닫곤 웃음을 터트렸다.

"난 지금 매우 진지해. 이것은 진담이야."

"그래."

"종놈아, 웃지 마."

빗자루 같은 그 머리를 쓱쓱 쓸어주며 석호가 품 안 가득 안겨오는 호야의 몸을 꽉 끌어안았다.

13.

오랜만에 마을에 풍악소리가 울려퍼졌다. 커다란 소를 세 마리나 잡아 집집마다 넉넉하게 고기와 떡을 나누느라 연신 이야기소리와 웃음소리가 끊이질 않았다. 이런 커다란 잔치는 오랜만이라는 소리들과 함께 나라가 안정되고 마을에 풍년이 들어 풍요로워진게 모두 용이 되어 하늘로 승천한 이무기 때문이란 말이 돌았다.

"그럼 작은 도령은 어떻게 된겨?"

사현의 집에 머물던 잘생긴 작은 도령이라 불렸던 율은 마을에서 보기 드문 인물이었기에 아낙네들의 입방아에 자주 오르곤 했다.

"에이그, 무슨 그런 해괴망측한 병이 있는지. 몸이 더 안 좋아져서 본가로 돌아갔다더만."

"난 작은도령 병이 다 나아서 애기씨랑 혼인할 줄 알았지."

"해괴하다니까. 나이를 먹지 않는 병이라니."

"우리 아씨는 작은 도령이 가자마자 혼인을 하시네."

"작은 도령의 외사촌이라던가?"

"애기씨를 그리 아끼시더니 떠나면서 연까지 맺어주고 갔구만."

오늘은 마을 최대의 지주인 아희 아씨의 혼례가 있는 날이었다. 그저 강원도 작은 고을의 선비라는 사내는 첫 눈에 보아도 범상치 않아 보였지만 그가 선비라고 말했으므로 다들 그리 믿고 있었다.

"그 집안 피가 참 잘났다, 잘났어."

혼인한 아낙의 얼굴까지 붉히게 할 정도로 잘난 아희의 신랑감에 연신 입방정들이었다. 마을에 혼기가 찬 과년한 처자들은 아희를 시기심에 바라보기도 했고 남몰래 아희를 흠모하던 청년들은 그녀의 완벽한 신랑감을 보고 좌절했다.

"그 집안 피만 잘났어? 우리 애기씨도 뒤지지 않구만, 뭘."

"선남선녀야, 선남선녀! 그 사이에 나오는 아이는 또 얼마나 예쁠 거야, 안 그래?"

치이이익.

수다를 떨다 타버린 전을 뒤집으며 또다시 웃음이 터졌다. 마치 저이들이 첫날밤을 치르는 것처럼 너나 할 것 없이 볼이 붉어졌다.

아희의 머리를 만져주던 선인이 연신 바깥을 힐끔힐끔 보고 있는 그녀를 보고 슬며시 웃으며 나무랐다.

"혼례전까지 신랑 얼굴 볼 생각은 하지 마."

"그치만……."

"내 참. 혼례 올리는 하늘은 난생 처음 보네."

어떻게 인간에게 이런 애착을 가질 수 있을까. 모든 것을 내려놓아야 선인이 되고 하늘이 되는 것을. 지금의 하늘은 눈앞의 아이 하나를 얻기 위해 하늘이 되었다.

"……간절히 염원하면 이루어지는 건가."

"네?"

"우리 하늘님 말이야. 너를 얼마나 간절히 원했을까 싶어서."

얼굴에 연지곤지를 찍으면서도 아희의 귀와 시선은 밖을 향해 있었다. 금방이라도 이 혼례를 무르고 율이 사라질 것만 같아서 그런다는 말은 차마 하지 못한 채.

"참 별일이지? 하늘님이 이 마을에 살기로 했다니. 것도 처가살이를."

그 말에 아희의 콧잔등이 붉어졌다.

"그건……."

"그래. 물론 그건 이 마을이 네 전부니까 그런 결정을 하신 거겠지."

다 알고 있다는 얼굴로 그녀의 어깨를 두드려주며 선인이 자꾸 우물거리는 입술에 연지를 바르기 위해 세심히 손을 놀렸다.

"아이고, 저 애기씨가……."

선인의 뒤로 뭔가를 발견하고 벌떡 일어난 아희가 쏜살같이 달려나갔다. 불편한 활옷을 입고 뛰어나가는 폼이 여간 잽싼 것이 아니었다.

"오지 말라 그리 일렀건만. 쯧쯧."

청색 단령을 입고 율이 안채로 성큼 들어와 있었다.

"그러다 넘어진다."

뛰어오는 아희를 향해 말을 뱉기 무섭게 활옷이 버선 끝에 걸렸다.

쿵!

곱디고운 활옷이 간밤에 온 비로 인해 진흙투성이로 변한 것은 불과 눈 깜짝할 사이였다.

"크크크크크, 내 그럴 줄 알았지."

육전을 두 손 가득 들고 들어오던 호야가 그 모습을 보고 크게 웃었다. 얼마나 급했는지 쿵하고 쓰러지면서 얼굴에까지 진흙이 튀었다. 아희가 소맷자락으로 콧등을 쓱 훔쳤다.

"어떻게 하지."

활옷이 엉망이 됐다. 혼례시간까진 얼마 남지 않았다. 밖은 시끌벅적했고 오늘의 꽃인 아희가 다른 옷을 입는다는 건 말이 되지 않았다.

"그 말은 일어나고 하는게 어때?"

웃음기 어린 다감한 목소리. 이 목소리가 꿈이 아니길 매일

밤마다 기도했었다. 바보처럼 일어나는 것을 잊고 아희가 배시시 율을 향해 웃었다.

"아희야."

훌쩍 커버린 율의 모든 것이 낯설기도 하건만, 그 눈빛만은 여전히 아희가 지금껏 보았던 율의 그것이었다.

"응."

"나는 네가 어렵다."

그 어떤 생각도, 그에 대한 마음도 고스란히 얼굴에 나타나는 계집. 어느 누가 저 솔직한 감정에 그녀를 이용할 마음을 가질 수 있겠는가.

자신이 아닌 동해를 먼저 만났다 해도 동해 또한 결국엔 그녀를 저버리지 못했을 거란 걸 율은 알았다.

그가 어떻게도 할 수 없는 가장 어려운 인간, 그게 아희였다.

"왜?"

그녀는 분명 율에게 양날의 검이었다. 그녀를 위해 현계의 하늘이 현계를 버리고자 결심했으니 더더욱 그랬다. 천벌을 이제는 둘 다 피할 수 없을지도 몰랐다.

하지만 그 검을 껴안고 베여져 피투성이가 된다 해도 껴안은 손을 놓을 수 없었다.

"처음부터 그랬어. 난 네가 어려웠다."

불쑥불쑥 다가오는 진심이, 그가 겪어보지 못했던 감정이

굉장히 어려웠다.

"내가 어려운 게 안 좋은 거야, 율아?"

끝 목소리가 바르라니 떨리는 것을 느끼고 율은 또다시 그가 떠날까 자신 때문에 겁먹었다는 것을 알았다. 천천히 앉아 있는 아희의 앞에 그가 무릎을 꿇었다.

활옷처럼 그가 입은 청색단령이 진흙투성이가 되는 것은 둘 중 누구도 신경 쓰지 않았다.

"아니."

그 대답 하나로 아희에게 율이 자신이 어렵다는 말은 아무것도 아닌 것이 됐다. 배시시 웃으며 앞에 앉은 율의 손을 가까이 이끌었다.

율이 아희가 이끄는 대로 허리를 좀 더 숙이자 아희의 눈망울에 어린 기대감이 보였다.

"뭐가 달라졌는지 봐."

연지곤지를 찍은 것 외에 달라진 것은 아무것도 없었다.

"글쎄……."

그 말을 마치기 무섭게 뭔가 눈치 챈 율이 입을 다물었다.

"모르겠어? 응?"

"넌 정말……."

그가 한 손으로 얼굴을 감싸고 고개를 숙였다.

"율아? 왜? 왜 그래?"

율의 어깨가 조금씩 흔들리고 있었다. 이런 반응을 바란 것은 아니었기에 아희가 당황해 주변을 둘러보았다.

"율아?"

"하하하하하하!"

결국은 참지 못하겠다는 듯 율의 웃음이 터졌다. 아침 공기에 섞여 청량하게 터진 그 시원한 웃음에 여기저기서 무슨 일인가 하여 고개를 내밀었다.

"이걸 자랑하려 버선발로 나왔던 거야?"

그의 손끝이 아희의 비녀를 만졌다.

"그럼! 전번에 맡겼는데 혼례날인 오늘 딱 도착했지 뭐야?"

하늘에 오르기 전, 율이 아희에게 주었던 비늘.

그것으로 비녀를 만들어 머리에 얌전히 꽂고 있는 모습에 율의 웃음이 터졌다. 분명 귀중하게 보관할 거란 사실을 알고 있었으나 그것으로 비녀를 만들어 항상 몸에 지닐 생각이란 건 하지 못했다.

"제일 먼저 보여주고 싶었는데 혼례식을 올리기 전에 신랑을 못 보게 한다니 이게 말이 돼?"

그게 못내 불만이었던 듯 아희의 입이 비죽였다.

그리고 그 입이 비죽이는 것을 물끄러미 바라보던 율이 별안간 입술을 포갰다.

커다란 손이 아희의 목덜미를 부드럽게 어루만지며 달래듯 쓸었다.

겨우 바른 연지가 율의 입술에도 묻어나왔다. 뜨거운 혀가 입술을 열고 숨을 쉬지 못할 정도로 깊숙이 들어왔다. 그녀가 사랑스러워 못 견디는 속내가 고스란히 묻어나올 정도의 입맞춤이었다.

“에구머니나!”

수많은 혼례를 봐왔던 사람들도 이 광경은 차마 못 보겠는지 서둘러 고개를 돌렸다.

코끝이 닿았다.

서로의 얼굴을 확인하고 누가 먼저랄 것도 없이 씩 웃었다.

밤이 깊게 내려앉았다.

얼마 떨어지지 않은 곳에서 여전히 시끌벅적한 잔치가 계속되고 있는 중이었다. 밤을 새울 작정인지 쉽게 파할 것 같지 않은 소리들이었다.

아희 없이 홀로 나와 뒷짐을 지고 하늘을 올려다보고 있던 율에게 선인이 다가왔다.

“저는 이게 최선인지 모르겠습니다.”

“그대는 무엇이 최선이라 생각하지?”

“하늘은 하늘다워야 합니다.”

“그대는 지금 나보고 가장 포악한 하늘이 되란 말인가?”

율이 웃으며 되물었다.

“인간의 생은 짧습니다. 하늘님껜 눈을 감으면 끝날 한 순간의 생이죠.”

"그래서 그대에게 부탁하지 않았나."

현계의 하늘은 결코 마음을 바꿀 의사가 없어 보였다. 확고한 그 대답에 선인이 절레절레 고개를 흔들었다.

"쉽지 않은 일입니다."

"인간인 그대도 선인이 되었으니 아희도 가능할 터."

"저는 모든 것을 버리지 않았습니까?"

선인의 말대로 인간의 생은 짧았다. 아희 또한 인간이었고 언젠가 그 수명이 다할 터였다.

"선인이 되는 방법은 두 가지가 있지. 그대처럼 모든 것을 버리거나, 단 하나만 간절히 염원하거나."

"그 오랜 시간 동안 뭔가를 간절히 염원한다면 미쳐버릴지도 모릅니다. 더군다나 원하는 서로를 볼 수 없는 기간에는 더욱더 말입니다."

"수많은 세월이 지나도 언젠가 나를 만날 수 있다는 희망만 있다면 버텨낼 거다."

"만약 그러지 못한다면요?"

율의 시선은 아희가 있는 방 안으로 향해 있었다. 그가 들어오기만을 바라며 환하게 불을 밝히고 있는 그 방안으로.

"말했지 않아. 나는 아마 가장 짧은 하늘이 될 것이라고."

그가 가장 짧은 하늘이 되지 않길 원한다면 어떻게 해서든 아희가 선인이 되어야 한다는 말이었다. 협박과 다름없는 그 말에 선인이 실소를 머금었다.

"저는 그저 도움만 줄 뿐입니다. 제가 하늘님의 여인께 해줄 수 있는 건 아무것도 없습니다."

그 오랜 고행의 시간 동안 철저하게 홀로 남겨질 여인. 여리게만 보이는 저 여인이 홀로 그 고행을 견뎌낼 수 있을지 선인은 확신할 수 없었다. 잘못하면 이 짧은 생을 그저 이별로만 보낼지도 몰랐다.

"그 도움이 지금 내게는 절실하다."

선인은 더 이상 어떤 말도 할 수 없었다. 그가 결심했고, 그의 결심을 따라 여인이 그러고자 했기에.

"동해는?"

혼례날에도 보이지 않는 동해 때문에 아희가 마음을 썼다는 것을 알고 있는 율이 물었다.

"세상을 보고 싶다며 떠났습니다. 언젠가 돌아올 때 혼례 선물을 사들고 올 테니 봐달라더군요."

인사를 남기면 정말 마지막인 것 같아 그냥 말없이 떠난다는 동해를 배웅한 것은 선인뿐이었다.

"동해를 찾아 일러라. 한계의 하늘이 심상치 않다고."

"천 년의 인간이 나타날지도 모르겠군요."

율의 말을 이해한 선인이 고개를 끄덕이며 말했다.

"그가 하늘에 오를 수 있는 기회일지도 모르지."

"꼭 찾아 전하겠습니다."

"그래."

율의 그 한마디에 많은 감정이 섞여 있었다. 곧이어 헤어질 아희와의 작별과 동해에 대한 연민, 그리고 자신이 하늘로써 해야 할 책임 등 수많은 감정이 선인에게는 느껴졌다.

"율아."

아무리 기다려도 들어오지 않는 율을 찾는 아희의 목소리에 율이 그 감정들을 일시에 떨쳐냈다.

"나는 가봐야겠군."

"첫날밤이군요, 하늘님. 그럼 전 오늘로부터 정확히 일 년 후, 찾아오겠습니다."

그들에게 남은 시간을 다시 확인시켜 준 후 선인이 율을 향해 깊이 허리를 숙여 예를 표했다.

수줍게 켜 놓은 초가 넘실거렸다. 그 넘실거리는 불꽃 옆에서 아희가 초조하게 율이 들어오기만을 기다리고 있었다. 손바닥 가득 고인 땀을 연신 옷자락 위로 닦아내며 긴장으로 인해 바짝 마른 목에 몇 번이고 침을 넘겼는지 몰랐다.

"무얼 그리 긴장해?"

드디어 문을 열고 들어온 율이 바짝 긴장해 꼿꼿하게 굳어 있는 아희에게 물었다.

"첫날밤이잖아."

"나와 밤을 보낸 것이 처음도 아니잖아?"

"그건 달라."

아희가 단호하게 고개를 저으며 말했다. 그 말에 율이 씩 웃으며 되물었다.

"무엇이 다른데?"

"그걸 어찌 설명해?"

자신을 놀리고 있다는 것을 알아차린 아희가 새치름히 율을 노려보며 말했다.

"내가 설명할까?"

아희의 옆에 앉은 율이 손으로 그녀의 허리를 들어 자신의 무릎 위에 앉혔다.

"우리가 밤을 보낸 날엔……."

동정 사이로 드러난 목덜미에 입을 맞추며 꽉 쥐고 있는 두 손을 펴 그의 목을 감싸게 했다.

"널 이렇게 만지지도 않았고……."

불꽃 사이에서 마주본 두 시선이 흔들림 없이 얽혔다.

"고개를 좀 더 내려봐."

율의 바람대로 아희가 고개를 내리자 그가 아희의 아랫입술을 깨물며 말했다.

"이리 입을 맞추지도 않았지."

혀로 쓱 그녀의 입술을 쓸며 천천히 자신을 받아들이길 기다렸다.

사부작거리는 소리와 함께 아희의 활옷이 벗겨졌다. 아희의 입술에 묻은 연지를 모다 먹은 율의 입술이 유난히 붉었다. 차마 그와 시선을 마주하지 못하며 아희가 고개를 돌리자 율의 입술이 그녀의 귓불을 물었다.

"흣……."

귓불을 타고 들어온 혀가 귀의 연골을 혀 끝으로 건들며 뜨거운 숨을 불어넣었다.

그럴수록 율의 목을 잡고 있는 아희의 손에 더욱 힘이 들어갔다. 첫날밤이 이리 뜨겁다는 것을 아무도 아희에게 이야기해 주지 않았다. 아랫배가 뜨거워졌고 토해내는 숨의 열기에 질식해 죽을 것만 같았다.

"율아……."

그가 자신을 안고 있는 것만으로도, 온전한 숨결만으로도 모든 것이 갖춰진 것 같았다.

율의 손이 소담한 아희의 가슴을 둥글게 문질렀다. 얇은 속저고리 사이로 붉은 유두가 꼿꼿이 일어섰다.

"아희야."

항상 그 이름을 부를 때와 달랐다. 자신의 이름을 부르는 그 음성에서 들뜬 열을 발견한 아희가 붉어진 얼굴로 고개를 끄덕였다.

그 모습에 그의 입꼬리가 올라갔다. 아희가 저도 모르게 그를 따라 웃었을 때 그 입술이 가슴 사이를 파고 들었다.

"아아!"

가슴골을 사이를 핥으며 한 손은 부드럽게 가슴을 주물렀다. 다리 사이로 파고든 그의 남성이 허벅지를 아프게 찔러댔다. 그의 시야를 방해하는 속저고리가 힘없이 뜯겨져 나갔다. 그리고 얇은 속치마 또한 벗겨지자 온전한 아희의 알몸이 눈에 들어왔다.

그가 대를 벗고 청색 단령을 찢듯 벗어던졌다. 입술이 가슴을 탐하고 손끝이 아희의 숲속으로 천천히 밀려 들어왔다.

"율…… 아, 흣!"

처음 느껴보는 이물감에 아희가 다리를 오므렸다. 율의 손가락 하나가 그녀의 내부에 들어가 있었다. 좁은 그곳을 천천히 지나가며 아희의 긴장이 풀어지기를 기다렸다.

율의 눈앞에서 하얀 허벅지가 바르르 떨렸다.

자신의 어깨에 그것을 올려두고 눈앞에 보이는 숲으로 고개를 내렸다.

"아앗!"

당황한 아희가 벗어나려 했지만 그의 손이 단단하게 그녀의 허리를 잡고 있었다. 아직 긴장을 풀지 않은 그곳에 입술을 묻고 천천히 손가락을 집어넣었던 것처럼 자신의 혀를 집어넣었다.

손가락과는 다른 미끄럽고 촉촉한, 뜨겁기도 한 그의 혀가 들어오자 다리가 풀린 아희가 그의 머리칼에 손을 집어넣었다.

"하, 하지 마, 율아."

굳이 보지 않아도 발갛게 물든 얼굴로 반쯤 울고 있을 아희

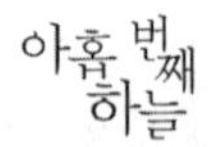

를 생각하며 율이 더 깊숙이 혀를 넣었다. 혀에 있는 돌기마저 몸을 쓸고 지나가는 것을 여실히 느낀 아희가 피가 나도록 입술을 깨물었다.

"상처 내지 마."

애써 신음을 참는 아희 때문에 고개를 든 율이 그녀의 볼을 손가락으로 두드렸다.

"이상해."

"뭐가?"

여전히 아희의 연지가 묻은 그의 붉은 입술이 반짝였다.

대답대신 아희가 두 손을 번쩍 치켜들자 율이 자연스럽게 받아 안았다. 그리고 상처내지 말란 말이 무색할 정도로 피가 맺힌 아희의 입술을 입술로 쓸었다.

"너는 한시도 눈을 뗄 수가 없구나."

아희에게 자신의 목을 끌어안게 하고 천천히 그녀의 다리를 벌렸다. 그 사이에 자리를 잡은 그가 자신의 남성을 연신 꽃잎 사이에 문질렀다.

본능적으로 두 발로 그의 허리를 꽉 껴안았다.

이 순간이 지나야 서로가 영원히 하나가 된다는 것을 알고 있었다. 얼굴 가득 고여 있던 두려움이 순식간에 사라졌다. 아희가 견뎌내려 하고 있었다.

율의 어깨에 입술을 묻자 천천히 그가 아희의 안으로 들어오기 시작했다.

단단하고 뜨거운, 그리고 그녀를 상처주지 않기 위해 조심스러운 몸짓에 천천히 몸이 열렸다.

그렇게 서로가 온전해지는 밤이 지나고 있었다.

하늘은 온통 먹빛이었다. 가끔 우르릉 하는 천둥소리와 함께 바다 위로 번개가 내리 꽂히기도 했다. 파도는 들썩들썩 요란을 피워댔고 바람은 그런 파도를 내려치며 불어댔다.

바깥은 그리 요란스러웠지만 깊은 바다, 그곳은 고요하고 조용하기만 했다.

그가 머무는 바다는 천 년 전이나 지금이나 똑같았다. 대화를 나눌 그 무엇도 없었고 그저 눈을 감거나, 혹은 뜬 채로 시간이 지나기만을 기다리는 것 외엔 할 일이 없었다.

하늘에 오르지 못하는 이무기는 미쳐버린다.

그 미쳐버린 이무기를 벌하는 것은 새로운 하늘이다.

이게 동해가 알고 있는 전부였다. 하지만 자신은 미치지 않았고 새로운 하늘은 그를 죽이지 않았다. 그 또한 하늘이 되길 원했기에 없애는 것이 맞는 이치였지만 율은 동해를 살려주었다.

"녀석은 정말 이상한 녀석이야."

대답을 듣지 못할 말을 불쑥 꺼냈다.

인간 세계에 있다 오니 늘어난 것은 혼잣말뿐이었다. 동해가 다시 아희의 집을 찾았을 때 그녀는 이미 선인의 길을 밟고 있어 만나지 못했다. 동해 또한 아희가 버틸 수 있을지 의심했으나 수년이 지난 지금까지 하늘이 멀쩡한 것을 보면 그 길을 아주 잘 걷고 있으리라 생각돼 걱정을 접었다. 여리게만 보여도 강단이 있을 땐 아주 강단 있는 아희였으니 어찌 보면 율을 위해서라도 잘 해내리라 믿었다.

오랜만에 옛 생각에 잠겨 기분이 잠시 좋아진 동해가 지루한 시간을 이기지 못하고 길게 기지개를 켰다.

그 순간이었다. 어둡기만 한 깊고 싶은 바닷속에 점 하나가 뚝 떨어진 것은.

"……어?"

그것은 사람이었다.

치맛자락으로 얼굴 전체를 가려 볼 수 없지만 분명 인간 계집이었다.

하늘에서, 아니 바다에서 갑자기 뚝 떨어진 계집이라니.

당황한 동해가 겨우 생각해낸 것은 인간은 물속에서 숨을 쉬지 못한다는 것, 그것 하나였다.

그가 후, 하고 바람을 불자 얇은 공기막이 계집의 주변을 감쌌다. 하지만 이미 기절한 것인지, 죽은 것인지 미동도 않는 그녀를 일단 뭍으로 옮기기로 한 그가 오랜만에 동해의 모습으로 현신했다.

너무도 가볍게 바다 위로 훌쩍 계집을 안고 뛰어오른 그는 그제야 넘실거리는 높은 파도를 발견했다.

"비구름에 배에서 떨어진 건가."

저 멀리 쏜살간이 넘실거리는 파도 사이로 사라지는 배를 보며 동해가 중얼거렸다.

죽었나 살았나 보기 위해 동해의 손이 계집의 치맛자락을 걷어냈다.

창백한 얼굴로 입술을 깨물고 누워 기절해 있는 작은 얼굴.

저도 모르게 그 앙다문 입술이 신경 쓰여 손으로 세심하게 입술을 만졌다.

미약한 호흡. 계집은 살아 있었다. 그 사실에 기분이 좋아진 동해가 또다시 돌아오지 않는 물음을 던졌다.

"너, 내가 보였니?"

역시나 대답은 없었다.

타닥타닥.

모닥불 타는 소리를 얼마 만에 들어보는 건지 즐거운 동해가 연신 불쏘시개로 뒤적이며 계집이 깨어났나 확인했다.

"이건 뭡니까?"

항상 동해와 가까운 곳에 있는 시커먼 솔이가 별안간 불쑥 나타나 물었다.

“몰라.”

“그럼 누가 압니까?”

“갑자기 떨어졌어.”

“바다로요?”

“응.”

바다 한가운데 갑자기 치마를 뒤집어쓰고 떨어진 계집을 솔이 또한 흥미롭게 바라보았다.

“그래서 알아봤습니까?”

“몰라. 치마를 뒤집어쓰고 있어서 나를 봤는지, 못 봤는지.”

“으음…….”

약한 신음소리가 들렸다. 곧 그녀가 일어날 것 같자 동해가 눈짓했다.

“숨어.”

“제가 왜요?”

“너 같으면 시커먼 사내놈이 깨어나자마자 보이면 좋겠냐?”

“겉은 사내 복색이면서.”

“난 연약한 귀공자로 보여서 괜찮아.”

덜 자란 소년의 얼굴을 갖고 있는 동해를 한번 쓱 쳐다본 솔이가 어둠 속에 몸을 숨겼다.

“……으아아악!”

잠시 후, 동해도 깜짝 놀랄 만큼 비명을 크게 내지른 계집이 갑자기 벌떡 일어났다.

"안녕?"

애써 침착함을 되찾고 동해가 씩 웃으며 한 손을 들었다.

"누, 누구세요?"

"그건 내가 먼저 묻자. 왜 바다 한가운데로 치마를 뒤집어 쓰고 떨어진 거야?"

"그걸 당신이 어떻게……."

그 말을 마친 계집이 뭔가 떠오른 듯 얼굴이 다시 하얗게 질렸다. 바르라니 떠는 모습을 보며 동해가 바짝 다가가 되물었다.

"무엇을 본 게냐?"

"그, 그게……."

자신이 본 것을 믿을 수 없다는 얼굴로 계집이 목소리를 떨었다.

"대답해!"

아아, 혹시 이 계집이 천 년의 인간이라면.

율에게도 그러했던 것처럼 자신의 앞에 뚝 떨어진 것이라면.

"배, 배……."

그 순간 동해의 손이 득달같이 달려들어 계집의 이름을 틀어막았다.

"이 계집이 살려준 은혜도 모르고!"

버럭 노호와 같은 화를 내며 그가 눈을 부라렸다.

자신보다 한참은 어려 보이는 사내아이가 버럭 화를 내자 당황한 계집이 뒤로 발랑 넘어갔다. 사실 입을 막고 있는 동해의 힘에 의해 강압적으로 넘어간 거나 다름없었다.

"어디 천 년의 세월을 무로 돌리려고!"

계집의 입에서 나올 말을 예상했기에 망정이지, 틀어막지 않았다면 지금쯤 바다가 한번 뒤집어지고 자신은 거대한 바위에 머리를 찧고 죽었을지도 몰랐다.

"저, 저한테 왜 그러세요?"

어려보이지만, 무슨 일에선지 결코 어려 보이지 않는 이상한 소년을 앞두고 계집의 눈에 눈물이 맺혔다.

"앞으로 방금 뱉으려던 말은 영원히 네 가슴 깊숙이 묻어두어라. 그렇지 않으면 경을 칠 테니!"

"배……."

"이 계집이 진짜!"

동해가 다시 계집의 입을 틀어막으며 버럭 화를 냈다. 어디선가 어둠 속에서 킥킥대는 웃음소리가 들렸지만 지금은 그게 문제가 아니었다.

"이 따위 계집이 천 년의 인간이라니! 아희는 제 할아범에게 들은 이야기라도 있어 알고 있었다지만, 너는 누군가에게 나를 만나면 뭐라고 불러야 된다는 언질이라도 들은 적이 없는 게냐!?"

"누구세요, 누구신데 제게 이러세요?"

결국엔 계집이 엉엉 울음을 터트리고 말았다. 눈앞의 소년은 자신이 눈을 떴을 때부터 화만 내고 있었다. 그가 하는 말을 하나도 알아듣지 못한 계집은 겁에 질렸다.

"나는……! 아니다. 그러는 넌 누구냐?"

화를 내려다가 우는 계집을 보고 마음이 약해진 동해가 한 꺼풀 꺾인 채 물었다.

"전 청이라고 해요."

"청이?"

"네. 심청이요."

"치마는 왜 뒤집어쓰고 떨어졌는데?"

"저를 구해주신 은인이신가요?"

"따지고 보면 그렇지."

동해의 말이 끝나기 무섭게 자리에서 벌떡 일어난 청이가 그에게 큰 절을 올렸다.

"공양미 삼백 석에 용왕님 제물로 인당수에 뛰어든 것이랍니다."

"공양미?"

"공양미 삼백 석이면 아버지가 눈을 뜬다 하셔서……."

"쯧쯧, 속았구나."

"네?"

"누가 그런 거짓을 말하더냐?"

"바다가 요새 험한 것은 다 용왕님이 화가 나셔서 그런 거라고…….”

“동해에 용왕 따위 없다. 바다가 화가 난 것은 일 년에 몇 번 흔히 있는 일이야. 시간이 지나면 날이 개고 다시 평온해질 것인데 인간을 제물로 삼다니.”

쌀 삼백 석에 스스로를 내던진 청이를 바라보며 동해가 제자리에 털썩 앉았다.

“그, 그걸 어떻게 아시는 거죠?”

“동해는 내 집이나 다름없으니 당연히 아는 것이다.”

잠시 청이가 말없이 가만히 있었다. 지금 자신이 처한 상황과 바다에서 본 믿을 수 없는 ‘그것’을 조합해볼 때, 그리고 눈앞의 소년. 이 세상을 다 산 것 같은 기운을 가진 아이.

“제, 제, 제, 제가 보, 본 게…….”

그건 그저 전설이었다. 말에서 말로 전해지는. 과장된 것이 분명한. 지금껏 태어나서 단 한 번도 ‘그것’이 실존한다는 말은 들어본 적 없었다.

아니, 그러고 보니 어른들이 수십 년 전, 어느 작은 마을의 뒷산에서 용이 승천했다고 말하는 것을 들은 적이 있는 것 같기도 했다.

“서, 서, 서, 설마…….”

저렇게 떨다 기절하겠다 싶었을 때, 아니나 다를까 청이가 뒤로 넘어가며 정신을 잃었다.

“미치겠네, 진짜.”

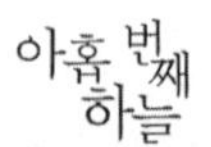

동해가 신경질적으로 머리를 긁적였다.

"내가 말을 잘 못한 거냐?"

어둠속에 있을 솔에게 동해가 물었다.

"인간들이 받아들이기엔 무리였을지도요. 더군다나 죽다 살아난 정신없는 인간에겐."

스르르 나타난 솔이 쓰러진 청이를 똑바로 다시 자리에 눕혀 주었다.

이제 열 대여섯 되었을까 싶은 나이였다. 저 나이에 아비의 눈을 뜨게 하기 위해 스스로를 내던졌다.

"천 년의 인간은 이렇게 바보 같은 아이들만 있는 걸까. 그게 거짓이란건 너도 알지 않아?"

"가끔은 그 실낱같은 희망에 모든 것을 거는 게 인간이니까요."

"하긴 그러니 율이놈도 아희도 서로 모다 걸었지. 하지만, 난 아직 잘 모르겠다. 알아도 모르겠더란 말야."

그가 버릇처럼 다시 머리를 긁적였다. 그리고 청이의 옆에 앉아 여전히 창백한 얼굴을 불만스레 쳐다보았다.

"뭐라도 좀 먹고 다시 기절하든지, 원 참."

피죽도 못 얻어먹은 꼴을 하고 누굴 구하겠다는 건지.

정말 어리석은 계집이었다.

"으음……."

이번에는 잠시 기절한 것인지 금세 눈을 뜬 청이가 제일 먼저 발견한 것은 눈앞에 있는 솔이였다. 누가 봐도 훤칠하게 잘 생긴 솔이를 본 청이의 콧등이 붉어졌다.

"저를…… 구해주신 은인이신가요? 아주 나쁜 꿈을 꾸었답니다."

나쁜 꿈이란 저를 이야기하는 건가 싶어 동해의 눈썹이 비죽 올라갔다.

"바다에 몸을 던졌는데 그 안에서 배……."

"이 계집이 진짜!"

또다시 입을 동해의 손에 가로막힌 청이가 두 눈을 크게 떴다.

"그쪽을 구한 것은 내가 아닌 이분입니다."

솔이가 덤덤하게 동해를 가리켰다.

"네가 아는 그 단어를 혹여라도 꺼내지 마라! 너 또한 비참한 죽음을 맞을 테니!"

비참한 죽음이라는 말에 청이의 맑은 눈에 두려움이 어렸다. 죽음을 각오했으면서 또다시 죽음을 목전에 두고 보이는 두려움이라니.

"이렇게 두려워할 거면서 어찌 바다에 몸을 던질 생각을 했는지."

동해가 그녀의 볼을 죽 늘였다.

"아야야……."

볼이 붉어지자 그제야 창백한 얼굴에 생기가 도는 것 같아졌다.

“그럼 이제 저를 어찌할 생각이세요?”

청이가 동해의 눈치를 보며 물었다.

“나도 고민 중이다.”

“저를 어찌하면 살려주실 건가요?”

일이 쉽게 풀려가고 있다. 지금 이 계집에게 자신의 이름을 부르라 말한다면 냉큼 대답할 것이란 걸 알고 있었다. 솔이도 같은 생각인지 어깨를 으쓱하며 동해의 생각에 따르겠다는 듯 한 발 뒤로 물러났다.

“내가 하라는 대로 다 할 테냐?”

“제 생명을 구해주셨잖아요.”

“네 목숨이 내게 필요하다면?”

그 말에 또다시 눈에 덜컥 겁증이 어린다. 기껏 살아났는데 인간인 이상 여기서 다시 죽긴 싫을 거라 생각하며 농담이라 말하려던 순간이었다.

“드릴게요.”

“뭐?”

“왜 저를 살려주시고 이리 물으시는지 모르겠지만, 이미 전 죽은 목숨이었어요. 그러니 다시 죽는다고 해도 이미 죽은 목숨이었으니까…… 그러니까…….”

창백한 얼굴에 눈물이 주르륵 흘렀다.

전혀 죽고 싶지 않은 얼굴로 목숨을 주겠다 말하는 청이라는 계집을 보며 동해가 당황했다.

"기다려. 울지 마! 울면 정말 목숨을 가져갈 테다!"

그 말에 청이가 목놓아 울기 시작했다.

"이런 젠장!"

동해의 마음대로 되는 것은 세상에 단 하나도 없었다. 천 년의 인간을 만나면 살살 구슬려 달래거나 혹은 안 통하면 겁을 잔뜩 줘서 이름을 말하게 할 생각이었는데 이건 난감하다. 순간 율이 녀석도 이런 마음이었을까 싶어졌다.

"왜 또 계집이 천 년의 인간인 거야?"

"눈물을 그치세요."

솔이가 그녀에게 천조각을 주며 달래주자 흐끅대며 청이가 울음을 그쳤다. 그 천조각을 소중하게 받아 들며 솔이를 올려다보는 모습에 기가 찼다.

"야. 구해준 건 나거든?"

솔이의 진짜 모습을 본다면 뒤로 까무라칠 계집이 저런 모습을 보이니 배알이 뒤틀렸다.

"젠장, 인간세계에 너무 오래 있었던 탓이야. 난 차가운 이무기였다고. 저런 눈물에 넘어가지 않는."

그가 머리를 감싸며 중얼거렸다.

"저기……."

"왜!"

"뭐라고 불러야 될지……."

"난 동해다. 잰 솔이라고 불러."

"솔이님."

그 말이 끝나기 무섭게 솔의 이름을 부르자 또다시 배가 아파오는 기분이었다.

"아직도 고민 중이신 모양인데, 그럼 전 이만."

동해가 이러지도 저러지도 못하는 걸 보고 있다가 괜히 불똥만 튈 것 같아 웃음을 참고 솔이 뒤로 물러났다.

"네가 가면 어떡해!"

"제가 뭘요? 고민은 혼자 하는 겁니다."

당장은 이 계집에게 이름을 부르게 하지 못하리란 걸 알고 있다는 듯 솔이 발을 뺐다.

"잠시만, 생각을 좀 해보자."

자신을 두고 무슨 생각을 하는지 모르는 청이가 알 수 없는 대화만 하는 둘을 그저 바라만 보고 있었다. 그 눈을 본 동해는 나오는 것이라곤 한숨뿐이었다.

"……율과 의논 좀 해봐야겠다."

모르는 건 물어보면 됐다. 이런 이상한 경우엔 어떻게 해야 되냐고 현계의 하늘에게 물어보기로 마음을 정한 동해가 청이에게 외쳤다.

"넌 잠이나 자."

정말 이상한 사람이다. 까지 생각하다 문득 사람이 아니라는 걸 깨닫고 조용히 입을 다문 청이가 슬그머니 자신이 누웠던 자리에 얌전히 다시 누웠다.

그 후에야 깨달았다.

분명 젖어 있어야 할 옷이 말끔하게 새옷처럼 말라 있다는 사실을. 가까운 곳에 춥지 않게 불을 피워두었단 사실을.

아아, 이 동해라는 소년은 자신을 죽이지 않으리라.

그런, 확신이 들었다. 확실하게.

"솔아, 가서 계집이 먹을 것 좀 구해와."

작은 목소리로 어딘가에 있을 솔이란 사내에게 하는 말을 듣고 청이는 작게 웃음이 터져버렸다.

추수시기에 석호는 항상 바빴다. 부재중인 이 집의 아희 대신 살림을 도맡아 해야 했기 때문이다. 대외적으로는 아희가 몸이 약해 깊은 산중에서 요양을 해야 되기에 부군인 율과 함께 떠난 것으로 되어 있었다.

그랬기에 커다란 집의 살림이 온전히 석호에게 맡겨졌다.

율은 애초에 집 안의 살림이나 소작을 놓은 땅에 대해선 관심이 없었고, 선인이 되는 수행에 들어간 아희는 그런 것에 신경쓸 겨를이 없었다.

벌써 아희의 얼굴을 본 지도 삼 년이 넘어가고 있었다.

그녀가 당부하고 간 것은 단 한 가지였다.

항상 어려운 사람들의 편에 서서 생각하라는 것.

그로 인해 집은 항상 사람들로 북적였다. 동네의 거지란 거지, 혹은 옆동네의 거지까지도 이 집에 들러 밥을 먹고 갔다. 풍년은 계속 되어 곳간은 차고 넘쳤고, 아무리 베풀어도 그것은 줄지 않았다.

추수날이 되자 연신 쌀가마들이 대문을 통해 들어왔고 그것은 다시 어려운 사람들에게 돌아갔다. 아희의 마을은 세간의 마을중 가장 살기 좋은 마을로 꼽힐 정도였다.

"내 서방은 오늘도 바쁘네."

대청마루에 벌렁 드러누워 코빼기도 보이지 않는 석호를 나무라며 호야가 투덜댔다.

"잰 무슨 밥을 저렇게 많이 먹어?"

호야의 눈에 대청마루 끝에서 정신없이 밥을 먹고 있는 청이가 보였다. 한 달 전, 동해가 별안간 나타나 데리고 들어온 아이였다. 천 년의 인간이라고 했던가.

"알 게 뭐람."

그녀에게 묘한 경쟁심을 느끼는 호야였다. 인간 주제에 신수인 자신과 비등하게 먹어대는 모습을 보며 위협을 느꼈다.

"너무 맛있어요, 호야님."

"너 지금 닭 두 마리째 먹고 있다."

"제가 너무 많이 먹나요?"

금세 시무룩해져서 손에 들고 있는 닭다리를 내려놓는 청이였다.

"……아냐, 먹어. 많이 먹어. 닭이야 또 키우면 되지."

호야가 설레설레 손을 내저으며 말했다. 그리고 제법 부풀어 오른 배에 가만히 손을 올려놓았다.

"그럼 네가 애를 낳으면 호랑이가 나오는 건가?"

"나도 안 낳아봐서 모르거든?"

뒷산에서 겨울을 날 땔감을 떼오며 마당에 내려놓은 솔이가 묻는 말에 호야가 시큰둥이 답했다.

"뭐면 어때. 잘 키우기만 하면 되지."

배속에서 꼬물꼬물 움직이는 것이 신기하기만 했다. 어미가 된다는 것이 이렇게 기분이 좋은 일인 줄 알았다면 진작 될 것을 그랬다고 생각하며 호야가 쏟아지는 잠을 겨우 참아냈다.

"호야."

그때 대문을 통해 들어온 것은 석호였다. 잠시 시간을 내 들어온 듯 손에 감나무 가지를 들고 곧장 호야에게 뛰듯이 걸어왔다.

"서방!"

졸린 눈을 비비며 벌떡 일어나 두 손을 번쩍 든 호야가 반색했다.

"또 나가봐야 돼."

"왜 이렇게 바빠?"

"먹으면서 기다려."

가지에는 너댓 개의 감이 달려 있었다. 얼마 전부터 호야가 산보를 다니며 익기를 기다리던 김 진사 댁 감이었다.

"동해님은?"

석호가 감을 건네주고 호야를 안아주며 솔이에게 물었다.

"뒷산 계곡에."

율은 몇 달에 한 번씩 마을을 찾을 때면 이곳이 아닌 뒷산의 계곡에 자주 걸음했다. 청이를 데리고 이곳에 온 동해가 가장 먼저 찾은 것은 율이었다. 그를 만나기 위해 한 달을 기다렸던 동해였다.

"드디어 오신 건가?"

"아까 보니 계시더군."

"아씨는 잘 계시는지 모르겠네."

율이 항상 훌쩍 사라질 때는 아희를 보러 다녀온다는 것을 알고 있었다. 아희가 눈치 채지 못하게 멀리서 그녀를 바라보고 온다. 그녀가 외로운 만큼 그도 누구와도 어울리지 않고 용마 계곡에서 홀로 시간을 보낸다.

"아희는 잘 있어."

"네가 어떻게 알아?"

"나도 가서 보고 왔거든."

호야가 뿌듯하게 말했다.

"뱃속에 애를 데리고 그곳에 다녀왔단 말이야?"

"물론! 나는야 못 다니는 산이 없지. 물론 수행에 방해가 되면 안 되니 몰래 보고 왔지만."

그런 호야의 코를 살짝 잡아당긴 석호가 걱정 어린 눈으로 말했다.

"조심해. 홀몸도 아니잖아."

"걱정 마, 끄떡없어. 누구 아인데. 내 피를 이어받았다면 분명 훌륭한 산의 제왕이 될걸?"

"사람으로 태어나면?"

"사람처럼 키워야지."

별게 다 걱정이라는 듯 호야가 시원스레 답했다. 그녀와 이야기하면 모든 문제가 별게 아닌 것처럼 느껴지는 것이 좋았다.

석호가 사랑스럽다는 표정을 하곤 호야의 볼에 입을 맞췄다.

"놀고 있어. 금방 다녀올게."

"해가 완전히 지기 전에 돌아와. 그렇지 않으면 대문을 걸어 잠글 테다."

신수들의 제왕이 아닌 인간 아낙처럼 살고 있는 호야가 볼 때마다 신기한 솔이는 둘의 사이를 보고 어깨를 으쓱했다.

차가운 계곡에 발을 담갔다.

해는 아직 따가워도 계곡은 이제 들어가지 못할 정도로 찼다. 의미 없이 발로차 물방울을 저만치 날려도 보고 괜히 발 아래 물고기들을 괴롭혀보기도 하며 동해가 의미 없이 시간을 보내고 있었다.

"할 말만 하고 가래도."

"별로."

입을 비죽 내밀며 동해가 쉽사리 말을 꺼내지 않았다. 그런 그를 노송 가지에 앉아 쳐다본 율이 고개를 돌렸다. 그의 시선은 동해가 보이지 않는 어떤 곳을 향해 닿아 있었다.

"그쪽에 아희가 있는 모양이지?"

"그래."

"잘 지내?"

"네 생각보다 훨씬 더."

십 년의 기간 동안 말을 하지 않아야 하고, 십 년의 기간 동안 앞을 보지 않아야 하며, 십 년의 기간 동안 누구와도 만나선 안 됐다. 그것이 선인이 되기 위한 첫 수행이었고, 고행이었다.

그 이후엔 자신이 말을 하지 않고 앞을 보지 않고 어떤 인연도 만나지 않은 기간 동안 깨달았던 마음에 따라 선인이 되든지 혹은 세월만 버리든지 결정된다 했다.

산의 비탈길에서 넘어져도 비명을 채 지르지 못해 혀를 깨물어 피를 흘리면서 홀로 일어나야 했던 아희였다. 그녀를 몰래 지켜보며 자신의 선택에 대해 처음으로 후회했던 율이었다.

"결코 명계의 하늘에게 그녀를 못 넘기겠단 거군."

아희의 수명이 다한 뒤 명계로 가는 것을 막을 수 없다. 그것을 알고 있는 율이 택한 방법은 이것뿐이었다.

"이제 네가 묻고 싶은 걸 물어."

모든 걸 알고 있다는 듯 율이 물었다.

"……천 년의 인간을 만났어."

동해의 말이 끝날 때까지 입을 열지 않을 생각인 듯 그는 무심하게 듣고만 있었다.

"아희나 너의 마음 같은 게 아냐. 그냥 불쌍할 뿐이야."

아무도 묻지 않았건만 변명하듯 동해가 말했다.

"내가 분명 소원을 들어준다 하면 제 아비의 눈을 뜨게 해 달라는 소원을 빌 계집이라고."

그리고 죽어갈 계집.

동해는 율처럼 머리가 좋진 않아서 명계의 하늘을 막을 방법은 생각조차 할 수 없었다. 같은 수에 두 번 넘어갈 명계의 하늘이 아니다.

"그저 저 계집이 불쌍해서 기다려주고 싶을 뿐이야."

청이의 원래 수명이 다하도록. 율이 아희에게 불려질 이름을 수없이 미뤄왔던 것처럼.

어쩌면 평생을 미루고 싶었던 것처럼.

"이미 너도 알고 있는 답을 내게 묻는군."

"아아……. 그냥 궁금해서."

"너도 언젠간 선택을 해야 할 거다."

그 선택은 율조차 피할 수 없었다. 원하지 않았건만 하늘이 되었다.

"나는 정말로 네가 하늘이 되길 바랐다."

그 말에 담겨 있는 진심을 동해는 읽을 수 있었다.

"어떤 말도 해줄 수 없어. 내 어떤 말도 네 선택에 도움을 주진 못해."

율이 처음으로 아희가 있는 곳에서 시선을 떼고 동해를 바라보았다. 진중한 묵빛 눈동자가 앞으로 자신이 걸어왔던 길을 고스란히 따라 걸을 동해를 묵묵히 격려하고 있었다.

“나는 너나 아희와 같은 감정이 아니야.”

“나도 처음엔 그랬지.”

그때가 생각난 율이 피식 웃었다.

자신을 바라보았던 무한한 신뢰에 가까운 눈동자. 어느 순간부터 그 신뢰를 배신하지 말아야겠다는 생각만 했다. 그것을 스스로 깨달았을 때, 율은 비로소 모든 것을 버릴 수 있었다.

“쳇.”

“결국은 너도 인정하게 될 거다.”

“그런 많이 먹기만 하는 계집애 따위.”

입을 비죽였지만 동해도 알았다.

결국 율의 말처럼 되리란 사실을.

“우리는 결국 계속 기다려야 되는 운명이군.”

율의 허를 찌르는 말에 동해가 결국엔 웃고야 말았다.

천 년을 기다려온 것도 모자라 자신은 청이라는 계집의 수명이 저절로 다하기를, 율은 아희를 기다리고 있었다.

“우리는 조용히 기다리는 것에 익숙하니까.”

“그래. 결국 시간을 이기는 것은 우리지.”

시간을 이긴다.

율이 말한 그 한 마디가 마음에 들어 동해가 가슴에 묻었다. 그 말을 기억하고 있다면 언젠가 자신도 율처럼 가장 현명한 선택을 할 수 있을 것 같았다.

"답은 없지만 조금 낫군."

엉덩이를 털며 일어났다.

"나았으면 가."

언제 동해를 쳐다봤냐 싶게 다시 먼 곳을 바라보며 율이 말했다.

"당분간 신세 좀 져야겠어, 대감마님. 청이가 워낙 많이 먹어야지."

혀를 내밀며 율이 뭐라 말하기도 전에 동해가 종종걸음으로 계곡을 내려가기 시작했다.

- 終

작가의 말

안녕하세요, 하현달 김신형입니다.

그동안 너무 오래 격조했습니다.

아무도 모르시겠지만, 열 번째 종이책 작품입니다. 일 년도 훌쩍 더 전에 써놓고 인터넷 연재로 급하게 마무리를 하고 계속 미루고 미루다 이제야 종이책으로 선보이게 됐습니다.

일곱 번째 작품, 여덟 번째 작품, 아홉 번째 작품을 쓸 때마다 열 번째 작품을 쓰게 될 날만 손꼽아 기다렸던 것 같습니다. 사실 종이책으로 낼 생각이 없었기에 계속해서 수정을 미루고 미루고 미루다 만나 뵙게 됐습니다. (^^;;)

처음에 쓸 때는 그저 가볍게 동화를 쓰고 싶었습니다. 사실 제 글 중 가장 순수하고 때묻지 않은 글…… 이라 믿고 싶습니다. 실제로 몇 년 전 이무기에 관한 자료를 조사할 때 혹시라도 이무기를 만나면 “뱀이다!”라고 소리쳐선 안 된다고 하더군요. 천 년의 수행이 물거품이 되어 돌에 머리를 찧고 죽는다고 요. 아마도 천 년동안 내가 이렇게 컸는데 아직도 뱀이란 말인가! 하고 너무 화가 나 그 화를 주체 못해 돌에 머리를 찧는 게 아닐까 하고 추측해봅니다. (^^;;)

거대한 뱀(이무기)을 보면 "용이다!"라고 말해서 승천할 수 있게 도와줬으면 하는 바람에서 이 글을 쓰게 됐습니다. ^^(정말이 의도였습니다, 정말로요. 전 아직도 우리나라의 전설과 설화들을 너무 사랑한답니다.)

안식년 같지 않은 안식년을 보낸 2014년이었습니다.

이렇게 여행을 다닌 적 있었나 싶을 정도로 돈이 생길 때마다 꾸준히 여행을 다녔던 것 같습니다. 여행을 다녀올 때마다 '내가 지금 이럴 때가 아닌데, 이럴 때가 아닌데.'라는 생각이 가장 많이 들었던 한 해였습니다.

다녀올 때마다 거대한 파도처럼 덮치는 사람을 미치게 하는 무기력증.

아무것도 하고 싶지 않고, 아무것도 듣고 싶지 않은 한 해였던 것 같습니다. 사실 컴퓨터를 다시 켠 것도 이 글의 수정 때문이었습니다. 근 일 년이 훌쩍 넘게 봉인되어 있던 컴퓨터였고, 역시나 한글창은 쳐다도 보지 않았던 해였습니다. (^^;;)

올해 가장 저를 힘들게 한 고민은 글을 계속 쓸 수 있을까에 관해서였던 것 같습니다. 주변에 물어보기도 많이 물어보고 조언을 얻고 다시 고민하고, 또다시 수백, 수천 번은 넘게 생각했습니다. 사실, 이 글의 수정을 미뤘던 건 마지막 글이 될지도 모른다는 생각이 들어서였을지도 모르겠습니다.

귀신같이 눈치 빠른 작가님 한 분께서 꾸준히 제게 독촉을 하셔서 그분께는 정말 이야기하고 싶지 않았지만, 솔직한 속내를 털어놓은 적이 있습니다.

더 이상 글을 쓰고 싶지 않다고.

그러자 그 작가분께서 사실 정말로 제가 글을 쓰지 않을 것 같아서, 다시는 글을 쓰지 않을 것 같은 예감이 들어 계속해서 재촉하신 거라 하시더군요.

몇 가지 일들이 있었습니다.

그 일들을 통해서 2014년의 연말이 되어서야 비로소 말할 수 있게 됐습니다.

그럼에도 불구하고 글을 쓰고 싶다고.

이제야 정신을 좀 차린 것 같습니다.

2015년에는 많은 작품으로 찾아 뵐 것을 약속드리면서,

사랑하는 나의 하나님 감사합니다.

제 기도의 마지막은 항상 저와 연을 맺은 사람들, 맺지 않은 사람들 모두의 평안과 건강과 행복을 바라는 기도였습니다.

십오 년이 넘게 글을 써오며 단 한 번도 저 자신을 위한, 작품을 위한 기도는 해본 적 없었습니다. 하지만 올 해 여름, 처음으로 당신께 이 길이 제 길이 맞는지 모르겠다고 저는 앞으로 어찌하면 좋겠냐고 울면서 부르짖었을 때, 무릎 꿇고 기도하라 하셨죠.

처음이었습니다. 제게 당신의 말씀이 온전하게 닿은 것은. 정말로 거짓말처럼 제 마음 속 깊은 곳에서 그 음성이 들린 것은.

하나님 감사합니다.

제게 글을 쓰는 능력을 준 것은 필히 이 능력으로 당신께서 이루고자 하심이 있는 줄 믿습니다.

네가 쓰는 모든 책에 대한 첫 감사는 부모가 아닌, 하나님께 돌려야 한다고 가르쳐주신 사랑하는 부모님 감사합니다.

(많은 분들의 기도와 응원으로 인해 어머니께선 현재 건강하십니다.^^)

강원도에 사시는 이원호 님. 군대물이 아닌데도 이제는 제 후기에 빠질 수 없는 분이 되셨습니다.(^^;;) 꼭 다시 글을 썼으면 좋겠다고 말씀해주시며 언제든 연락하라 하셨죠? 조만간 연락드리겠습니다. 항상, 정말로 감사하게 생각하고 있습니다.(^^)

이름을 밝힐 수 없는 모 작가님들, 독자님들, 굳건히 설 수

있게 도와주신 지인분들,

마음으로 깊이 감사하고 있습니다. 그리고 정말로 사랑하고 있습니다.

2014년 12월 겨울의 한파, 그 시작에서,

김신형 드림.